ANNA BASENER

Die juten Sitten

W0354780

GOLDMANN
Lesen erleben

Anna Basener

Die juten Sitten

Kaiserwetter in der Gosse

Roman

GOLDMANN

Sollte diese Publikation Links auf Webseiten Dritter enthalten,
so übernehmen wir für deren Inhalte keine Haftung,
da wir uns diese nicht zu eigen machen, sondern lediglich
auf deren Stand zum Zeitpunkt der Erstveröffentlichung verweisen.

Dieser Roman basiert auf dem gleichnamigen Hörspiel,
das bei Audible erschienen ist.

Dieses Buch ist auch als E-Book erhältlich.

MIX
Papier aus verantwortungsvollen Quellen
FSC® C014496
FSC
www.fsc.org

Penguin Random House Verlagsgruppe FSC® N001967

1. Auflage
Originalausgabe Juli 2021
Copyright © 2021 by Anna Basener
Copyright © 2021 dieser Ausgabe
by Wilhelm Goldmann Verlag, München,
in der Penguin Random House Verlagsgruppe GmbH,
Neumarkter Str. 28, 81673 München
Umschlaggestaltung: UNO Werbeagentur GmbH
Umschlagmotive: FinePic®, München
Redaktion: Bärbel Brands
LS · Herstellung: kw
Satz: KompetenzCenter, Mönchengladbach
Druck und Bindung: GGP Media GmbH, Pößneck
Printed in Germany
ISBN: 978-3-442-49099-8
www.goldmann-verlag.de

Besuchen Sie den Goldmann Verlag im Netz

Abends um halb neune,
Wenn Hulda ganz alleine,
Fängt ihr Herzchen an zu puppern,
Nach dem Bräut'gam tut sie schnuppern.
Wenn sie endlich ihn erblickt,
Schreit sie laut und ist entzückt:

»Siehste wohl, da kimmt er,
Jroße Schritte nimmt er,
Komm doch an mein Herze schon,
Fipps, mein oller Kronensohn!«

Berliner Kreuzpolka

FRAUENARBEIT

Berlin, 1935

Sieht aus wie eine Kirche, der Bahnhof. Lange Fenster mit Rundbögen, dahinter blauer Himmel. Ein Maihimmel in Berlin, und um Minna herum dampfende Ungeheuer, die sie aus der Stadt entführen wollen, als wär sie eine Jungfer in Gefahr. Sie steht in ihrem braunen Cordkostüm am Bahnsteig und drückt den Sommermantel an die Brust. Die Gleishalle ist aus Sandstein. Sie wölbt sich über den Reisenden, umschließt sie wie ein dicker Bauch. Minna fühlt sich verschluckt. Um sie herum wuseln Kofferträger durch diesen Bauch wie Bläschen im Champagner. Minna wuselt nicht. Sie ist mehr eine Bulette, die hier reingeplumpst ist. Ihr ist nicht nach wuseln, sie könnte sich auch einfach hier hinlegen. Hat's ja eh kaum aus dem Bett geschafft, heute Morgen. Aufstehen mit diesen Knochen? … Da wünschst du dir fast, du wärst doch wieder im horizontalen Gewerbe, da könntest wenigstens liegen bleiben. Einfach immer liegen bleiben. Aber liegen ist ja kein Leben.

»Minna!«, ruft Emil. »Jetzt komm, wir müssen einsteigen.«

Durch die Kirchenfenster fällt goldenes Licht auf seinen

Sonnenschopf. Der Junge strahlt über beide Ohren. Minna darf ihn nicht mehr Junge nennen, er ist jetzt ein Mann, sagt er. Er hat immer noch dieses Milchgesicht. Aber er macht sich, also sollte sie ihm den Gefallen wohl tun. Sie will auch. Vergisst es nur immer wieder.

»Minna!«

»Wat zur Hölle soll ick in Frankreich?«, fragt sie sich leise.

»Denkst du, ich trag dich da rein?« Emil steht plötzlich vor ihr. In seinem Alter ist man noch flink, ein tanzendes Champagnerbläschen. Minna sieht ihn an mit seinen geröteten Wangen. Könnte glatt auf ne Kekspackung, das Gesicht.

»Vielleicht war det doch keine jute Idee«, sagt sie.

»Minna, wir haben das hundert Mal besprochen. Außerdem: Du kannst nicht zurück in die Ritze. Du hast sie verkauft.«

»Det mein ick. Schlechte Idee.«

»Minna, das war eine gut überlegte Entscheidung«, doziert der Junge, der jetzt ein Mann ist. »Du hast ne feine Summe dafür bekommen. Und jetzt geht's nach Paris für dich.« Emil strahlt. »Stadt der Liebe.«

Minna schaut zu dem dampfenden Zug, als fürchte sie, von ihm verdaut zu werden. »Die Sache ist mulmich.«

»Du bist nur aufgeregt, weil es deine erste Reise ist.« Emil schaut verständnisvoll. »Ich war schon weg, und ich bin trotzdem aufgeregt.«

»Det sieht man.«

»Der Siebzehndreißig nach Nizza über Paris. Einsteigen, bitte …«, ruft der Schaffner, und Emil nimmt Minnas Hand.

»Minna, jetzt komm schon.«

»Du kannst auch alleine fahren«, sagt sie und hält seine Hand fest.

»Du kannst nicht hierbleiben.« Er sieht ihr tief in die Augen. »Das ist nicht mehr das Berlin, das du kennst.«

»Ick kenn viele Berlins, Emil.«

Er schüttelt den Kopf. »Aber keins davon war wie dieses. Jetzt komm, dein Gepäck ist doch schon drin.«

Minna schaut auf ihre Füße, sie wollen sich nicht bewegen. Sie wollen den Berliner Boden nicht verlassen. Sie sind tonnenschwer.

»Hedwig ist in Paris«, sagt Emil jetzt. »Willst du sie wiedersehen oder nicht?«

Minna geht einen kleinen Schritt vorwärts, dann noch einen.

»Na also.«

Emil greift Minnas Arm und zieht sie zum Zug. Sie stolpert aufs Trittbett und dann rein in das Ungeheuer. Die Wände sind aus glänzendem Kirschbaumholz, selbst die Tür zum Lokus ist poliert. Nachtzug erste Klasse, weil Emil einen reichen Liebhaber hat. Wo auch immer der das Geld herhat. Weißt du ja nie so genau bei Doktor Magnus Hirschfeld. Behandelt wahrscheinlich eine sehr reiche, sehr heimliche Transe. Oder mehrere. Wahrscheinlich mehrere.

»Komm, unser Abteil ist da vorn«, sagt Emil und wird vom Pfeifen des Schaffners übertönt. Er führt Minna durch Mitreisende und Gepäck zu einer Glastür mit dunkelroten Vorhängen. Dunkelrote Vorhänge, das kennt sie gut von früher. Aber die damals waren schwerer und teurer. Bessere Qualität, verglichen hiermit. Sieht Minna sofort.

Der Zug setzt sich mit einem Ruck in Bewegung. Minna fällt gegen Emil und dann gegen das Fenster. Sie fahren aus dem Sandsteinbauch hinaus, durch majestätische Steinbögen und dann durch Kreuzberg. Minna hat noch keine Nacht außerhalb dieser Stadt verbracht, und schon gar nicht in einem Zug. Aber Berlin wird heute zum ersten Mal seit zweiundsechzig Jahren ohne sie ins Bett gehen. Sie schaut aus dem Fenster.

»Schlaf rund«, flüstert Minna, »dette nicht eckig wirst.«

Emil öffnet eine Schiebetür und fragt sie, welche Seite sie wolle. Sie sieht es aus dem Augenwinkel und schaut auf die Stadt. Seiten interessieren sie nicht. Von was überhaupt?

»Minna?« Emil kommt zu ihr ans Fenster und guckt auch raus auf die rußbraunen Mietshäuser und die grünen Bäume. »Kein Wunder, dass *das* hier nicht die Stadt der Liebe ist.«

»Halt die Klappe«, brummt sie.

Sie schweigen, während der Zug schnauft und schnauft und es offensichtlich gar nicht erwarten kann, diese Stadt zu verlassen.

»Mir wird Berlin auch fehlen«, gibt Emil schließlich zu.

Minna nickt und wendet sich ab. Zwei Schritte über den Gang in das kleine Abteil, rechts eine Sitzbank, links eine Sitzbank, beide dunkelrot, dazwischen ein Klapptisch. Auf der einen Seite über der Rückenlehne ist ein schmaler goldgerahmter Spiegel, der von der Glaswand bis zum Fenster reicht. Schlichter Rahmen, keine Schnörkel. Ist Minna unerklärlich, warum man dann überhaupt Gold nimmt. Wenn schon Prunk, dann doch richtig, oder? Aber gut, hat halt nicht jeder gesehen, was sie gesehen hat. Auf der anderen Seite die Gepäckablage und ein kleines Regalbrett. Emil legt seinen Hut drauf und schiebt die Tür hinter ihnen zu. Er trägt jetzt Filzhut im City-Stil, wenn er nicht im Dienst ist und Geld damit macht, auszusehen wie ein Kind.

»Aus den Bänken machen wir nachher die Betten«, erklärt er. »Welche Seite willst du?«

Minna ist es Jacke wie Hose. Sie zeigt auf die rechte Bank, während er seine Lederjacke an den Haken hängt. Er setzt sich ans Fenster, sie bleibt stehen.

»Soll ich dir den Mantel abnehmen?«

Minna hebt eine Augenbraue. »Det wär ja det erste Mal.«

Emil zuckt mit den Schultern. »Dann halt ihn eben fest.«

»Nee.« Sie hängt den Mantel auf und legt ihren Hut neben Emils. Sie setzt sich ihm gegenüber und ächzt leise.

»Was ist denn so toll an Berlin?«, fragt Emil.

»Jeht ja gar nicht um die Stadt.«

»Nicht?«

»Dir fällt's vielleicht leicht, die Ritze zu verlassen. Für euch war det immer nur 'n Haus wie jedet andere …«

Emil lacht. »Kein Haus ist wie die Ritze, Minna. Es ist das kleinste Haus der Welt.«

»Ja … Aber es war meins, Emil.«

»Und jetzt hast du genug, um in Paris ein neues Leben anzufangen.«

Minna schaut aus dem Fenster. »Ick dachte immer, die Ritze ist det Haus, in dem ick sterben werde, Emil. Ick bin die Ritze, und die Ritze ist icke! Solange ick lebe, wird kein anderer Name im Grundbrief stehen als meiner! Det dachte ick …« Die Stadt verschwimmt vor ihren Augen, sie ist kaum noch Wirklichkeit.

»Gut, verstehe.«

Minna winkt ab. »Du verstehst jar nüscht.«

»Dann erklär's mir.«

»Wenn du in den letzten acht Jahren nicht begriffen hast, wat dieses Haus für mich bedeutet, dann kann ick dir nicht helfen.«

Er runzelt die Stirn. »Aber …«

»Ick hatte die Ritze vierzig Jahre lang«, unterbricht sie ihn. »Vierzig. So weit kannst du gar nicht denken.«

»Zurück nicht, nein.«

»Jut, waren nur neununddreißig Jahre, aber ick hab mehr Lebenszeit in diesem Loch verbracht als irgendwo anders. Ick fühl mir, als hätte man mir den Arm amputiert.«

»Das geht aber doch vorbei. Und es tut dir auch mal gut, dich ein bisschen auszuruhen.«

»Fühl mich wie ne Schildkröte, die man aus ihrem Panzer jerissen hat.«

»Aber du hast doch auch schon vor der Ritze gelebt. Wenn das damals ging, geht es jetzt auch, Minna.«

»Damals …« Sie schnaubt. »Da war ick 'n anderer Mensch. Wo sind eigentlich meine Zigarillos?«

Minna sucht in ihrer Jackentasche, dann in ihrer Handtasche. Sie findet die Schachtel und nimmt sich einen raus. Emil beugt sich mit seinem Feuerzeug zu ihr. Geschenk von Magnus natürlich.

»Wie warst du denn vorher?«, fragt er.

»Jung und schön.«

»Und wie bist du an das kleinste Haus Berlins überhaupt drangekommen?«

Sie füllt das Abteil mit Rauch und wischt mit der Hand durch die Schwaden. »Ach, ick will eigentlich nicht drüber reden.«

»Gut, ich …«

»Det waren janz andere Zeiten damals«, unterbricht sie ihn wieder. »Und ick hatte janz andere Träume. Oder zumindest hab ick mir nicht die Ritze erträumt.«

»Wir müssen auch nicht …«

Weiter kommt er nicht.

»Es ist ne sehr lange Geschichte, und ick kann mir auch jar nicht an allet erinnern. Und ick bin wahrlich nicht stolz auf det, wat ick jetan habe, damals. Also zumindest nicht auf diese eine Sache.«

»Klar, ich …«

»Also«, unterbricht Minna ihn, »det Jahr war 1895 …«

Berlin, 1895

Minna sitzt seit Stunden aufm Lokus. Ihre Finger sind schon ganz blau, zumindest soweit sie das im Licht der Gaslaterne sehen kann, die sie an die Tür gehängt hat. Der Holzboden unter ihren Stiefeln ist mit einer dünnen Eisschicht überzogen. In ihrer Hand hält sie das letzte Stück Zeitung. Sie hatte einen ganzen Stapel Zeitungspapier dabei, um sich sauber zu wischen, aber es war so viel Blut, dass sie ihn schon aufgebraucht hat. Sie streicht über die Zeichnung auf dem letzten Blatt der Gazette. Eine Karikatur von zwei feinen Damen mit prächtigen Hüten, für deren Schmuck ein Dutzend Vögel sein Leben gelassen hat, mindestens. Die Damen sitzen in einem Café und spreizen den kleinen Finger von der Tasse ab. Ihre Stühle bestehen aus aufeinandergestapelten Arbeitern. Kleine dreckige Figuren, die sich gegenseitig zerquetschen, nur damit die Damen auf ihnen in Ruhe ihre grotesk fettige Torte essen können.

Minna weiß, dass das eine Kritik an der Gesellschaft ist, dass sie wütend über die Ungerechtigkeit der Welt werden soll und alles daransetzen, diesen Damen ihren Reichtum zu nehmen. Aber alles, was sie denken kann, ist, wie gern sie jetzt auf diesem Stuhl säße. Wie gern sie von solchen Männern – sie kennt solche Männer, und ungefähr drei von denen könnten für das ganze Schlamassel hier verantwortlich sein –, wie gern sie jedenfalls von denen durch die Welt getragen würde, anstatt immer nur unter ihnen zu liegen. Die Zeitung denkt, dass diese Männer ganz unten sind, aber bevor die sich gegenseitig zerquetschen, zerquetschen sie die Frauen. An die Frauen haben die feinen Herren bei der Zeitung nicht gedacht.

Minna schreit auf. Es zerreißt ihr Innerstes. Es ist gut, sagt sie sich. Was willst du mit einem Blag? Du weißt nicht mal so genau, wer der Vater ist, und du willst ihn schon gar nicht heiraten. Und das müsstest du. Leider. Kriegst die Kerle ja sonst nicht dazu, das Kleine mit durchzufüttern. Musst sie schon an dich binden, damit sie Verantwortung übernehmen. Ob du willst oder nicht. Und Minna will nicht. Nicht mal, wenn es Willi ist, und den mag sie. Ist ein Lieber. Kurt auch. Kurt wäre auch eine Möglichkeit und ein feiner Kerl. Beide hübsch, haben auch einmal um sie gekämpft. Kleine Prügelei vorm Pankower Eck. Denn Minna hat die schönsten Haare in der Straße, und das gefällt. Und Kurt hat schöne Augen und Willi diese tolle Stimme. Erlaubt ist, was gefällt, klar. Aber deshalb gleich heiraten?

Dass es besser so ist, sagt Minna sich, aber diese Worte erreichen ihren Unterleib nicht. Da unten ist nichts »besser«, nicht mal gut. Dort schlachtet ihr Körper sich selbst. In ihrer Unterhose ist ein Blutfleck so groß wie eine Faust. Lächerlich gegen das, was unter ihr in den Lokus fließt. Im Schwall. Minnas Muschi ist ganz heiß davon, sie ist ein Schmerzsommer, während ihre Füße Winter sind. Seit einer Stunde fühlt Minna da unten in den Stiefeln gar nichts mehr. Die ganze Nacht auf dem Lokus. Hoffentlich hat sie noch alle Zehen, wenn das hier vorbei ist. Opa hat letzten Winter zwei verloren, und der dritte ist seit zwei Wochen auch schwarz. Bald hat er mehr Zähne als Zehen. Dabei braucht der weder Zehen noch Zähne, um ihnen die Haare vom Kopf zu saufen. Er trinkt eher mehr, je weniger er wird.

Minna stöhnt. Blut fließt in den Abort. *Jetzt muss ick aber wirklich leer sein,* denkt sie. Es klopft an der Tür.

»Ey! Wird det heut noch wat, meine Schicht fängt gleich an.«

Statt einer Antwort schreit Minna auf. Draußen Stille, drinnen keucht sie. Ihre Finger zittern.

Als sie aufsteht, schwankt der Boden unter ihr, aber sie schätzt, dass es vorbei ist. Sie schaut auf ihre Unterhose. Vielleicht ist das gar kein Blutfleck, vielleicht ist es da drin. Man weiß ja nie, wann genau es rausrutscht. Minna richtet ihr Kleid, wickelt das Tuch wieder eng um ihren Oberkörper und greift nach Wassereimer und Gaslaterne. Sie erlischt, als Minna die Tür öffnet. Wie nett, dass die Laterne so lange durchgehalten hat.

Draußen steht eine Schlange, finstere Augen starren Minna an, sie verschwimmen etwas, sodass sie nicht zählen kann, wie viele Paare es sind.

»Wat war 'n det für 'n Jeschrei?«, fragt einer ihrer Nachbarn und lacht. »Wir dachten schon, du bist vielleicht jar nicht allein.«

»Doch, jetzt schon«, murmelt Minna im Vorbeigehen. »Jetzt bin ick wieder alleine.«

◇

Minna öffnet die Wohnungstür, hängt die Gaslaterne zurück an den Haken und kippt das mitgebrachte Wasser aus dem Eimer zur Hälfte in den Wasserkessel. Im Ofen knistert ein Feuer, ihr Bruder steht an der kleinen Spiegelscherbe und rasiert sich mit dem Rest Wasser von gestern.

»Haste nur einen Eimer jeholt?«, fragt Peter.

»Kannst froh sein, det ick den überhaupt hochjeschafft hab«, antwortet sie.

»Sei du lieber froh, det ick schon mal Feuer jemacht hab.«

»Jaja.«

Opa dreht sich auf der Küchenbank um und schnarcht weiter. Minna zwängt sich an ihm und Peter vorbei in die Ecke, in der der Einweicheimer steht, nimmt den Deckel ab und gießt die andere Hälfte Wasser rein.

Peter lässt das Rasiermesser sinken und starrt sie an. »Ey, wat soll'n dette? Ick brauch det janze Wasser.«

»Dann musste noch welchet holen gehen«, sagt sie ruhig. Erschöpfung bringt auch Gelassenheit.

»Ist det meine Aufgabe?

»Nee, du hast keine Aufgaben«, antwortet sie.

»Schütte det sofort alles in den Kessel, Minna«, verlangt er.

Minna starrt zurück, hebt ihren Rock und bindet ihre Unterhose auf. Sie zieht sie aus, knüllt sie zusammen und wirft sie in den Eimer. Die weiße Baumwolle saugt sich voll, das Blut schwimmt bereits davon.

»Wirklich?«, fragt sie. »Soll *det* in den Kessel für Kaffee?«

»Du blöde Schlampe.«

Minna zuckt mit den Achseln, öffnet die Salzdose und gibt eine Schüppe Salz in den Eimer. Sie legt den Deckel drauf und schiebt alles in die Nische zwischen Herd und Küchenbank zurück.

»Haste wieder die Beine breit jemacht, wa?«

Sie sieht ihn an. »Peter, es jeht mir nicht so jut.«

»Und wessen Schuld ist dette? Glaubst du, ick hatte 'n schönen Morgen? Papa hat Opa eine runterjehauen, bevor er zur Schicht ist. Opa hat ihn dann jebissen.«

Das kann sich mit diesen Zähnen natürlich schnell entzünden. Alles kann sich immer schnell entzünden. Minna geht zur Tür. Peter redet weiter, als bekäme er das gar nicht mit. Er redet von dem Gezeter der beiden Alten, das ihm den Tag versaut hat, und dass auf ihn ja eh keine Rücksicht genommen wird.

Ja. Er ist arm dran.

Auf dem Weg nach unten kommen Minna die Schlafgänger entgegen, die tagsüber, während sie und ihre Familie und eigentlich alle im Haus auf Arbeit sind, in ihren freien Betten schlafen. Haben alle Schlafgänger hier. Sie kommen vom Land, machen die Nachtschichten und denken am Anfang immer, dass sie was nach Hause schicken können. Aber Nachhauseschicken ist ein Mythos, den sie sich in der Provinz erzählen, um einander loszuwerden. Vielleicht haben sie auch wirklich Hoffnung …

Wenn du Glück hast, dann furzt dein Schlafgänger nur in deine Kissen, wenn du Pech hast, holt der sich auf deinen Geruch einen runter, sodass deine Decke abends ganz steif ist von seinem inzwischen harten, milchig weißen Geschnodder. Hast du als Frau nur Leid mit. Und dann gehst du ohne Unterhose zur Arbeit. Die Frauen in der Zeitung mit ihren fetten Torten haben bestimmt eine zweite Unterhose, wenn sie die erste waschen müssen. Vielleicht sogar eine dritte. Glücksschweine.

Die Tür von den Webers fliegt auf, und eine Schlange aus Kindern läuft Minna vor die Füße, als hätte diese Wohnung einen unerschöpflichen Vorrat an Kindern. Wie die Orgelpfeifen, alle in Kleidern, die ihnen entweder zu groß oder zu klein sind. Die drei Kleinen gehen in die Schule, die zwei Großen in die Fabrik. Wo auch immer die Orgelpfeifen hin*müssen*, wollen tut keiner. Aber die Weber will ihre Blagen auch nicht dabehalten. Sie hat ein Kleines am Rockzipfel und wiegt ein noch Kleineres im Arm, das kurz davor ist loszubrüllen.

»Ick will euch hier nicht wiedersehen, solange det draußen noch hell ist, verstanden?!«, schreit die Weber, und ihr Baby brüllt mit.

Minna schwankt gegen das Geländer, ihre Knie sind noch immer wackelig, und das Brüllen sägt in ihrem Kopf jeden halbwegs klaren Gedanken mittendurch. Ein kleines Webermädchen bleibt vor ihr stehen – sie weiß nicht welches, die sehen alle gleich aus in der Familie, und es sind so viele. Es sieht Minna mit großen Augen an.

»Du hast schöne Haare«, sagt das Mädchen und streckt die Hand nach ihrem Kopf aus. »Darf ick mal anfassen?«

Noch während Minna überlegt, ob sie es schafft, sich dem Kind entgegenzustrecken, ohne umzufallen, holt die Mutter aus und klatscht ihrer Tochter eine. »Verschwinde!«

Das Kind hält sich die geohrfeigte Wange und läuft weinend davon. Alles weint und schreit. Orgelpfeifen des Gebrülls. Wenigstens hat Minna ihre eigenen Schreie vorhin aus sich rausgebrüllt. Wenigstens ist dieser Kelch an ihr vorübergegangen. Dieses Geschrei, dieses markerschütternde Geschrei …

Auf dem Weg in die Fabrik kommt sie am Friedhof vorbei. Es dämmert schon, aber die Gaslaternen flimmern noch. Durch den schmiedeeisernen Zaun sieht sie im grauen Licht die grauen Steine, Namen und Jahreszahlen. Sie hat ihre Mutter geliebt, ihre Schwester auch, aber danach hat keiner gefragt.

Sie haben mehr Platz, seit die beiden tot sind. Sie kaufen einmal die Woche Fleisch, seit sie keine Medikamente mehr bezahlen müssen für zwei Frauen, die nicht arbeiten können. Krankheit frisst Geld, der Tod kostet nichts. Außer natürlich, du willst ein Begräbnis und einen Platz hier auf dem Friedhof. Klar, dann musst du blechen. Aber wenn du die Toten von der Charité abholen lässt, dann gibt es die Wochen drauf sogar zwei Mal Fleisch. Oder einfach mehr Schnaps für Opa. Und du stehst allein am Friedhofszaun und kannst deine Mutter nirgendwo mehr besuchen. Oder deine Schwester. Sie sind einfach von der Welt verschwunden.

Eine Frau mit zwei Kindern geht vorbei. Zwillinge. Sie sind nicht glücklich. Es ist, als brülle die ganze Welt, und das tut sie ja auch. Die Welt der Frauen zumindest. Wenn du eine Frau bist, bist du ein Schrei.

◇

Leberecht von Kotze war heute drei Mal beim Barbier. Und wofür? Dafür, dass er nun niedergeschlagen auf ein Mäuerchen sinkt. Im Rücken der verschnörkelte Zaun eines bürgerlichen Wohnhauses und gegenüber auf der anderen Straßenseite die hell erleuchteten Fenster der Wohnung der Spitzenbergs. Beletage, zwei Marmorsäulen im Salon und Schatten von Menschen, deren Welt soeben nicht zutiefst erschüttert wurde.

Sie will ihn nicht. Rosalinde von Spitzenberg will ihn nicht. Kotze sitzt in seinem braunen Anzug mit den goldenen Knöpfen und der türkisen Krawatte auf der Mauer wie ein Schuljunge, der nicht nach Hause möchte. Dafür hätten zwei Mal Barbier gereicht. Für diese Schmach hätte er sich nicht drei Mal rasieren lassen müssen, oder überhaupt rasieren. Oder ankleiden.

Er war besser angezogen als Rosalinde in ihrem schlichten blauen Kleid. Vielleicht war das ein Fehler. Vielleicht hat sie sich neben seinem stattlichen Putz geschämt … Und wenn er in seiner langweiligen schwarzen Uniform noch einmal wiederkäme? *Nein,* sagt er sich. *Nein.* Rosalinde ist klug. Sie hat ihn nicht wegen einer bunten Krawatte abgelehnt. Sie hat ihm einen Korb gegeben, weil sie nicht fühlt, was er fühlt. Sie will ihn nicht, und jetzt leidet sie nicht. Leberecht von Kotze leidet allein.

Lauer Herbstwind fegt über den Bürgersteig. Ein paar Blätter tanzen an Kotzes Schuhen vorbei und dann weiter auf das Kopfsteinpflaster der Straße. Sie schimmert golden im Licht der Gaslaternen und hell erleuchteten Salonfenster. Irgendwo spielt jemand Klavier.

Dieser Abend hätte ihn retten sollen, hätte alles wieder gutmachen sollen. Kotze fröstelt. Er hatte große Hoffnungen. Aber dieser Abend hat alles nur schlimmer gemacht. Er setzt dieser schrecklichen Woche die Krone auf. Erst lässt der Kaiser am Dienstag kein Wort davon verlauten, dass Kotze in seiner neuen Stellung als Zeremonienmeister nun endlich auch mit Zeremonien – oder wenigstens einer einzigen – betraut wird. Es hätte verschiedene Möglichkeiten gegeben. Oberhofmarschall Schmittelberg wird natürlich weiterhin die Bälle machen. Das nimmt der Kaiser ihm nicht weg, egal, was für Schnarchfeste Schmittelberg schmeißt. Nur weil man dem Orchester Clownsnasen aufsetzt, ist der Abend noch lange kein rauschender Kostümball, aber gut,

Seniorität ist Seniorität. Die Audienzen liegen bei Frams und die Beerdigungen bei Hollmer.

Kotze hatte auf die Hochzeiten gehofft. Er hat diese Woche auf einige Hochzeiten gehofft, die bei Hofe und seine eigene. Aber nichts. Er ist ein Zeremonienmeister ohne Zeremonien – und ein Mann ohne Frau.

Dann hätte er auch Kammerdiener bleiben können. Wozu ein Aufstieg, wenn Rosalinde ihn doch nicht nimmt? Wozu das alles?

Damit er dem Kaiser Klatschgeschichten erzählt. Mehr scheint Seine Majestät von Kotze nicht zu wollen. Bei der letzten Neujahrscour hat Gräfin Hohenau ihre Brüste entblößt, was Seine Majestät nur durch Kotze erfahren hat. Es hat den Kaiser sehr amüsiert. Seitdem will er immer mehr. Wer mit wem was am Hof tut, brühwarm und saftig erzählt. Aber Kotze ist doch kein Berichterstatter. Er ist …

Kotze weiß eigentlich nicht, was er ist. Ungeliebt, ungewollt und ohne Aufgabe. Das ist er. Er kann doch nicht ewig Junggeselle bleiben. Oben in Rosalindes Zimmer geht das Licht an. Sie tritt ans Fenster und zieht die Gardine zu. Sie sieht ihn nicht. Sein Herz bricht noch einmal. Ihr Lachen perlt in seinen Ohren, ihre Augen funkeln vor seinem inneren Auge, aber sie funkeln nicht für ihn. Kotze weiß nicht, wie lange er schon hier sitzt oder wo er hinsoll. Dennoch entschließt er, sich aufzuraffen. Gerade als er aufstehen will, hört er eine Kutsche. Hufgetrappel auf Kopfsteinpflaster. Das Gefährt biegt in die Straße und hält vor Rosalindes Haus. Ein Mann steigt aus, geht durch das schmiedeeiserne Tor und tritt ans Portal. Über ihm hängt eine Laterne, und als die Kutsche sich entfernt, erkennt Kotze den blonden Mann, der den Türklopfer betätigt.

Herzog Ernst Günther von Schleswig-Holstein-Sonderburg-Augustenburg. Kotze runzelt die Stirn. Was will der Rammler in Rosalindes Haus? Gut, die Spitzenbergs bewohnen nicht alle Etagen, vielleicht möchte er zum Geheimrat in dcr zwcitcn …

Der Herzog verschwindet im Hauseingang. Kotze will gehen, doch etwas hält ihn zurück. Rosalinde ist allein zu Hause, der Baron und die Baronin sind in der Oper. In der Wohnung der Spitzenbergs löscht das Hausmädchen die Lichter in den Salons. Das in Rosalindes Zimmer bleibt an. Und wenig später sieht Kotze hinter den Gardinen zwei Schatten, die einander in die Arme fallen. Er sieht Küsse und Kleidungsstücke, die zu Boden segeln. Kotze schluckt. Und dann sieht er den Grund, aus dem der ganze Hof den Herzog »Rammler« nennt. Er sieht, wie Rosalinde sich an einer Kommode abstützt und der Herzog hinter ihr das Kaninchen gibt. Kotze ballt die Hände zu Fäusten. Er ist Hass und Schmerz und ein gebrochenes Herz. Aber er kann nicht wegsehen. Rosalinde legt den Kopf in den Nacken, die Umrisse ihrer runden Brüste schaukeln. Kotze atmet schwer. Und er schaut und schaut.

◇

Minna ordnet den Tabak in der linken Hand, legt ihn auf das Umblatt und wickelt den Tabak darin ein. Sie rollt, während die Neue neben ihr plaudert. Sie kommt aus Vlotho. Sie hat Zigarrenrollen in Vlotho gelernt und verspricht sich viel von Berlin. Minna ist nur froh, dass sie ihr nichts zeigen muss. Vlotho weiß schon alles, so bringt der Tag wenigstens eine gute Sache. Von ihrem Lohn heute Abend muss Minna ins Wirtshaus und Fleisch essen, damit sie es morgen aus dem Bett schafft. Es ist noch nicht mal acht, noch über zehn Stunden auf diesem Hocker, auf dem ihre rohe Muschi sitzt wie eine Wunde. Zwischen ihr und dem Hocker ein paar Röcke, keine Unterhose.

Vlotho hat schon vier Wickel mehr gerollt als Minna. Drauf geschissen, sie hat einen schlechten Tag. Unter anderen Umständen sähe Vlotho alt aus.

Unterm Tisch tauen Minnas Füße auf. In der Fabrik ist es immer heiß, weil die Wickel Wärme brauchen, bevor sie rüber zu den Männern kommen. Die Arbeiterinnen kriegen was ab von der Wärme, ist im Sommer eine Zumutung, im Winter ein Segen. Wenigstens *ein* Segen.

Minna hat ihren Schwindel mit in die Fabrik genommen. Und jetzt sitzen sie beide hier, er malt ihr schwarze Flecken ins Sichtfeld und schaukelt sie auf ihrem Stuhl. Heute kommt es ihr heißer vor als sonst. Ein Schweißtropfen fällt von ihrer Stirn, sie bemerkt ihn zu spät, er tropft auf den Tabak. Schnell wickelt sie ihn ein und rollt, damit der Vorarbeiter es nicht bemerkt. Schmitt überwacht die Arbeiterinnen mit kleinen Augen, von denen du glaubst, dass sie nichts sehen. Aber sie sehen alles. Er kommt schon näher, schwarze Flecken überall, Minna rollt schneller. Sie rutscht ab, und der Wickel rollt von dem Tisch, zwischen Vlotho und ihr hindurch vor Schmitts Füße.

»Kacke«, sagt Minna.

Schmitt beugt sich runter und hebt ihren Wickel mit spitzen Fingern auf. Genussvoll dreht er ihn zwischen den Fingern. »Den hier zieh ich dir vom Lohn ab.«

Minna hält sich am Tisch fest, um es dem Wickel nicht nachzutun, und nickt knapp. Ist der dritte diese Woche. Schmitt freut so was. Seinen Tag hat Minna schon mal versüßt. Ihrer gehört dem Schwindel. Eine Hälfte von ihr ist unten in dem Abort bei ihr zu Hause. Die andere Hälfte ist schwach.

»Macht er das öfter?«, fragt Vlotho.

»Ja«, antwortet Minna.

»Na ja.« Vlotho zuckt leichthin mit den Schultern. »Ist wahrscheinlich sein gutes Recht.«

»Und det freut dir?«

»Nein, aber du musst zugeben, dass wir es hier gut getroffen haben.«

Minna wischt sich mit dem Ärmel kalten Schweiß aus dem Nacken.

»Meine Kusine arbeitet in einer Sodafabrik und hat sich schon drei Mal verbrannt«, erzählt Vlotho jetzt. »Oder wenn ich nur an die Frauen am Bahnhof denke ... Als ich angekommen bin, bin ich zwei Mal angesprochen worden, ob ich Arbeit suche.«

Minna wendet sich wieder ihrem Tabak und den Umblättern zu. Aber Vlotho redet weiter auf sie ein, als wisse sie nicht, was eine kalte Schulter ist. Währenddessen rollt sie genug Wickel, um drei Männer drüben in der anderen Halle zu beschäftigen.

»Aber so eine Arbeit such ich nicht, hab ich diesen Kupplerinnen gesagt, denn ich hab genau verstanden, was die wollen. Sie wollen uns Mädchen vom Land in ... in ...« Jetzt spricht sie leise: »In ein Bordell schleppen. Hab ich das Kinn hochgemacht und gesagt, dass ich das nicht nötig hab. Und ich hab es auch nicht nötig.«

»Gut so«, stimmt Marie von gegenüber ihr zu. »Das macht man nicht für Geld.«

»Warum eigentlich?«, fragt Minna erschöpft.

»Du bist gut.« Marie lacht. »Sich an feine Herren verkaufen. Tss …«

Minna hebt den Kopf. »Feine Herren?«

Vlotho nickt. »Das hat die Kupplerin auch gesagt, dass nur die feinsten Herren Kunden wären.«

»Wie fein jenau?«, fragt Minna.

»Aber nicht mit mir«, sagt Vlotho statt einer Antwort. »Und mir ist egal, ob ich für eine … eine Nummer mehr Geld kriege als den ganzen Tag hier und ob die sich kümmern, wenn es mal schiefgeht. Und ob ich neue Wäsche kriege und was nicht alles.«

Minnas Augen werden größer. »Neue Wäsche?«

»Für Geld ist echt das Letzte«, sagt Marie und rollt empört ihren Tabak über den Tisch.

»Die versprechen einem das Blaue vom Himmel«, stimmt Vlotho ihr zu.

Das Blaue vom Himmel ist immer eine Lüge. Keiner schenkt dir irgendwas, du musst dir alles selbst nehmen, solange du kannst. In der Schlange zur Lohnauszahlung fällt Minna später zwei Mal fast in Ohnmacht. Aber sie hält durch, denn wenn sie geht, bevor sie den Lohn verteilen, kriegt sie keinen, und dann kriegt sie auch kein Fleisch.

Minna hält sich an der Lohntüte fest. Gut, dass die leicht ist, Minna kann heute nicht schwer tragen. Sie dreht sich um und steht vor Vlotho und Marie, ihren grauen Gesichtern und ihren grauen Arbeitskitteln. Sie sehen heute sicher besser aus als Minna, aber sie rollen sich alle gleichermaßen die Jugend aus dem Leib. Mit jedem Tag wird ihr Leben grauer. Minna schaut in ihre Tüte. Elf Mark für eine Woche. Sechs Tage. Vierzehn Stunden am Tag. Elf Mark.

Brandenburg, 1895

Lottka schiebt die Nadel durch die Masche, nimmt den Faden auf und zieht ihn zurück. Und dann von vorn. Nadel durch die Masche, Faden holen und zurück. Rein, raus, rein, raus … Verdammte Ödnis. Vielleicht wollen die Ärzte sie verhöhnen mit diesem faden Ersatz.

Lottka sitzt am Fenster mit Blick auf den Park. Sie ist eine Frau mit Rüschen. Gräfin Charlotte von Hohenau liebt es, wenn ihre Manschetten sich kräuseln, und das Gleiche gilt für die Kragen ihrer Blusen – und für ihre Haare. Sie hat einen kurzen Pony voller kleiner wilder Locken. Um sie herum plaudern die nervenkranken Damen der besten Gesellschaft und besticken Taschentücher – sofern sie sticken können. Lottka kann nicht mal stricken. Häkeln ist das Einfachste, hat die Pflegerin gesagt und es ihr beigebracht.

»Nennst du das einen Topflappen?«

Lottka hebt den Blick von ihrer Handarbeit und schaut zu dem Sessel gegenüber. Vicka hält sich mit einer Hand an der Rückenlehne fest, die andere ruht auf ihrem Stock. Sie schaut auf Lottkas Hände. »Die arme Wolle.«

Sie stützt sich schwer auf den Knauf ihres Stocks und setzt sich langsam. »Sie wäre bestimmt lieber eine Monatsbinde geworden als ein Topflappen von dir.«

»Du hast alles verpasst, Vicka«, sagt Lottka.

»Das Geschrei heute Morgen?« Vicka verzieht das Gesicht. »Davon hab ich noch zu viel mitbekommen, glaub mir.«

»Die Kamischek hat das Essen, das extra nach ihrem Rezept gekocht wird, Saufutter genannt und die Oberwärterin geohrfeigt.«

Vickas Mundwinkel hängen reglos herunter, aber in ihren grauen Augen blitzt so etwas wie Anerkennung auf. »Mir wäre lieber, sie würde leiser um sich schlagen.«

»Das wäre wirklich nur halb so interessant«, sagt Lottka und blickt sehnsüchtig zur Kamischek hinüber, die nun sediert auf einer Récamiere liegt und niemanden mehr unterhält.

Vicka schüttelt langsam den Kopf. »Du bist zu leicht zu begeistern.«

Lottka betrachtet die alte Freundin, deren Erscheinung keinen Zweifel daran lässt, dass wir alle endlich sind. »Warum fährst du nicht nach Hause, Vicka?«

»Damit der Hurenbock mir beim Sterben zusehen kann? Den Gefallen tu ich ihm nicht.«

»Aber du könntest *dir* einen Gefallen tun … Du musst doch nicht hierbleiben, wenn du es hasst …«

»Hassen? Ich schätze diesen Ort sehr, Lottka.«

Lottka hebt eine Augenbraue. »Wirklich?«

Vicka sieht sich um. »Ich hasse die Ärzte, die Wärter und alle anderen Patientinnen. Und Brandenburg. Und den Wald. Und diese schrecklichen Häuser. Den Rest schätze ich.«

»Da bleibt doch nichts übrig.«

»Doch, die Syphilis.«

Lottka lacht. »Du schätzt deine Syphilis?«

Vicka seufzt müde. »Das war eine Lüge. Aber wenn mein Hurensohn von Ehemann mich schon wegen Lügen einweist, kann ich damit auch weitermachen.«

Lottka nimmt ihre Häkelarbeit wieder auf. »Wenn du meinst.«

»Ich hab Willes übrigens gesagt, dass dein Mann in Zukunft weder deine Behandlung bezahlen noch die angedachte Summe für das Sanatorium spenden wird, wenn du weiter ins Eiswasser musst.«

Lottka hebt den Kopf. »Welche Spende?«

Vicka verdreht die Augen. »Lottka, die Wahrheit hat auch noch keinen geheilt.«

Lottka runzelt die Stirn und betrachtet Vickas bittere Gesichtszüge. Wer hätte gedacht, dass hinter dieser Fassade ein mitfühlender Mensch steckt, der verhindert, dass Lottka weiter diese schrecklichen Eisbäder nehmen muss. Sie hasst Eisbäder.

»Danke, Vicka.« Lottka lächelt und wickelt sich den Faden um den Zeigefinger.

»Das kann man ja nicht mit ansehen.« Vicka zeigt auf die Häkelarbeit. »Dieser Lappen da heilt auch niemanden. Ich hoffe, deine Massagekuren zeigen einen größeren Erfolg.

»Aber ja. Sie helfen sehr …«

»Ich würde ja die Douche nehmen. Hammer, wie das schon klingt …«

Lottka zwinkert. »Hart und fest …«

Vicka hat beide Hände auf ihren Stock gelegt und sieht sie forschend an. »Und du bist sicher, dass die Douche nicht besser ist?«

»Ja, der Wasserstrahl fühlt sich scharf an. Etwas schneidend …«

Vicka presst die dünnen Lippen aufeinander, nickt und schaut aus dem Fenster in den Brandenburger Herbst. Beide Hände liegen noch immer auf dem Knauf. Sie krallen sich ineinander.

»Es tut mir leid, dass die Behandlung für dich nicht infrage kommt«, sagt Lottka.

Vicka wischt mit der Hand durch die Luft und sieht weiter hinaus.

»Wie geht es deinem Mann?«, fragt Lottka.

»Jede Woche schlechter.«

»Gut.«

»Ich wünschte, er würde endlich sterben«, sagt Vicka.

»Weil du dann auch … gehen kannst?«, fragt Lottka.

»Er wird mich nicht überleben.« Sie hebt ihren knöchernen Zeigefinger. »Der nicht.«

»Und was wird dann aus mir? Ohne dich?«

»Du musst deine Probleme dann selbst lösen, Lottka.«

»Ach, vergiss meine Probleme, Vicka. Mir geht es um deine Gesellschaft.«

»Du bist die Erste, der es darum geht.«

»Weil du alle anderen ständig anlügst.«

»Dich doch auch.«

»Aber ich bin weniger empfindlich.«

Vicka betrachtet sie. Sie reckt ihr Kinn. Obwohl Vicka klein und eingefallen ist, schaut sie auf Lottka hinab. Nach einer kleinen Weile schüttelt sie den Kopf. »Bist du nicht.«

»Wie steht es um die Wette deines Mannes?«

»Sie hält ihn am Leben.« Vicka lehnt sich zurück. »Sei froh, dass du keinen Architekten geheiratet hast. Arbeit ist ein Lebenszweck. Dieses vermaledeite Haus hält den Hurenbock davon ab, endlich den Löffel abzugeben.«

»Ist es denn schon fertig?«

»Nein. Ich hasse das Haus.«

»Du kennst es doch gar nicht.«

»Gott bewahre mich davor, je einen Fuß in dieses Loch in der Mulackstraße zu setzen. Mein Ankleidezimmer ist größer als diese Hütte.«

»Das schmalste Haus der Stadt … Ich finde, das klingt interessant.«

Vicka sieht wieder aus dem Fenster. »Wie gesagt, du bist zu leicht zu begeistern.«

NERVENSACHE

Im Zug, 1935

»Ach, hier seid ihr. Hab schon den janzen Zug abjesucht«, sagt Gustav, dessen Kopf plötzlich durch die Schiebetür lugt.

Minna starrt ihn an. »Justav?«

»Tach auch«, sagt er und schiebt die Tür komplett auf.

»Justav?«, fragt Minna wieder.

»Minna.« Er lächelt sie an. »Wie jeht's?«

»Es muss so lange gut gehen, bis es besser wird«, sagt Emil.

Gustav steht mit seinem struppigen Bart und den hochgekrempelten Ärmeln in der Tür zu ihrem Abteil. Es klemmt kein Küchentuch in seinen Hosenträgern, aber ansonsten könnte er auch hinter dem Tresen stehen. Er weiß natürlich nicht, wie man sich für so eine Reise kleidet. Er stemmt die Arme in die Hüften, lässt seinen Blick über die dunkelroten Polster gleiten und grinst.

»Picobello habt ihr det hier, wa?«

»Wat machst du hier?«, fragt Minna.

»Det Gleiche wie ihr. Fahr nach Frankreich.«

»Setz dich doch«, sagt Emil, rückt zur Seite und macht Gustav Platz. Der setzt sich, bevor Minna überhaupt verstanden hat, dass er hier ist.

»Guck nicht so, Minna«, sagt Emil. »Er hat doch nur einen Zweite-Klasse-Fahrschein.«

Minna runzelt die Stirn. »Woher weißt'n dette?«

»Weil ick's ihm jesacht hab«, erklärt Gustav.

Minna sieht von einem zum anderen. »Warum? Wann?«

»Nachdem Emil mir erzählt hat, det er nach Nizza fährt, um seinen jeliebten Magnus zum Jeburtstach zu überraschen.«

»Und du willst auch nach Nizza, oder wat?«

»Wusstest du nicht, dass Gustav auch aufgehört hat mit seinem Bordell?«, fragt Emil.

»Doch, aber ...«, beginnt sie und weiß nicht weiter.

»Zeit für die Rente, Minna.«

Minna runzelt die Stirn und betrachtet die beiden. Der Hundegustav hat dichtgemacht. Noch ein Grund mehr, in Berlin zu bleiben. Keine Konkurrenz mehr die Straße runter. Die Ritze wär jetzt das einzige Bordell in der Mulackstraße. Wenn es sie noch gäbe ...

Gustav sieht sich mit glänzenden Augen im Abteil um. Minnas Blick fixiert den Jungen. »Haste dem auch jesacht, welchen Zug wir nehmen?«

»Ist doch lustiger, wenn wir zusammen fahren.« Gustav strahlt.

»Wieso zusammen?«, fragt Minna. »Du fährst doch Holzklasse.«

»*Zweite* Klasse«, verbessert er.

Emil wendet sich an ihn. »Minna erzählt mir gerade, wie sie an die Ritze gekommen ist.«

Gustav sieht sie an. »Ja, wie haste det damals eigentlich hingekriegt?«

»Indem ick netter zu Frauen war als du.«

»Nee, es hat mit dem Kaiser zu tun«, sagt Emil ehrfürchtig.

Gustav lacht. »Quatsch. Kaiser … Da hört sich dann doch Verschiedenes auf.« Er tippt sich an die Stirn. »Kaiser …«

»Neidisch?«, fragt Minna.

»Auf deine Lügen?«, fragt er zurück, und Emil lacht.

Diese Eintracht auf der Bank gegenüber gefällt Minna gar nicht. »Wann seid ihr zwei beide eigentlich so dicke Freunde jeworden?«

»Aufm Friedhof«, antwortet Gustav.

»Aha«, brummt Minna.

»Hey, mich hat det allet auch tief erschüttert damals«, verteidigt er sich.

»Du Armer.«

»Det hätte so nicht enden dürfen«, sagt Gustav. »Det waren jute Mädchen.«

Minna presst die Lippen aufeinander und sieht aus dem Fenster. Jetzt nicht weinen. Nicht vor dem. Das fehlte noch.

»Colette war die schönste Hure, die ick je …« Gustav schluckt, »die war doch noch so jung. Und Natalia …«, er weint, »jeder Mann hatte Angst vor der … jeder … und jetzt …« Er schluchzt.

Emil steht auf und tastet seine Jacke ab. Er sieht zu Minna runter, während er ein Taschentuch rausholt. »Du bist nicht die Einzige, die in Trauer war, Minna.«

»Aber ick bin die Einzige, die noch immer in Trauer ist«, sagt Minna mit Seitenblick auf den jaulenden Hund mit Schnauzbart gegenüber. Colette und Natalia waren ihre Huren, ihre Freundinnen, ihre Familie … Nicht Gustavs. Die konnten den genauso wenig leiden wie Minna. Und wenn die beiden noch leben würden, dann würde Minna nicht in diesem Zug sitzen.

Emil reicht Gustav sein Tuch. »Hier.« Er wendet sich an

Minna. »Ja, du hast recht. Gustav weint einfach nur gern. Du weißt ja, wie wir Männer sind.«

»Der kannte die doch kaum«, begehrt Minna auf.

»Jeder kannte Natalia und Colette«, widerspricht Emil. »Zumindest jeder im Scheunenviertel.«

Minna runzelt die Stirn. »Aber nach acht Jahren hier noch rumflennen wie 'n Blach aufm Spielplatz.«

Emil sieht sie an. »Das Leben ist kein Spielplatz.«

»Wat du nicht sagst.«

Acht Jahre ist es her, dass Colette Blausäure kaufte, die Natalia aus Versehen trank. Acht Jahre, seitdem die schöne blonde Colette sich vom Dach der Ritze in den Tod stürzte, weil Minnas Sohn ihr das Herz brach. Acht Jahre, seit Minna an einem kalten Wintermorgen die Leichen ihrer besten Freundinnen fand und nichts mehr für sie tun konnte. Minna konnte sonst immer irgendwas tun, ändern, voranbringen, aber an diesem Morgen war sie zum ersten Mal in ihrem Leben machtlos. Oft fühlt sie sich noch immer so. Die beiden Freundinnen sind weg, dafür ist dieses Gefühl der Ohnmacht jetzt da.

Gustav reibt sich übers Gesicht und lässt das Taschentuch sinken. Seine Augen sind rot. In seinem Schnäuzer hängt Schnodder. »Danke, Emil.«

Der Junge lächelt. »Gern.«

»Det mit dem Kaiser glaub ick dir trotzdem nicht, Minna.«

»Ob du mir glaubst, ist Jacke wie Hose, Justav. Kannst gern zurück in die Holzklasse gehen.«

»*Zweite* Klasse«, verbessert Gustav.

Minna zuckt mit den Schultern. »Wer's glaubt.«

Emil verdreht die Augen. »Wie ging es denn jetzt weiter, Minna? Bist du einfach in ein Bordell gegangen?«

Das alles wäre ja vielleicht noch zu ertragen, wenn Wilhelm der Männlichkeit zur Ehre gereichen würde. Aber dieser Invalide hier auf dem Podest im Ankleidezimmer würde vom Pferd fallen, wenn die Tiere nicht extra für ihn zugeritten wären. Und so was will Kaiser sein …

Herzog Ernst Günther steht stramm und wartet. Die Welt geht vor die Hunde, wenn Stärke nichts mehr wert ist. Wenn Krüppel über echte Männer entscheiden … Und deshalb möchte der Herzog Rosalinde heiraten, mit ihr wird er nur gesunde Kinder bekommen und nicht so eine Schande mit Perücke wie der Vogel vor ihm auf dem Podest.

»Wilhelm, ich möchte heiraten«, sagt der Herzog.

»Mhm, ja. Ich hörte davon.«

»Tatsächlich?«, fragt der Herzog.

Der Kaiser setzt den Dreispitz auf und rückt ihn mit der rechten Hand auf der weißen Perücke zurecht. Er fährt auf seinem Podest herum und präsentiert sich dem Herzog als Friedrich der Große. Die Kammerdiener stehen stramm zwischen den Spiegeln und rühren sich nicht.

»Was denkt du?«, fragt der Kaiser.

»Formidables Kostüm«, lobt der Herzog. »Der Alte Fritz, wie er leibt und lebt.«

»Bin noch unentschlossen, was den Bart betrifft.« Der Kaiser streicht über seinen Schnäuzer, der an den Mundwinkeln nach oben abbiegt wie eine mit dem Lineal gezogene Schlachtenformation. Kein Gezwirbel, keine kokette Locke am Ende. Nur eine Ecke wie aus einem Schulbuch der Geometrie. Friedrich der Große hingegen hatte gar keinen Bart. Er hat allerdings auch nicht sechs Mal am Tag die Uniform gewechselt. Dafür war er tatsächlich im Krieg. Und zwar siegreich. Das Schlachtfeld des Kaisers, der heute, knapp zweihundert Jahre später, seine Uniform trägt, ist eines von vielen Faschingsfesten.

»Rasiere mich ungern.«

Würde auch nichts ändern, denkt der Herzog. Bart oder nicht, Friedrich der Große war ein siegreicher Kriegsherr. Kaiser Wilhelm II. ist ein Krüppel in Kostüm.

»Aber es geht auch weniger darum, den Alten Fritz zu kopieren, als ihm etwas von meiner eigenen Größe hinzuzufügen«, erklärt Seine Majestät. »Ein Symbol meiner humanistischen Weltsicht zum Beispiel. Ich denke, dafür eignet sich der Bart.«

»Natürlich, Wilhelm«, pflichtet der Herzog bei.

»Wobei ich nichts weiter als ein König der Bettler bin.«

»Natürlich.«

»Mit einer Marine.«

»Du sagst es, Wilhelm.«

Keine Marine der Welt ist groß genug, um den lahmen linken Arm wettzumachen, denkt der Herzog. Er knetet die Hände hinter dem Rücken und betrachtet seinen Schwager, der sich vor dem Spiegel dreht und wendet, als gehöre ihm ganz Europa. Kann sich nicht mal die Schuhe selber zubinden, der armselige Wurm.

Wenn Wilhelm auch nicht der Herr über ganz Europa ist, ist er doch das Oberhaupt der Familie. Der Herzog muss den Kaiser fragen, ob er heiraten darf. Der Kaiser entscheidet, ob der Herzog vor den Altar treten darf, und er entscheidet auch mit wem.

»Diese Heirat … das ist alles absolut lächerlich. Selbstverständlich heiratest du die Baroness Spitzenberg nicht.«

Der Herzog presst die Lippen aufeinander.

»Ein Mitglied der kaiserlichen Familie mit einer Baroness?« Seine Majestät schmunzelt. »Was kommt als Nächstes? Willst du Hunde mit Katzen paaren?«

»Sie ist eine mehr als passable Partie.«

»Für einen Baron, ja. Aber nicht für den Bruder meiner Frau.«

»Aber ich liebe sie.«

Der Kaiser hebt eine Augenbraue und gibt einem der Kammerdiener seinen Dreispitz in die Hand. Es stehen überall Kammerdiener. Der Herzog hat nur einen, der Kaiser immer mindestens drei zu seiner Verfügung. Sie gehören zum Mobiliar, man bemerkt sie erst, wenn sie sich bewegen.

»Dann mach mit ihr, was du mit allen anderen Frauen auch machst«, schlägt Seine Majestät vor und setzt nach: »Du Rammler.«

Der Herzog runzelt die Stirn. Der Kaiser hat ihn noch nie so genannt. Alle anderen am Hof tun das, denn sie sind neidisch auf die Virilität des Herzogs, seine Eroberungen, seine Manneskraft. Wahrscheinlich ist der Kaiser auch neidisch. Hat keine Zeit für die süßen Früchte des Lebens, und wenn doch, dann hat er nicht die Ausdauer des Rammlers. Niemand hat die Ausdauer des Rammlers.

»Wilhelm, Rosalinde ist eine gesunde Frau, deren Kinder nur so vor Kraft strotzen werden.«

Der Kaiser zupft an seiner weißen Perücke. »Sicherlich, aber diese Kinder werden nicht deine sein.«

»Ich werde sie heiraten!«

»Nein.«

Der Kaiser zieht die Perücke ab und betrachtet den Rammler.

»Ich bezweifle überdies, dass deine Kinder allzu stattlich werden. Auch Rosalindes Erbgut kann *das* nicht wettmachen.«

»Wie bitte?«, fragt der Rammler.

»Dein Verhalten ist in einem Maße kindisch, dass ich deine geistige Gesundheit anzweifeln muss. Und auch so etwas vererbt sich.«

◇

Ein Schuss peitscht durch die Luft.

»Und du willst wirklich nicht zurück?«

»Ins Regiment?«, fragt Kotze und lädt nach.

Loloki nickt. »Ich dachte, jetzt, wo deine Zeit als Kammerdiener vorbei ist …«

Kotze schüttelt den Kopf. »Ich gehöre nicht an die Waffe, Loloki.«

Kotze legt das Gewehr an, nimmt die Zielscheibe ins Visier und atmet ein. Er drückt ab. Der Schuss geht ins Schwarze. Sie stehen am Schießstand unter dem hölzernen Vordach und zielen abwechselnd auf eine der Gewehrscheiben hundert Meter entfernt. Kotze stößt sich von der Anschlaghilfe ab. Er spürt den Blick seines Freundes auf sich und seufzt. »Ich bin nicht wie du.«

»Nein«, sagt Loloki. »Du bist nicht verheiratet.«

»Ich heirate schon noch.«

»Wird Zeit …«

»Sag das Rosalinde von Spitzenberg.«

Loloki runzelt die Stirn. »Die hat doch was mit dem Rammler.«

Kotze schaut mit finsterem Blick auf sein Gewehr.

»Und was meinst du überhaupt damit, dass du nicht an

die Waffe gehörst?«, fragt Loloki weiter. »Ich kenne niemanden, dem eine Büchse so gut in der Hand liegt wie dir.«

»Nur weil man etwas gut kann, heißt das nicht, dass man dafür bestimmt ist.«

»Macht es dir denn keinen Spaß, ein Ziel zu treffen? Du triffst immer.«

»Leider geht es in der Kavallerie um mehr als ein paar Schießübungen.«

»Aber der Rausch, Kotze. Der Rausch, wenn du ins Schwarze triffst …« Loloki lehnt sich gegen die Anschlaghilfe, legt die Oberarme ab und das Gewehr an. Er atmet ein, aus, und bevor die Luft seiner Lunge ganz entwichen ist, drückt er ab.

Kotze folgt seiner Kugel mit dem Blick bis zur Zielscheibe. »Und was weißt du vom Rausch, ins Schwarze zu treffen? Der wär ja fast in den Kugelfang gegangen.«

»Das liegt an dir, du machst mich nervös.«

»Seit wann?«

»Schon immer.«

Kotze seufzt. »Loloki, das war doch nur … es war doch nur kurz. Eine Spielerei … Ich war jung und neu im Korps. Ich war einsam.«

»Ich möchte dir glauben, aber …«, sagt Loloki. »Es ist nur, dass dein Hang zu Klatsch und Tratsch …«

»Das ist der Hang Seiner Majestät, nicht meiner.«

Loloki stößt sich von der Anschlaghilfe ab. »Ist ja gut, ist ja gut. Aber da wär auch noch dein Äußeres.«

»Was ist damit?«

»Es ist weibisch, Kotze.«

»Welches Weib trägt denn Hosen?«

»Es geht nicht um die Hosen, sondern die Farben und Stoffe. Was ist das? Orange?« Loloki zeigt auf Kotzes Krawatte. Kotze neigt das Kinn und zieht die Krawatte etwas aus seiner Weste und runzelt die Stirn. »Die Farbe heißt Lachs.«

»Das ist genau der Grund, warum der Hof dich einen ›fatzkenhaften Kleidernarr‹ nennt.«

»Es ist nur Kleidung, Loloki.«

»Sie macht dich verdächtig.«

»Unsinn, sie macht die anderen neidisch, die armen Uniformierten, die alle gleich aussehen und dunkel. Der Kaiser kann die ganzen Schranzen der Langeweile nicht mal auseinanderhalten.«

»Aber dich erkennt er?«

»Jeder erkennt mich.« Kotze grinst und steckt die lachsfarbene Krawatte zurück in seine Weste. »Von Weitem.«

Loloki verschränkt die Arme vor der Brust. Er trägt einen schwarzen Anzug, seine hohe Stirn ist gerunzelt. »Was, wenn dein ganzer Männerputz dein Untergang ist?«

»Geht es dir wirklich um *meinen* Untergang?«

»*Ich* bin verheiratet.«

Kotze nickt. »Ja, aber deine Frau ist nicht da.«

»Ich bin verheiratet und in der Armee.«

Kotze zuckt mit den Schultern und lehnt sich wieder an die Anschlaghilfe. »Dann ist doch alles bestens.«

»Auf Sodomie stehen schwere Strafen, Kotze«, sagt Loloki und stellt sich dicht neben ihn. »Die widernatürliche Unzucht, welche zwischen Personen männlichen Geschlechts oder von Menschen mit Tieren begangen wird, ist mit Gefängnis zu bestrafen. Auch kann auf Verlust der bürgerlichen Ehrenrechte erkannt werden. Paragraf 175.«

»Hast du das auswendig gelernt?« Kotze schenkt ihm einen Seitenblick.

»Natürlich. Dieser Paragraf ist das Damoklesschwert meines Lebens.«

»*Deines* Lebens, Loloki. Ganz genau.«

»Ich will dich nur beschützen.«

»Nein«, sagt Kotze und legt das Gewehr wieder an, »du willst was anderes von mir.«

Loloki wendet sich ab. »Es ist sinnlos, mit dir über Liebe zu sprechen.«

»Von mir aus müssten wir gar nicht sprechen.«

Loloki dreht sich wieder zu Kotze. Er lächelt. »Von mir aus auch nicht.«

»Geiler Lüstling.«

»Eitler Fatzke.«

Sie lachen.

»Woher hast du eigentlich diesen bunten Fummel?«

»Was ist denn das für eine Frage? Von meinem Schneider.«

»Du musst wirklich aufpassen, Kotze.«

»Ich?« Kotze seufzt. »Loloki, du kannst dich hinter so vielen Ehen und Armeekarrieren verstecken, wie du willst. Es weiß trotzdem jeder, wo dein Herz schlägt.«

»Vielleicht, aber wo kein Kläger, da kein Richter.«

»Und du könntest auch ein bisschen Farbe vertragen. Ich nehm dich mal mit zu meinem Schneider.«

»Und dann? Im Zuchthaus nutzt mir mein schriller Aufzug auch nichts mehr.«

»Warum hast du nur so eine Angst?«, fragt Kotze.

Loloki schüttelt den Kopf. »Warum hast du keine?«

Gustav legt seine Unterarme auf den Schenkeln ab und verschränkt die Finger ineinander. Er runzelt die Stirn und funkelt Minna an. »Kotze? Herzog Rammler, Minna? Willst du sagen, du hattest wat mit der Kotze-Affäre zu tun?«

»Ick *war* die Kotze-Affäre, Justavchen«, sagt Minna.

»Lächerlich.«

»Was war das für eine Affäre?«, fragt Emil.

»Det erzähl ick dir doch jerade, Junge.«

»Darüber macht man keine Witze, damals sind Menschen jestorben«, sagt Gustav und zeigt mit dem Finger auf sie, als hätte er selbst die Moral und den Anstand erfunden.

»Det weiß ick, denn ick war dabei.«

Gustav lacht. »Det hätteste wohl jerne.«

Minna hebt eine Augenbraue. »Det wär ja noch schöner. Ick will weder, det Menschen sterben, noch dabei zugucken.«

»Wer ist denn gestorben?«, fragt Emil dazwischen. »Die hysterische Gräfin? Der schöne Kotze? Der geile Herzog? Woran?«

Gustav tippt sich auf die Brust. »Ick kannte den Herzog Rammler persönlich.«

Minna nickt. »Ick auch.«

»Det war kein schlechter Mensch.«

»Doch.«

»Wir sind alle keine guten Menschen«, sagt Emil.

Minna seufzt. »Det schon wieder …«

Emil senkt den Kopf. »Ich kann nicht einfach vergessen, was ich getan habe.«

»Ick auch nicht, aber ick mach mir deshalb nicht zum Märtyrer.«

»Lass den Jungen doch seine Fehler bereuen«, sagt Gustav.

»Ach, du weißt doch jar nicht, wat der jemacht hat.«

Gustav schnaubt. »Er war in ner Wilden Clique. Ick weiß, wat die machen.«

»Foltern und Vergewaltigen«, erklärt Emil, als könnte das doch jemand vorübergehend vergessen haben. Als wüsste Minna nicht zu gut, dass er im Tiergarten Teil einer Bande war, in der Jungs sich verkauft und aneinander vergangen haben, nur um dazuzugehören – nur um nicht aufgefressen zu werden vom Winter, der Stadt oder den Erwachsenen.

Gustav lehnt sich zurück, verschränkt die Arme vor der Brust und zeigt mit dem Daumen zu Emil rüber. »Ick würd dem nicht übern Weg trauen, wenn der sich für det, wat er jemacht hat, *nicht* innerlich zerfleischen würde.«

»Und da du der Maßstab der Menschlichkeit bist, ist ja allet jeritzt«, sagt Minna.

Gustav schüttelt den Kopf. »Nicht solange du dir mit der Kotze-Affäre brüstest.«

»Ick brüste mir mit jar nüscht.«

»Wat machste nicht? Det ist *meine* Ritze …«, äfft Gustav sie nach. »Die Ritze jehört *mir*, du hast nur jemietet, aber det hier ist *mein* Puff … *Wir* fahren erste Klasse …«

»Das hat Minna doch gar nicht bezahlt …«, sagt Emil.

»Ach?« Gustav dreht sich zu ihm. »Wer hat det denn bezahlt?«

Gustav sitzt da mit verschränkten Armen auf seinem Mollenfriedhof und grinst wieder so, dass man's ihm aus dem Gesicht schlagen will.

»Magnus.«

»Der Sex-Doktor ist 'n reicher Doktor?«, fragt Gustav.

»Er lebt jetzt in Nizza in einer großen Villa«, erzählt Emil. »Und als ich ihm geschrieben hab, dass Minna verkauft hat und auch aus Berlin wegwill …«

Minna schnaubt, Emil verbessert sich: »… wegmuss. Da hat er Geld für ihre Fahrkarte telegrafiert.«

»Wie nett.«

»Siehste«, schnappt Minna in seine Richtung. »Du musst nett zu Frauen *und* Schwulen sein, wenn du es zu wat bringen willst, Justav.«

Gustav zeigt wieder auf Emil. »Bin ick doch.«

Minna schnaubt. »Ja, bist 'n Samariter, Justav.«

»Erzähl weiter«, bittet Emil.

»Jaja, mach ick.«

Brandenburg, 1895

Lottka liegt mit flatternden Lidern auf einer gepolsterten Liege und krallt sich in ihre Röcke. Sie sind in ihren Schoß gerutscht und bauschen sich um ihre Lenden. Hinter all den Röcken sitzt Doktor Willes mit dem Hammer. Auf dem Boden neben Willes' Füßen steht eine Batterie und lässt den Hammer surren. Es ist ein silbernes Gerät mit einem Griff und einer vibrierenden Spitze mit breitem Gummiaufsatz. Sieht ein bisschen aus wie eine Pistole – wenn eine Pistole ein Kabel hätte und eine Batterie bräuchte. Der Hammer gräbt sich mit seinen Noppen zwischen dem Spalt von Lottkas Unterhose hindurch, bis sie lauter und lauter wird – und kommt.

Der Doktor nimmt das Gerät von ihrer Muschi, beugt sich zur Batterie hinunter und schaltet den Strom ab. Es klickt, der Hammer verstummt. Lottka keucht.

»Sie dürfen sich wieder bedecken, Gräfin«, sagt Doktor Willes.

Lottka hört ihn kaum, schaut über ihren Kopf hinweg durchs Fenster in den Himmel und lässt die Hände rechts und links neben sich fallen. Sie liegt auf der Liege, als würde sie schweben, ihre Brust hebt und senkt sich, der eingeschnürte Bauch nicht. Willes steht im weißen Kittel am Medizinschrank und wirft den Gummiaufsatz in einen kleinen Blecheimer mit Alkohol und weiteren Aufsätzen. Sie schwimmen im Eimer wie plattgetretene Igelbabys. Der Arzt dreht sich um und weicht erschrocken zurück. Vor ihm auf der Liege spreizt Lottka noch immer die Beine, durch den Spalt ihrer Hose sieht er ihre Muschi, die Schamhaare, einfach alles. Hastig wendet er den Blick ab und schaut gegen die Wand neben der Tür.

»Sie dürfen sich wieder bedecken, Gräfin«, sagt Willes noch einmal.

Lottka seufzt wohlig und rührt sich nicht.

»Gräfin?« Willes räuspert sich. »Gräfin?«

Er wendet sich noch mal dem Medizinschrank zu, holt einen Stift aus seiner Kitteltasche und beugt sich über die Krankenakte von Gräfin Charlotte von Hohenau. Schreibend murmelt er: »Erfolg der Massagekur zweifelhaft. Patientin nicht ansprechbar, in ihrer Erregung gefangen. Von weiteren Uterusmassagen absehen.«

»Wie bitte?!« Lottka reißt den Kopf hoch und starrt ihn an.

Der Arzt schaut über den Rand seiner Brillengläser zu ihr. »Gräfin Hohenau, ich hege starke Zweifel daran, dass diese Anwendung zu einer Besserung des hysterischen Leidens führt.«

»Aber doch, aber sicher, es geht mir viel besser als vorher.« Eilig nimmt sie ihre Füße herunter, zupft an ihrer Wäsche und richtet die Unterröcke.

»Sie waren wie weggetreten. Außerdem hege ich Zweifel an der Therapieform im Allgemeinen.«

»Sind Sie hysterisch?«

»Äh ... nein.«

»Wie wollen Sie dann wissen, was hilft?«

»Indem ich Sie beobachte«, antwortet er.

»Ja, das gefällt Ihnen, nicht wahr?«

»Kokettieren ist ein Symptom Ihrer Krankheit, kein Zeichen von Heilung.«

»Ja, ja. Sie müssen das therapieren, was mich zur Frau macht. Und zwar mit dem Hammer.« Lottka zeigt auf das silberne Gerät, das ohne Gummiaufsatz auf seiner Batterie liegt. Es ist ihr Freund, ihr Geliebter ... Willes folgt ihrem Blick. Der Arzt ist alles andere als ein Geliebter. Er ist zu jung und blass. Am Hinterkopf wird er trotz seiner jungen Jahre schon kahl, und seine Brillengläser sind dicker als die gelben Gummiaufsätze. Er beugt sich hinunter und schiebt Batterie und Vibrator eilig zur Seite. Die Batterie schleift über den Boden.

»Es ist nur eine Frage der Nerven, nicht des Geschlechts«, erklärt Willes schiebend.

»Unsinn. Ich brauche die Massagekuren, Willes!«

»Nein, Sie sind süchtig nach den Paroxysmen. Das ist Ihrem Zustand alles nicht zuträglich.«

»Im Gegenteil, es beruhigt meine Nerven«, schreit Lottka auf.

»Leider nicht, Gräfin.« Er greift nach der Krankenakte und notiert etwas.

»Doch«, beharrt sie und beugt sich vor. »Was schreiben Sie denn da?«

»Dass Sie sehr aufgeregt sind«, antwortet er, während er notiert und notiert.

»Natürlich bin ich das!«, stimmt Lottka zu. »Ich bin nervenkrank! Ich bin nicht in diesem Sanatorium, weil es mir gut geht. Und Sie sind hier, um mir zu helfen, nicht um mich zu foltern. Also, schreiben Sie jetzt bitte in Ihr Papier, dass ich zwei Kuren die Woche brauche.«

Willes steckt den Stift zurück in die Tasche seines Kittels und sieht sie mitleidsvoll an. »Was Sie brauchen, sind wiederkehrende Tagesabläufe und Arbeitstherapie.«

»Arbeitstherapie … Sie können Ihre Topflappen selbst häkeln, Herr Doktor.«

»Handarbeit ist ein gängiges Arbeitstherapeutikum für Damen Ihres Standes.«

»Was wissen Sie denn von meinem Stand?«, fragt Lottka.

»Wollen Sie lieber Feldarbeit mit den Patientinnen der dritten Klasse in der öffentlichen Anstalt auf der anderen Seite des Sees verrichten?«

»Ja.«

Er mahlt mit den Zähnen.

»Jetzt scheinen *Sie* mir aufgeregt«, sagt Lottka. »Vielleicht sollten Sie mal einen Topflappen in einer Wanne voll Eiswasser häkeln. Für Ihre Nerven.«

Er schüttelt den Kopf und notiert wieder. »Wie ein Kind, wie ein Kind …«, sagt er zu sich.

»Vielleicht hätten Sie Schriftsteller werden sollen, so viel wie Sie da schreiben.«

»Sie müssen lernen, dass Kindereien und Koketterien keine angemessenen Verhaltensweisen für Sie sind.«

»Mit Verlaub, Sie wissen sehr wenig über angemessene Verhaltensweisen für eine Dame meines Standes. Haben Sie schon mal mit dem Kaiser gespeist?«

»Nein.«

»Mit ihm geschlafen?«

Willes dreht den Kopf und sieht sie an. »Wie bitte?«

»Ich habe nämlich mit ihm geschlafen«, erzählt Lottka. »Es war lange vor seiner Verlobung mit Ihrer Majestät. Und ihm hat das alles sehr gut gefallen.« Sie reckt das Kinn und zupft an ihren Rüschen.

»Und hat ihm auch gefallen, dass Sie bei der Neujahrscour letztes Jahr Ihre … Brüste entblößt haben?«

»Das müssen Sie ihn selber fragen …« Sie lacht. »… sollten Sie ihn je treffen. Er wird Sie allerdings wahrscheinlich nicht empfangen.«

»Ich kann diese Therapieform nicht länger mit meinem Gewissen vereinbaren, Gräfin Hohenau.«

»Müssen Sie auch nicht, Sie müssen sie mit mir vereinbaren.« Lottka steht auf, geht um die Liege herum und zeigt auf die Krankenakte. »Schreiben Sie einfach ›zwei Massagekuren pro Woche‹. Schreiben Sie das, Doktorchen.«

»Nein, Gräfin. Es tut mir leid, aber Sie werden nicht länger mit dem Hammer therapiert.«

»Sind Sie sicher?«

Sie tritt näher, er drückt sich von ihr weg und presst sich an die Wand. Er geht seitwärts zur Tür und legt die Hand auf die Klinke. »Hören Sie auf, mit den Wimpern zu klimpern wie eine minderjährige Dirne, Sie sind eine Dame. Eine erwachsene Frau.«

Er öffnet die Tür, huscht hinaus, und Lottka bleibt allein mit ihren Rüschen zurück. Eine Dame ist sie also? Eine erwachsene Frau? Und dennoch entscheidet sie nichts selbst. Nichts …

◇

An dem Abend nach der Fehlgeburt hat Minna ihren halben Lohn in zwei neue Unterhosen und Sauerbraten mit Kohl und Kartoffeln investiert. Sie hat Berliner Weiße mit Kaiser-Kümmel getrunken und sich dann eine Woche lang Monatsbinden umgeschnallt, die mit Kamillenwickel vollgestopft waren. Sie hat verhindert, dass Vater Opa totprügelt, wofür Vater ihr eine runtergehauen und Opa sie gebissen hat. Gestern haben sie beide eine Zigarre bekommen, die Minna in der Fabrik geklaut hat. Heute steht sie mit ihrer ganzen Lohntüte am Bahnhof Friedrichstraße. Normalerweise muss sie die Hälfte zu Hause abgeben, aber sie geht nicht mehr nach Hause.

Minna steht im Wartesaal, über ihr quälen sich die Züge in die Stadt hinein oder hinaus. Reisende schleppen Koffer, Zeitungsjungen wedeln mit der Abendausgabe und kreischen die neusten Nachrichten in die Halle. Dazwischen ein paar Bettler, kleine Mädchen, die Streichhölzer verkaufen, und an jeder Sitzbank ein Schuhputzer. Wer nach den Kupplerinnen sucht, entdeckt sie sofort. Sie lauern in den Ecken und schießen hervor, wenn sie ein Opfer sehen. Kupplerinnen müssen schnell sein, denn die Konkurrenz ist mindestens genauso schnell, mindestens so stark geschminkt und hat auch Federn am Hut. Aber sie sind nicht alle gleich. Einige haben räudigen Federschmuck, andere gepflegten. Nur opulent ist keiner der Hüte. Enttäuscht lässt Minna sich auf eine der Bänke sinken. Ihr Hut hat gar keine Federn, sondern nur drei Holzperlen. Aber sie ist nicht aus Prenzlauer Berg hierhergekommen, um jemanden um drei lausige Federn zu beneiden. Es wäre ein Leichtes, mit einer der Frauen mitzugehen, aber selbst der beste Hut dieser Halle bringt Minna nicht dahin, wo sie hinwill.

Seit die Schmerzen nachgelassen haben und sie wieder klar denken kann, denkt sie an nichts anderes als die feinen Herren, von denen Vlotho erzählt hat und zu denen, so muss es ja sein, feine Damen gehören. Sie hat sich sofort die Damen vorgestellt. Eigentlich denkt sie gar nicht mehr an die Herren, sondern nur noch an die Damen. Damen, die nicht die halbe Oktobernacht auf dem Lokus im dritten Hinterhof eines dreckigen Arbeiterhauses im Abgrund dieser Stadt sitzen, damit sich ein ungeborenes Baby in einen Tod aus Scheiße stürzen kann.

Minna versteht es nicht. Wie sie es auch dreht und wendet. Sie versteht einfach nicht, warum sie im Abgrund grau werden muss, während sich andere Frauen mit Federn schmücken dürfen. Wer bestimmt, dass sie unten ist? Wer hat das entschieden? Gibt keine Antwort. Aber das heißt nicht, dass das Untensein in Stein gemeißelt ist. Minna ändert das jetzt, ihr Sein, ihren gesellschaftlichen Status. Sie will auch Federn. Es kann doch nicht so schwer sein. Sie fickt sowieso, macht doch Spaß. Es gehört doch dazu. Da kann sie auch Geld dafür nehmen. Ob sie eine Zigarre rollt, bis sie fest ist, oder nen Schwanz … Ist ihr so was von egal. Minna steht auf und marschiert auf den Federhut zu, der am wenigsten gerupft aussieht.

»Ick suche Arbeit«, sagt sie.

Die Kupplerin mustert Minna so lange, dass Minna befürchtet, dass ihr die weiße Schminke gleich aus den Stirnfalten bröselt. Minna weiß nicht, ob sie selbst eine Schönheit ist, aber sie mag ihre Haare. Braun und lockig. Sie kann sie mit zwei Bändern am Hinterkopf auftürmen und aussehen wie die Damen in den Magazinen, die dafür Haarteile und Brenneisen und alles brauchen. Außerdem ist sie stark, nicht dünn oder dick. Sie hat starke Schultern und einen Körper, der immer gesund aussieht. Das ist das Geheimnis, du musst aussehen, als ob man sich bei dir nix holen kann. Aber das wird Minna erst später lernen. In diesem Moment in der Bahnhofshalle weiß sie das noch nicht und hält dem Blick der Kupplerin geduldig stand. Die lächelt jetzt so plötzlich, dass ihre Wangen aufreißen wie trockener Lehmboden im Sommer.

»Ick bin Paula, und ick hab da wat für dich. Ist wirklich leichte …«

»Ja, ja«, unterbricht Minna. »Ick muss nur nett zu feinen Herren sein. Ick weiß. Ick bin ein sehr netter Mensch. Also bringst du mich jetzt in det beste Haus der Stadt?«

»Das Aphrodite ist ein erstklassiges Etablissement gleich hier umme Ecke. Kronleuchter und Samtvorhänge und alles.«

Die Kupplerin legt ihren Arm um sie und will sie Richtung Ausgang schieben, aber Minna bleibt stehen und schüttelt den Kopf. »Ick will nicht umme Ecke. Ick will in den Westen, wo die Luft sauber ist und die Männer reich sind.«

»Ach, der Westen ist nicht so golden, wie man euch jungen Dingern erzählt.«

Minna verschränkt die Arme vor der Brust. »Jeder Fabrikant, für den ick bis jetzt jearbeitet hab, wohnt im Westen. Weil der Wind von Westen kommt. Deshalb bauen die ihre Fabriken alle im Osten. Damit ihre Luft rein bleibt und ihre Bettwäsche weiß.«

»Oha, eine mit Jrütze zwischen die Ohren.«

»Wenn du glaubst, det die Facharbeiter, die sich in deinem Aphrodite hier auffe Friedrichstraße tummeln, feine Herren sind, dann weißt du nüscht von erstklassigen Häusern oder Kronleuchtern.«

»Selbst wenn ick 'n Haus in Charlottenburg wüsste, kann ick dich da nicht hinbringen. Ick arbeite für det Aphrodite.«

Minna nickt und stemmt die Hände in die Hüften. »Sicher … Aber würde so 'n feinet Haus in Charlottenburg nicht mehr für die Vermittlung zahlen?«

»Aber doch nicht mir, Mädchen.«

»Also soll ick lieber eine der anderen Frauen hier fragen?«, fragt Minna und zeigt auf die anderen Kuppelvögel in der Halle. Sie entfernt sich einen Schritt, aber Paula packt sie am Arm. »Det hab ick nicht jesacht.«

Ihr Blick gleitet wieder über Minna. »Vielleicht kannst du mir ja bezahlen.«

»Icke …?«, fragt Minna. »Ick hab eigentlich nüscht.«

»Doch, eine Sache schon …«

◇

Minna schaut auf ein mattes rotes Licht vor einer dunklen Kneipe, die ganz offensichtlich mehr sein will als eine Bierhalle. Rechts neben der Gaststube ist ein weiterer Raum. Durchs Fenster erhascht sie einen Blick auf zwei Betten, jedes mit lila Vorhängen. Dass sie zu Hause nie darauf gekommen sind … Da schlafen Minna und Peter abwechselnd in dem einen Bett, Papa in dem anderen und Opa auf der Küchenbank. Als Minnas Mutter und ihre Schwester noch gelebt haben, haben Peter und sie auf ausgebreiteten Kleidern auf dem Boden geschlafen. Den dreckigen natürlich.

Wer einmal Wäsche gemacht hat, der legt kein frisches Hemd auf den Boden. In so einer Wohnung hörst, riechst und siehst du alles voneinander. Als die ganze Familie noch gelebt hat, mussten sie sich stapeln. Was hätte Minna damals für solche Vorhänge gegeben.

Was nicht heißt, dass sie sich so ein billiges rotes Licht gefallen lässt. Minna will was Feines, und das hier ist es nicht.

»Willste mir verarschen?«

»Beruhig dich«, sagt Paula.

»Ick hab jesacht, hier will ick nicht hin.«

»Wir gehen ja auch nicht rein, wir warten.«

»Worauf?«

Die Tür geht auf. Akkordeonmusik und Lachen dringen auf die Straße. Eine alte Frau mit krummem Rücken und noch schlechterer Schminke als Paula kommt raus. Die Tür fällt hinter ihr zu, vorher huschen noch zwei Männer in dieses rote Loch, das gern eine Liebesgöttin wär.

»Paula, hast du Frischfleisch fürs Aphrodite?«

»Nee, die hier denkt, sie ist wat Besseres«, antwortet Paula.

»Aha.« Die Alte will schon weiterziehen, aber Paula stellt sich ihr in den Weg. Sie nickt in meine Richtung. »Interesse?«

Die gebückte Frau brummt, kneift die Augen zusammen und mustert Minna grimmig. »Komm mal ins Licht. Und dreh dich.«

Minna tut zögernd, was sie sagt. Was soll das? Die alte Hexe gehört ganz sicher nicht zu nem feinen Fickschuppen in Charlottenburg. Warum will sie Minna sehen? Das geht doch nicht mit rechten Dingen zu, oder? Was macht Minna hier?

»Hut ab«, verlangt die Alte.

»Den Hut …?«

Paula verdreht die Augen. »Ja, die interessiert sich nicht für deinen Arsch, Minna.«

»Aber für wat denn dann?«

Die Alte kommt näher, Minna spürt ihren Atem im Nacken, und dann schießt ihre Hand nach vorn und packt Minnas Haarknoten. Sie knetet ihn und fühlt Minna bis auf die Kopfhaut.

»Vierzig Mark«, sagt sie schließlich.

Minna dreht sich zu ihr. Die Alte beugt sich im Licht der Straßenlaterne tief über ihren Korb und wirft den Deckel auf. Darin liegen Haare. Blonde, schwarze, braune, rote Zöpfe winden sich ineinander wie Schlangen. Minna starrt fassungslos hinein.

»Abgemacht«, sagt Paula.

»Wat?«, fragt Minna.

Die Alte holt eine Schere aus dem Korb und löst Minnas Knoten. Minna kann gar nicht so schnell gucken, wie ihre Haare plötzlich über ihre Schultern fließen. Die langen Finger der Zopffrau fliegen hindurch. »Ja, wird ein feiner Dirnenzopf.«

»Wat?«, fragt Minna noch mal.

»Jede jute Frisur braucht falsche Zöpfe, Minna«, erklärt Paula.

»Also, sollen sie ab oder nicht?«, fragt die Alte und hält Minna ihre Schere vor die Nase.

»Du kannst auch zurück in die Fabrik«, schlägt Paula vor. »Oder hier im Aphrodite arbeiten …«

Minna sieht von einer Frau zur anderen, zum Aphrodite und auf ihr Spiegelbild in einem der Fenster. Um sie herum ein Meer aus Haaren. Wellen fließen über ihre Schultern, hüllen sie ein wie eine Decke. Eine Decke, die im Winter ja doch nicht wärmt. Nicht genug jedenfalls. Minna schluckt und schließt die Augen.

»Nein, nein … können ab.«

JROSSE SCHRITTE

Im Zug, 1935

»Du hast echt deine Haare verkauft, um in ein Bordell zu kommen?«, fragt Emil.

Minna zuckt mit den Schultern. »Du hast damals deine Freunde verkauft.«

Emil senkt den Kopf. Das hätte Minna nicht sagen sollen, da darf man ihn nicht dran erinnern, ist er sensibel. Junge, Junge, da muss er sich mal ein dickes Fell wachsen lassen, sonst geht der noch an sich selbst zu Grunde. Minna stellt sich doch auch nicht so an. Dabei hat sie damals auch ihren Teil zu der Sache beigetragen … Und? Sie haben die Jungs am Ende doch noch gerettet, oder? Ja, haben sie. Alles halb so wild. Zumindest jetzt, so rückblickend betrachtet … Hans hat später sogar noch gesagt, dass das Gefängnis wie Urlaub war, verglichen mit dem Konzentrationslager.

»Ick hab nüscht verkauft, um im Bordell zu arbeiten«, sagt Gustav.

Minna sieht ihn an. »Weil du 'n Mann bist.«

Emil verschränkt die Arme vor der Brust. »Weil du ne Hete bist.«

»Ey, ick hatte es auch nicht immer leicht.«

Emil und Minna heben je eine Augenbraue und sehen ihn an. Da sitzt er mit seinem Mollenfriedhof, rund gefressen und gesoffen hat er sich die letzten fünfzig Jahre und will ihnen was vom harten Leben erzählen. Ihnen? Minna und Emil?!

»Ick steh da, wo ick steh, weil ick ein Kämpfer bin, nicht weil ick es leicht hatte«, beharrt er.

»'türlich.« Minna nickt. »'n harter Hund biste.«

»Janz jenau.«

Emil lacht.

Gustav sieht zu ihm. »Hey …!«

Minna zieht an ihrem Zigarillo. »Wat waren denn so deine Kämpfe, Justav?«

»War so einiges.«

»Was heißt das genau?«, fragt Emil.

»Wollt ihr jetzt meine Lebensjeschichte hören oder Minnas?«, fragt Gustav zurück.

»Minnas«, antwortet Emil, und Gustav wendet sich schnell an sie. »Also dann, Minna?«

Berlin, 1895

Der Herzog bohrt sich in die Frau unter ihm wie von einer Dampfmaschine angetrieben. Er grunzt, das Bett wackelt. Sie hüpft auf der Matratze auf und ab, die Matratze selbst vibriert, und der Herzog hechelt. Irgendwann jault er auf, bricht zusammen und begräbt die Frau unter sich.

»Du warst famos, mein Lieber«, raunt sie. Sie liegt mit breiten Beinen unter ihm und schaut die Decke an. Sie streichelt über seinen blonden Hinterkopf, aber er rührt sich nicht. Er wird nur schwerer und schwerer. Schließlich drückt sie sich an seinen Schultern ab und schiebt sich unter ihm nach oben. Sein Kopf rutscht zwischen ihren Brüsten über den schweißnassen Bauch nach unten, bis er schließlich zwischen ihren Schenkeln aufs Kissen plumpst.

»Hoheitchen?«

Sie klettert aus dem Bett, stemmt die Hände in die Hüften und betrachtet ihn. Er rührt sich nicht.

»Zeit aufzustehen«, flötet sie, aber nichts. Sie seufzt genervt. Sie greift ihren Morgenmantel vom Stuhl, wirft ihn über und geht zur Tür.

»Gustav!«, ruft sie.

Wenig später steht Gustav mit hochgekrempelten Ärmeln und buschigem Schnurrbart im Raum. Sie zeigt aufs Bett.

»Hoheit hat zu viel gesoffen.«

Gustav verschränkt die Arme vor der Brust und betrachtet den nackten Mann auf dem Bett. »Und zu viel jefickt.«

Der Herzog schlägt die Augen auf. »Nein, eine kann ich noch. Schickt die Blonde.«

Die Dirne runzelt die Stirn. »Ich bin die Blonde.«

»Gut«, sagt der Herzog, wälzt sich auf den Rücken und zeigt auf seinen Schoß. Die Haut dort ist rot, der Schwanz schlaff. Er nimmt ihn in die Hand und hält ihn aufrecht. »Du kannst mich reiten.«

Sie verdreht die Augen und greift die Kanne vom Waschtisch. »Ich geh Wasser holen. Wenn ich zurück bin, ist der weg. Irgendwann muss ich auch schlafen.«

»Jeht klar«, sagt Gustav.

»Will sie nicht?«, fragt der Herzog. »Dann schick die Schwarze, die muss mich nehmen.«

Gustav sammelt die Kleider des Herzogs vom Boden auf.

»Jenny muss jar nüscht, Hoheit. Aber *Ihr* müsst euch nun ankleiden.«

Gustav legt die Kleider aufs Bett, zieht die Beine des Herzogs zu sich und stellt die Füße auf den Boden. Er kniet sich hin, nimmt die Unterhose und schiebt die königlichen Füße durch die kurzen weißen Hosenbeine.

»Ich bin immer noch wütend«, sagt der Herzog.

»Auf Jenny?«

»Jenny? Wieso Jenny? Ich liebe Jenny. Ich werde sie heiraten.«

»Und wat würde Seine Majestät wohl dazu sagen?«, fragt Gustav.

»Seine Majestät kann mich mal!«

Gustav lacht, zieht die herzogliche Unterhose über die Knie bis zu den Oberschenkeln hoch und legt die Hände des Herzogs auf den Bund. »Anziehen!«

Der Herzog stellt die Füße auf die Bettkante, hebt das Becken und zieht die Hose an. Er wackelt dabei auf der Matratze hin und her und droht umzufallen. »Männer wie du sollten das Land regieren, Gustav. Jemand, der Befehle erteilen kann. Und alle Arme benutzen.«

»Hoheit sind zu jütig.«

Der Herzog hält inne. »Mir ist schlecht.«

Gustav ist gerade dabei, sich mit der Hose erneut hinzuknien, aber er steht wieder auf, legt die Hose neben Seine Königliche Hoheit und geht zum Waschtisch. Er nimmt die Porzellanschüssel, stellt sie auf der anderen Seite neben den Herzog aufs Bett und kniet sich wieder hin. »Rechter Fuß hoch.«

»Jawoll. Zu Befehl, Herr Gustav, General Gustav, jawoll.«

»Muss man sich bei der preußischen Armee nicht selbst ankleiden?«

»Was weiß ich? War nie da. Ich muss meine Männlichkeit nicht an einer Waffe beweisen.«

Gustav nickt. »Weil Königliche Hoheit seine Männlichkeit hier beweist.«

»Davon hast du gehört?« Der Herzog strahlt. »Ich kann die ganze Nacht.«

»Kann Hoheit sich auch anziehen?«

Der Rammler schmollt und umarmt die Porzellanschüssel. »Der Kaiser zieht sich auch nicht selbst an. Seine Majestät macht gar nichts selbst. Außer mir zu verbieten, wen ich heiraten darf. Mir.«

»Haben Sie ihn jefragt, ob Sie unsere Jenny heiraten dürfen?«

»Nein, Rosalinde. Aber ich darf nicht. Ich darf gaaar …« Der Rammler macht eine ausschweifende Bewegung mit der Hand, die am Ende unkontrolliert auf seiner eigenen Wange landet. »… nichts. Nichts darf ich. Nur hier sein.«

Gustav hebt eine Augenbraue. »Hier? Im Salon Leger?«

»Na ja, das vielleicht nicht ausdrücklich.« Der Herzog kichert. »Du hast ja keine Ahnung, was ich für ein Dasein fristen muss, Gustav.«

»Königliche Hoheit haben et sicher sehr schwer. Anziehen.«

Auch der Bund der Beinkleider hat es bis zu den Oberschenkeln geschafft. Der Herzog wackelt sich in die Hose rein.

»Mein Bruder hat den Titel geerbt, meine Schwester hat den Kaiser geheiratet, und ich … Gustav, was hab ich eigentlich?«

»Ein sorgenfreies Leben?«

»Mir ist schlecht.«

Gustav schiebt die Schüssel wieder näher zu ihm, der Rammler beugt sich drüber und legt die Wange ans Porzellan.

»Schön kalt«, sagt er und kotzt aufs bemalte Porzellan.

»Besser?«, fragt Gustav.

»Das wird es erst sein, wenn ich Roswitha heiraten darf.«

Gustav stellt die vollgekotzte Schüssel neben den Nachttopf unters Bett. »Ick dachte, Sie wollen Rosalinde heiraten.«

»Ja, die auch«, bestätigt der Herzog. »Ich liebe sie sehr.«

»Können Sie sich hinsetzen?«

Der Herzog stöhnt, richtet sich auf und sitzt zusammengesunken vor Gustav. Der nimmt das Unterhemd.

»Arme hoch.«

Der Herzog tut, wie ihm geheißen. Gustav zieht ihm das Hemd über den Kopf.

»Mir ist so elend.«

»Sie sollten sich nach ner anderen Frau umsehen«, schlägt Gustav vor.

»Niemals«, begehrt der Herzog auf und ballt die Hände zu Fäusten. »Ich sollte mich rächen.«

»An Seiner Majestät dem Kaiser?«

Der Herzog nickt. »Ich sollte den fertigmachen, den Krüppel. Zum Duell sollte ich den fordern.«

»Zum Duell?«

»Ich sollte ihn im Morgengrauen in irgendeinem Wald einfach erschießen. Dann wird er schon sehen, wer hier degeneriert ist.«

»Hoheit, Sie können doch nicht den Deutschen Kaiser zum Duell fordern.«

»Dann stehen wir Rücken an Rücken, gehen fünfzig Schritte, drehen uns um, und auf drei ist der tot.«

»Königliche Hoheit sind wirklich sehr betrunken.«

»Peng!«, brüllt der Rammler plötzlich. Gustav zuckt zusammen. Der Herzog ist aufgesprungen und steht nun wie ein Schluck Wasser in der Kurve vor ihm. Dann fällt er zurück aufs Bett.

»Jetzt haben Hoheit sich selbst erschossen.«

»Du solltest mein Sekundant sein, Gustav.«

»Duelle sind verboten, Hoheit.«

Mit weit ausholendem Arm legt der Herzog einen Finger auf seine Wange und blinzelt. Er sucht mit dem Finger nach seinem Mund und legt ihn auf die Lippen. »Wir tragen sie trotzdem aus«, nuschelt er durch den Finger. »Aber pschschscht.«

»Sie haben schon ma 'n Duell ausjetragen?«, fragt Gustav.

»Nein, aber alle anderen. In der Armee zum Beispiel. Peng Peng.«

»Kommen Sie.« Gustav zieht den Herzog vom Bett hoch und hilft ihm ins Hemd. Er legt sich den Arm des Herzogs über die Schultern und nimmt mit der anderen Hand die restliche Kleidung Seiner Königlichen Hoheit vom Bett. Er schiebt den torkelnden Gast zur Tür und hinaus auf den Flur. Gegenüber an der Treppe ist ein Geländerpfosten herausgebrochen, davor auf dem Perser liegen Holzsplitter um ein Brandloch herum.

»Was ist denn hier passiert?«

Gustav zögert.

»Bismarck«, brüllt der Rammler ins Treppenhaus. »Warst du das, du alter Schwerenöter?!«

Gustav räuspert sich. »Nein, Bismarck war det nicht,

Königliche Hoheit. Und … es wäre Seiner Königlichen Hoheit zuträglich, sich hier im Salon Leger 'n paar Wochen nicht blicken zu lassen.«

Der Rammler dreht den Kopf, dass seine Nase an Gustavs Wange streift, und flüstert: »Ist hier eine Kanonenkugel reingedonnert?«

Gustav seufzt. »Ja. Peng, peng.«

Im Zug, 1935

»So ist det jar nicht passiert«, sagt Gustav.

»Hast du nicht im Leger gearbeitet?«, fragt Minna.

»Doch.«

Emil liegt neben Minna auf der Sitzbank und dreht sich grinsend eine Zigarette. Seine Füße liegen in Strümpfen auf ihrem Schoß. Auf dem Klapptisch vor ihnen stehen leere Kaffeetassen. Hier wird man am Platz bedient wie eine Dame. Das ist Minna schon lang nicht mehr. Sie ascht in die Tasse.

»Und war der Herzog nie so besoffen, det er sich nicht mehr selber anziehen konnte?«, fragt sie.

»Doch.«

»Und er wollte auch diese Rosalinde heiraten?«

»Ja.«

»Und den Kaiser zum Duell fordern?«, fragt sie weiter. »Und er hatte Hausverbot bei euch?«

»Man jibt ner Königlichen Hoheit doch kein Hausverbot«, erklärt Gustav.

Minna raucht. »Nicht offiziell. Nein.«

»Aber ick hab det allet so nie jesacht, wat du gerade erzählt hast«, beharrt er.

»Hast du was Interessanteres gesagt?«, fragt Emil.

Gustav schweigt, schließlich sagt er: »Nein.«

»Siehste. Also weiter …« Emil leckt über das Papier der Zigarette.

Gustav hebt beide Hände. »Wenn es euch nicht um die Wahrheit geht …«

»Wahrheit kannste in der Holzklasse haben«, sagt Minna und gibt Emil Feuer.

»*Zweite* Klasse«, verbessert er.

»Willste zurück?«

Gustav wischt mit der Hand durch die Luft. »Erzähl weiter.«

Berlin, 1895

Trotz Hut ist es etwas kalt am Kopf. Da, wo vorhin noch Minnas Frisur war, sind jetzt nur noch ein paar Strähnen. Paula geht voran. Sie sind in Charlottenburg. Die Straßenlaternen erscheinen Minna heller, alles ist sauberer. Die Häuser haben hübsche Fassaden mit Simsen über den Fenstern und kleinen Säulen darunter. Hinter einigen Fenstern ist noch Licht. Minna sieht in Wohnungen, die auch innen Säulen haben. Hier scheint vieles auf Säulen zu stehen, während ihr Gang etwas wackelig ist, seit sie keine Haare mehr hat. Sie fühlt sich selbst kaum und fragt sich, wer hier eigentlich durch die Nacht läuft. Und warum. Der *Weiße Schwan* ist ihr Ziel. Das Haus scheint wirklich eins der besten zu sein, die Straßen hier sind zu prächtig für billige Bordelle.

»Arbeiten die Frauen im Weißen Schwan auch mit falschen Haaren?«, fragt Minna.

»Ja.«

»Ist det nicht furchtbar unwirtschaftlich? Mir erst die Zöpfe abschneiden, um dann hinterher fremde wieder dranzustecken? Rechnet sich det?«

»Für den Schwan nicht. Für mich schon.«

Sie gehen weiter, Minna zieht die alte Jacke ihrer Mutter enger um sich. Sie ist zu groß. Aber die, die sie davor hatte, war aus einem Gebrauchtgeschäft und viel zu klein. Also besser so.

»Siehst übrigens gar nicht aus wie eine Dirne«, sagt Paula.

Minna runzelt die Stirn. »Wie sieht denn eine Dirne aus?«

»Dünne Oberlippe und Henkelohren«, antwortet Paula.

Minna fasst sich an die Ohren, sie weiß nicht mal, was Henkelohren sind.

»Ist wissenschaftlich erwiesen«, erklärt Paula. »Du kannst nem Menschen ansehen, wat er ist. Seine Triebe und Charakterschwächen, sieht man alles im Gesicht.«

»Ein Hurengesicht?«

»Ja, ist nicht leicht, weißte?«

»Eine Hure zu erkennen?«

Paula seufzt, als wäre Minna so doof, dass keine Pillen mehr helfen. »Nein, det Leben. Man muss der Wahrheit ins Auge sehen: Det Leben als Hure ist jefährlich. Als Hure biste viel anfälliger für Schwindsucht. Weil du beim Sex schnell atmest.«

»Wat?«

»Schnelles Atmen ist nicht jut für die Lunge«, erklärt Paula. »Berta ist dran verreckt. Und det Gretchen. Und Wilhelmine. Und die andere Berta. Kenne keine Frau, die an Schwindsucht gestorben ist, die keine Dirne war.«

»Wat kennste denn überhaupt für Frauen, die keine Dirnen sind?«

Paula schweigt.

»Ick kenne sehr viele Arbeiter, die Schwindsucht haben. Auch Männer. Und die sind alle keine Dirnen«, sagt Minna. Ihre Mutter ist an Schwindsucht gestorben, ihre Schwester an Diphterie. Und als Hure hätte man in solchen Fällen wenigstens Geld für einen Arzt. Dafür reicht es dann, sagt Minna sich, und so fällt das Gehen nicht so schwer. Eigentlich fällt es sowieso nicht so schwer. Minna steht zu ihrer Entscheidung und ist sich sicher, und was soll schon passieren, wird schon schiefgehen. Kein Grund, Angst zu haben. Und sie hat auch keine.

Paula öffnet ein schmiedeeisernes Tor, das mehr Schnörkel hat als die Kaiserkrone, und sie treten in einen Hinterhof. Ein paar Stufen hinunter ins Souterrain des Vorderhauses, und sie stehen vor einer Küchentür, Hintereingang. Der Hinterhof ist von Lachen und Musik erfüllt, im Haus über ihnen sind die Fenster bis in den zweiten Stock hell erleuchtet. Eine Frau erscheint in der Tür. Sie trägt einen dunklen Kittel mit gestärktem weißen Kragen und weißer Haube. An ihren Ohren hängen zwei Perlen.

»Det ist Berta«, sagt Paula.

»Noch ne Berta?«

»Ja, aber die da lebt noch.«

»Det will ick hoffen.«

Berta sieht Minna und Paula durch die Fenster in der Tür und verdreht die Augen. Sie öffnet.

Paula lächelt breit. »Berta, juten Abend.«

Paula zieht Minna in die warme Küche, ohne dass sie reingebeten wurden. Es riecht nach Braten und Kartoffeln. Minnas Magen knurrt. Sie wird in eine Ecke an den Küchentisch gedrückt. Neben ihr an der Wand hängen Postkarten. Bei ihr zu Hause hängen auch zwei. Es sind Zeichnungen vom Brandenburger Tor und vom Stadtschloss. Minnas Schwester hat sie geschenkt bekommen, als sie krank war. Hier aber hängen bunte Drucke. Bilder aus Italien, Rom und Neapel …

»Siehst schrecklich aus, Paula. Hab dir doch schon das letzte Mal gesagt, dass du die bleifreie Schminke von Leichner nehmen sollst.«

Paula zeigt auf Minna. »Wenn du mir die hier abnimmst, kann ick mir dein feines Zeug vielleicht sogar leisten.«

Minna knetet ihre Finger wie eine Achtjährige. Als könne sie so wenigstens ihre Hände wieder spüren, aber da ist kein Gefühl mehr. Bertas Blick durchbohrt sie, dann seufzt sie und verdreht wieder die Augen.

»Edith braucht kein neues Mädchen«, sagt Berta. Sie hat einen polnischen Akzent.

Paula wischt ihre Worte weg. »Ach, jede Madam braucht Frischfleisch. Außerdem weiß ick janz jenau, det du ’n freies Zimmer hast.«

»Ja, für eine *Dame.*« Berta mustert Minna.

»Damit du die dann auch bescheißen kannst?«, fragt Paula. »Ick weiß, warum Olga weg von hier ist. Du hast sie beklaut. So, wie du deine Madam beklaust, weil die immer auf Reisen ist.«

»Wie bitte? Ich wirtschafte sehr gewissenhaft.«

Paula nickt. »In deine eigene Tasche.«

Berta lehnt am Küchenbüfett und sucht nach Worten.

»Ick bemühe Edith nur ungern«, sagt Paula, »aber du weißt, wir kennen uns von früher, waren an der Königsmauer im gleichen Haus …«

»Ich weiß.«

»Dann weißt du sicher auch, det sie wat auf mein Wort jibt.«

»Nicht mal du selbst gibst was auf dein Wort, Paula.«

»Willst du's darauf ankommen lassen, det ick Edith sage, sie soll mal in ihre Bücher schauen? Sie soll mal nachrechnen, wat du da so verzapfst …?«

Wieder Stille, Berta runzelt die Stirn. Dann nach einer gefühlten Ewigkeit sieht sie Minna an. »Wie heißt du?«

»Minna.«

Berta seufzt. »Versuchen können wir es ja mal …«

Irgendjemand verlangt Champagner zum Anstoßen. Es ist der erste Champagner in Minnas Leben, er prickelt in ihrem ganzen Kopf, bis in die Haarspitzen, die sie nicht mehr hat.

Über ihnen wummert eine Gesellschaft. Das Haus jauchzt und lacht. Falsche Höhepunkte und falsche Haare. Warum auch nicht? Wenn man keine eigenen hat … Und Schminke? Meinetwegen, denkt Minna. Aber lieber ohne Blei. Sie kennt die Fabriken, in denen das Zeug gemacht wird. Den Arbeitern dort fällt die Haut in großen Schuppen vom Fleisch. Die sehen schlimmer aus als Paula. Die zieht sich in diesem Moment ihren Stuhl heran und grinst.

»Und nun zu uns beiden …«

Ihr weißes Gesicht mit den roten Kreisen auf den Wangen, den roten Lippen ist Minna ganz nah. Die Schminke bedeckt ihren Hals und ihren Ausschnitt. Jede bleich getünchte Falte in Paulas Dekolleté fordert etwas von Minna. Sie nickt und zieht ihren Beutel auf. Sie holt die vierzig Mark raus, die ihr Zopf wert war. Paula sieht auf die Scheine, nimmt sie und steckt sie in ihren weißen Ausschnitt. Sie verschwindet, ehe Minna noch was sagen kann. Und Minna sitzt ohne Zopf in einem feinen Bordell in Charlottenburg. Hoffentlich sind ihre Haare nachgewachsen, bevor sie an erotischer Schwindsucht stirbt.

◇

Berta öffnet eine schwere Kommode auf dem Flur und reicht Minna Laken und Tücher. Minna hat allein in der Küche gesessen und den restlichen Champagner aus der Flasche getrunken, bis Berta sie geholt hat. Sie musste arbeiten, Minna fängt erst morgen an. Der Weiße Schwan gehört dieser Edith, aber die ist immer auf Reisen. Berta schmeißt den Laden. Sie ist die Madam im Haus – und die Frisiermamsell. Sie macht den Huren die Haare, und sie sagt, sie sei sehr gut und Minna werde schon sehen. Sie hat Schubladen voll Perlen, Blumen und Federn.

Sie sind im zweiten Stock, überall Marmorstatuen von nackten Frauen und kleinen Engeln. Gaslichter flackern vor einer dunklen Tapete mit Blumenmuster. Hier oben sind die Hurenzimmer. Eine Tür geht auf, und ein Mädchen huscht gähnend über den Flur.

»Bei Vollmond muss ich immer drei Mal pinkeln«, haucht sie und schlurft an ihnen vorbei. Sie öffnet eine weitere Tür, kurz sieht Minna eine weiße Schüssel, die aussieht wie ein Lokus … Der Lokus ist im Haus? Minna traut sich nicht zu fragen.

Berta mustert sie wieder von Kopf bis Fuß. »Hast du was anzuziehen?«

Minna zögert und zeigt auf das, was sie trägt. Mehrere Röcke, eine Bluse, darüber ein gewickeltes Tuch, darüber die Jacke ihre Mutter. Berta lacht knapp, geht zu einer anderen Kommode und holt ein paar dünne Stoffe hervor. Sie legt schwarze Strümpfe obendrauf und etwas, das aussieht wie ein Schlüpfer, aber auch schwarz ist. Mit Spitze.

Wasser rauscht hinter Minna durch die Rohre, das Mädchen steht wieder im Flur. »Drei Mal pro Nacht … so eine Anstrengung.«

»Das ist Fanny«, stellt Berta sie vor.

»Aber es ist doch gar kein Vollmond«, bemerkt Minna mit Blick aus dem Fenster.

Fanny blinzelt Minna müde an. Sie sieht aus, als würde sie ihr entgegenfallen. »In meinem Herzen schon.«

Berta schnaubt. »Dein Herz ist ein Schweinestall, Fanny.«

»Ja«, stimmt Fanny zu und wendet sich an Minna. »Und wer bist du?«

»Das ist Minna, sie fängt morgen an.«

Fanny zieht scharf die Luft ein. »Ohhh … ganz schlechter Zeitpunkt.«

»Warum?«

»Neumond … immer schlecht für so was …«, erklärt Fanny.

»Aber et ist ja auch kein Neumond«, sagt Minna, und Fanny sagt: »Ich muss pinkeln.«

Sie dreht sich um und schlurft zurück zum Lokus.

»Schlafwandelt die?«, fragt Minna.

»Nein.«

»Ist sie betrunken?«

»Nein.«

»Krank?«

»Nur im Kopf«, antwortet Berta.

»Wie … beruhigend?«

Berta zieht Minna über den Flur. Ein persischer Läufer dämpft ihre Schritte, Berta öffnet eine Tür.

»Ich zahle dir die Hälfte der Taxe aus, die die Freier für eine Nummer bezahlen«, erklärt Berta. »Und zwar jede Nacht nach Schichtende. Trinkgeld und Geschenke darfst du behalten. Gib jedem der Freier das Gefühl, dass du noch nie einen Mann wie ihn hattest. Bitte jeden, dich wieder zu besuchen, weil er dir so gut gefallen hat. Komm lieber nicht, das ist auf Dauer anstrengend, aber spiel es immer vor. Und denk dir ein Schicksal aus, das dich hierher verschlagen hat. Sie mögen Schicksale. Dabei kann man sich an sie schmiegen und ganz traurig tun. Das baut eine Verbindung zu ihnen auf.«

»Verbindung«, wiederholt Minna, damit sie es sich merkt.

»Sag nicht, dass du das Geld brauchst«, erklärt Berta weiter. »Über Geld sprechen wir hier nicht. Sie werden dir von ihren frigiden Ehefrauen erzählen oder dass sie es schwer haben, weil sie Vatis Fabrik übernehmen müssen, aber eigentlich Künstler sein wollen … Hör ihnen zu, und glaub an ihr Talent, welches auch immer sie meinen zu haben.« Berta sieht sie ernst an. »Die Männer haben sich da draußen eine Welt gebaut, unter der sie im Großen und Ganzen leiden. Wir lindern das. Es wird sich nach jedem Gast gewaschen. Wenn nötig, richte ich dir die Haare, dann geht es wieder runter.«

»Warst du auch mal Dirne?«, fragt Minna.

»Das ist dein Zimmer«, sagt Berta statt einer Antwort. »Halt es sauber, wir sind ein reinliches Haus. Und wasch dich. Wenn du morgen Nacht so riechst wie jetzt, kann ich die Freier auch gleich zum Hund draußen im Hof schicken.«

»Warst du?«

»Das ist lange her. Und glaub mir«, sie lacht freudlos, »den Mist mach ich nicht noch mal …«

»Mist?«, fragt Minna.

»Gute Nacht!«, sagt Berta, schiebt Minna in das Zimmer und schließt die Tür hinter ihr.

Minna stolpert in den Raum und bleibt stehen. Es ist dunkel. Sie weiß nicht, wo man Licht macht.

Sie spürt sich immer noch nicht, aber irgendwann merkt sie, dass eine Träne über ihre Wange läuft. Eine kleine Träne der Erschöpfung nach einem langen Tag. Erschöpfung, klar. Nicht Traurigkeit. Oder Angst. Auf keinen Fall ist das, was Minna empfindet, Angst.

KAISERWETTER

Im Zug, 1935

Die Bahn rattert, pfeift und wird langsamer. Minna beugt sich aus dem Fenster. »Ist det schon Köln?«

In der Ferne ragen die Türme des Doms in den Himmel. Das Rheinland schwimmt vorbei, dann Häuser, sie werden deutlicher. Dass Minna auch noch mal am Dom vorbeifährt – über die Hohenzollernbrücke. Sie passieren zwei Statuen: Kaiser Wilhelm I. und Kaiser Wilhelm II. Gustav klebt am Fenster und starrt zu ihnen hinauf. Fehlt nur noch, dass der nen Kratzfuß macht. Emil liegt quer über den Sitzen auf dem Rücken. Er lehnt mit dem Kopf an der Glaswand und hat die Füße auf dem Polster. Minna steht auf.

»Ick steige besser aus und fahr zurück, bevor wir über die Grenze sind.«

Emil setzt sich auf. »Was? Aber … aber ich hab doch noch gar nicht die ganze Geschichte gehört. Du fängst doch gerade erst an zu arbeiten.«

»Rest schreib ick dir«, sagt Minna und richtet ihre braune Cordjacke. Gustav dreht sich vom Fenster weg und sieht sie abschätzig an. »Schiss vor der Fremde, wat?«

»Quatsch. Ick jehör einfach nach Berlin.«

»Minna, dein Berlin ist tot«, sagt Emil.

»Vielleicht finde ick ne kleine Wohnung in Charlottenburg. Det wär doch schön.« Sie nimmt ihren Hut und ihren Mantel und zeigt auf die Gepäckablage. »Könnt ihr mir bitte meine Koffer runtergeben?«

»Und dann?«, fragt Emil. »Das ist nicht mehr dein Zuhause, Minna. Dein Berlin ist in dem Moment untergegangen, als die Nazis Magnus' Institut geplündert und zerstört haben und den Inhalt der Bibliothek verbrannt. An dem Tag haben die auch *dein* Berlin abgefackelt.«

»Det Institut für Sexualwissenschaften?«, fragt Gustav.

Emil nickt. »Ist alles weg.«

»Ja, hab ick von jehört. Nur weil Magnus Jude ist?«

»Nein, sie haben das verbrannt, weil Magnus dort auch Nazis behandelt hat, die lieber Frauen gewesen wären. Es gab Unterlagen, und die mussten weg. Weil sie alle feige sind«, erklärt Emil, steht auf und nimmt Minna bei den Schultern. »Minna unter so einer Regierung kannst du nicht leben. Unter denen gibt es keine Halbwelt.«

»Aber ...«

»Unter denen gibt es keine Freiheit. Keine!«

Minna steht mit hängenden Schultern in der Mitte des Abteils. Der Zug wackelt so sehr, dass sie kaum die Kraft hat, sich aufrecht zu halten. »Warum kann nicht allet so sein, wie's war?«

Gustav nickt. »Meine Rede seit siebzig.«

»Wie es wann war?«, fragt Emil. »Zur Kaiserzeit? Während des Kriegs? Während der Rezession? Ändert sich doch alles ständig. Ich bin vierundzwanzig und hab mehr Regierungen erlebt, als ich zählen kann.«

»Wenigstens kannste zählen«, wirft Gustav ein.

»Weißt du noch, Emil, im Winter neunzehnsiebenundzwanzig?«, erinnert sich Minna. »Du warst schon ne Weile bei uns, Natalia war wieder unter den Lebenden, ick hatte jerade deine Jungs ausm Jefängnis jeholt, und Colette war noch ansprechbar?«

Emil lacht. »Ja, da hatten wir mal ne gute Woche.«

»Könnten auch zehn jute Tage gewesen sein.« Minna lacht auch, dann seufzt sie. »*So* soll's für immer sein.«

»Ist es aber nicht. Nicht in Köln, nicht in Berlin und nicht in Paris.«

Gustav zuckt mit den Schultern. »Nichts bleibt für immer.«

»Und denk an Hedwig«, wendet Emil sich an Minna. »Vielleicht findest du sie in Paris.«

»Da ist die also … Deine Enkelin ist in Paris, Minna? Mit ihrem Vater, oder wat?«

»Nee, Gott weiß, wo der steckt.«

»Fritz ist schon vor den Beerdigungen damals weg, weil sie ihn sonst vielleicht drangekriegt hätten«, sagt Emil.

»Für wat?«, fragt Gustav.

»Er hat meine Mädchen ermordet«, antwortet Minna.

»Ick dachte, det wär Colette jewesen.«

»Colette hätte det allet niemals jemacht, wenn Fritz nicht jewesen wär. Eine Schande ist dieser Mann. Eine Schande. Schäme mir noch immer, den in die Welt jesetzt zu haben. Arroganter Fatzke.«

»Und Hedwig ist allein nach Paris abgehauen?«

»Die ist nicht abjehauen«, widerspricht Minna. »Sie ist ausjezogen.«

»Mit fünfzehn?«

»Ja, sie ist schon sehr reif für ihr Alter.«

Gustav lacht. »Glaub ick jerne.«

Minna holt aus und schlägt ihm mit der Handtasche ins Gesicht. Sie starrt ihn wütend an, wirft die Tasche hinter sich auf den Sitz und zeigt mit dem Finger auf ihn. »Männer wie du sind der Grund, warum ick Hedwig finden muss.«

»Nee, da jibt es noch janz andere. Aber ja. Guck ma lieber bei der Göre vorbei. Die ist ja vor sich selbst nicht sicher.«

»Wat soll det denn heißen?«, fragt Minna.

»Det sie nach dir kommt.«

»Nee, die kommt nach Colette«, sagt Emil.

Minna runzelt die Stirn. »Colette ist tot.«

»Eben«, gibt Emil zu bedenken, und Gustav fügt an: »Ein Grund mehr, nach Paris zu fahren.«

Minna setzt sich langsam hin. »Jetzt kann ick bestimmt nicht schlafen.«

»Umso besser«, sagt Emil. »Dann kannste weitererzählen.«

Berlin, 1895

Minna steht in einem Raum mit Mahagonimöbeln. Ein Schrank, ein Waschtisch mit Marmor, eine Kommode und ein Bett mit tiefroten Samtvorhängen. Alles schnieke. Vom Feinsten, sie hat nie auch nur annähernd so was Teures gesehen. Minna kann nicht glauben, dass das ihr Zimmer sein soll. Sie versteht es genauso wenig wie ihre Armut und das Untensein. Dumpf erinnert sie sich an die Kupplerin, die sie hergebracht hat, und ihr ist, als sei es nicht sie selbst gewesen, die »Ja« und »Dann schneid mir halt die Haare ab« gesagt hat. Sie legt den Stapel Tücher und Kleidung auf die

Kommode. Sie zieht die oberste Schublade auf und schließt sie wieder. Sie knarzt.

Klingt wie zu Hause, wie jede andere Schublade auch. Minna öffnet sie noch mal und schließt sie wieder. Nur eine Schublade. Sie muss lachen. Minna lacht erst leise, dann prustet sie los.

Marmorwaschtische und der Lokus im Haus, aber eine Schublade ist eine Schublade ist eine Schublade.

Minna lacht, die Schublade knarzt.

Irgendwann lässt sie die Schublade zu, nimmt die Laken und geht über den dicken Teppich zum Bett. Sie bezieht Decke und Kissen und setzt sich auf die Matratze. Dass du in deinem Leben noch nie allein warst, merkst du erst, wenn du es zum ersten Mal bist.

Minna hat noch nie allein in einem Raum geschlafen. Sie sinkt zur Seite und zieht die Beine an. Die Lampe an der Decke flackert, kleine Schatten huschen über den Stuck. Sie hätte sich waschen sollen, bevor sie sich in die weißen Laken legte. Aber nun liegt sie schon und kann nicht mehr aufstehen. Minna kann nichts mehr, eine Doppelschicht in der Fabrik ist nicht so anstrengend wie diese Nacht. Sie ist tonnenschwer. Sie zählt die Blumen auf der Tapete und im Stuck. Blumen sind leicht. Blumen müssen nicht arbeiten, sie müssen nur auf die Bienen warten. Und das macht Minna ab morgen auch. Auf Bienen warten …

Als sie aufwacht, ist es hell. Durch die Spitzengardine fällt Licht ins Zimmer. Hinter dem Fenster steht eine Kastanie mit ein paar wenigen braungoldenen Blättern. Bevor Minna sich fragen kann, wohin jetzt mit ihr, klopft Berta und bringt sie runter zum Frühstück.

Im Souterrain neben der Küche gibt es einen Gemeinschaftsraum, der nach Kaffee riecht. Berta setzt sich dieser Vollmond-Fanny von der vergangenen Nacht gegenüber. Ein Dienstmädchen in Blauweiß läuft um den Tisch herum. Es gibt ein Dienstmädchen. Minna starrt sie an, als sie sich setzt.

»Kaffee?«

»Ja, bitte.«

Das Mädchen schenkt Minna aus einer Porzellankanne Kaffee ein. Minna muss nicht mal den Kaffee selber einschenken.

»Ich bin Lulu«, sagt die junge Frau neben ihr. Sie ist einen halben Kopf größer als Minna und hat die Schultern einer Amazone. Wenn du sie ansiehst, denkst du erst: Mannsweib. Aber dann fällt dein Blick auf ihre Riesentitten und die langen blonden Haare, und du siehst eine Frau wie jede andere. Nur stärker vielleicht.

»Minna.«

»Du musst dir einen Künstlernamen zulegen, etwas Erotisches ...«, sagt Lulu.

»Aber ick mag meinen Namen.«

»Dann behalt ihn«, sagt Berta.

Das Mädchen stellt den Kaffee auf den Tisch, gierige Hände greifen nach den Tassen. Berta bringt einen Teller mit Broten, Butter und Ei.

»Essen!«, befiehlt Berta, und Fanny jammert. Sie verzieht das Gesicht und versteckt es hinter ihrer Tasse.

»Fanny, wenn du nichts isst, kannst du deine Koffer packen und gehen. Ihr müsst alle bei Kräften sein.«

»Mir ist so flau im Magen«, sagt Fanny.

»Soll ich den Doktor holen? Willst du heute Nacht im Bett bleiben?«

Fanny seufzt und greift sich eine Stulle. Sie nimmt einen kleinen Happen und kaut übertrieben darauf rum. Berta schaufelt ihr Ei auf den Teller und geht rüber in die Küche. Lulu lehnt sich zu Minna.

»Und du musst auf die Toilette gehen. Warst du schon?«

»Ick hab noch nicht mal was jejessen.«

»Warst du auf der Toilette?«, fragt Lulu wieder.

Minna runzelt die Stirn. »Willst du wissen, ob ick kacken war?«

»Schschsch!«, macht Lulu und flüstert dann: »Das hier ist ein nobles Haus, wir benutzen solche Worte nicht. Ist nicht die feine Art.«

»Aber trotzdem wissen wollen, ob ick kacken war … Ist det die feine Art?«

»Schsch. Wirklich, Minna. So was darfst du vor Berta nicht sagen.«

Berta ist noch in der Küche und räumt, während Fanny Essen von ihrem Teller auf Minnas schiebt. »Du siehst hungrig aus.«

»Am Anfang sind sie immer hungrig«, sagt Lulu.

»Später nicht mehr?«, fragt Minna.

»Je nachdem.«

»Ich hatte noch nie Hunger. In meinem ganzen Leben nicht«, sagt Fanny.

»Und wie gehst *du* dann kacken?«

»Schsch!«, macht Lulu wieder, und Fanny antwortet: »Mit dem Popo. Wie machst du's?«

»Wenn du bleiben willst, Minna«, erklärt Lulu, »dann musst du dir eine feinere Sprache angewöhnen. Du kannst auf keinen Fall vor den Gästen so reden.«

»Wat soll ick denn stattdessen sagen?«

»Du sprichst das natürlich gar nicht an«, antwortet Lulu, als hätte Minna wirklich selbst darauf kommen können.

»Hab ick doch auch nicht. Du hast mich jefragt, ob ick aufm Lokus war.«

»*Toilette*. Du musst *Toilette* sagen. Vor Berta sagen wir *Toilette*. Vor den Freiern sagen wir nichts dazu.«

»Und Winde darfst du erst lassen, wenn dein Gast welche gelassen hat«, erklärt Fanny.

Minna zuckt mit den Schultern und isst. »Wenn's euch glücklich macht.«

»Berta ist nur glücklich, wenn du auch drauf warst«, sagt Lulu.

Minna hebt eine Augenbraue. »Auf … der *Toilette*?«

Sie sieht Lulu verständnislos an. Minna hat gedacht, es geht nur ums Ficken, aber das wird hier ja richtig kompliziert. Sie kann nicht auf Kommando kacken, sie weiß nicht mal, ob sie auf Kommando ficken kann.

»Dirnen haben eine schlechte Verdauung«, erklärt Lulu. »Nachmittags müssen wir Rhabarberkompott essen. Und es gibt Kreuzdorntee.«

»Es gibt hier jeden Nachmittag Kompott?«, fragt Minna.

»Den mag ich«, sagt Fanny.

»Und du kannst dir auch meine *Gartenlaube* leihen«, bietet Lulu an. »Ich les gern auf der Toilette, das entspannt. Du musst entspannen.«

»Jeden Nachmittag Kompott?«, fragt Minna noch mal nach. Nur zur Sicherheit.

»Ja, zum Pudding.«

Minna schluckt. »Pudding?«

»Mag ich auch«, erklärt Fanny.

»Möchtest du jetzt die *Gartenlaube*?«, fragt Lulu.

»Mag ich nicht.«

»Nicht du, Fanny.«

Minna nickt und isst ihren Teller leer. Für das Essen lohnt es sich schon mal. Bei ihr zu Hause gibt es Ei nur sonntags, ansonsten Grütze aus Hafer und Wasser. Je mehr sie jetzt isst, desto leichter fühlt sie sich. Sie kann es kaum erwarten, das ganze Haus zu sehen. Aber zuerst muss sie natürlich die *Toilette* besichtigen.

Der Lokus ist aus weißem Porzellan mit einer Brille aus Holz. Minna kann die halbe *Gartenlaube* lesen, bevor Fanny klopft.

»Ich muss auch mal.«

Es gibt eine Wasserspülung. In dem Moment, in dem Minna ihrer Kacke nachsieht, wie sie im Rohr verschwindet, ist sie sich sicher, dass das jetzt immer so sein wird.

»Du musst dir die Hände waschen«, ruft Lulu von draußen. »Das ist hier wichtig. Du bist nicht mehr in Prenzlauer Berg.«

»Steht ihr beide vor der Tür und hört mir zu?«

»Nein«, sagen Lulu und Fanny unisono.

»Wie lange steht ihr denn schon da?«

»Eine Minute«, antwortet Lulu, und Fanny sagt: »Eine Stunde.«

Minna schaut noch immer in die weiße Schüssel. Unten am Rohr ist sie rostig. Darüber hat ihr Haufen braune Streifen ins Porzellan geschmiert. Nie wieder Plumpsklos in Hinterhöfen. Es ist ein Gefühl in Minna, dass sie hierhergehören, ihre Kacke und sie.

Sie öffnet die Tür. »Ihr seid ja schlimmer als meine Geschwister.«

»Nein«, antwortet Lulu, und Fanny sagt: »Ja.«

Brandenburg, 1895

Lottka hakt sich bei ihrem Mann ein und lässt sich durch den Kurgarten führen. Das Sanatorium besteht aus mehreren hübschen Villen in einem Park. Ländliche Idylle der Oberschicht mit Erkern, Türmchen und Giebelschmuck mitten im Spreewald. Cremefarbene Fassaden zwischen gepflegten Bäumen und gestutzten Hecken. Zwischen Bäumen und Häusern blitzt die Oberfläche eines Sees auf, über die Parkwege flanieren Patientinnen. Denn es ist ja nun schon seit Jahren hinlänglich bekannt, dass der schwache weibliche Körper zwar nicht für Sport und derlei gemacht ist, aber dennoch Bewegung braucht. In Form von Spaziergängen. Der Körper soll am besten morgens hinaus, wenn er noch frisch ist. Und dann hinein in die Lunge mit der guten Luft. Luft macht gesund. Und so stiefeln die Patientinnen des Sanatoriums durch den Park. Lottka vermisst ihre Pferde. Spazierengehen kann sie auch nicht leiden. Warum gehen, wenn man auch galoppieren kann? Besonders im goldenen Herbst. Aber gut, der Mann ist da, an seiner Seite lässt es sich recht angenehm flanieren. Er ist stattlich, sein Gesichtsausdruck liebevoll und seine Stirn hoch. Der schlichte Anzug wird seinem Temperament nicht gerecht. Innerlich ist Loloki, Friedrich Graf von Hohenau, auch ein Mensch mit Rüschen – wenn Rüschen was für Männer wären. Sind sie aber nicht. Uniformen sind was für Männer.

»Du siehst schon viel besser aus …«, sagt er.

»Ach, Loloki …«

»Aber so ist es, meine Liebe. Deine Wangen sind rosig, die Augen strahlen wieder.«

»Ich bin noch immer sehr krank.«

»Aber man sieht es dir nicht an.«

Lottka bleibt stehen und presst die Lippen aufeinander. »Aber ich bin es, ich lüge nicht, hier guck, meine Hand.« Sie zieht ihren Handschuh aus und hält die ausgestreckte Hand in die Luft. Loloki runzelt die Stirn und betrachtet ihre weißen Finger.

»Sie zittern, siehst du, wie sie zittern?«, fragt Lottka.

Er sieht näher hin, er ist sich nicht sicher. Schließlich greift er nach ihrer Hand und drückt sie an sein Herz. »Es sollte ein Kompliment sein, Liebes. Du siehst gut aus, mehr wollte ich nicht sagen. Ich bin kein Arzt, ich schreibe dich nicht gesund.«

»Weil ich es nicht bin.«

»Und dass du mir fehlst.«

»Du vermisst mich nicht, du brauchst mich«, widerspricht Lottka.

»Natürlich brauche ich dich.« Er nimmt ihr den Handschuh ab, schüttelt ihn aus und zieht ihn wieder über ihre nackte Hand. »Es ist leichter mit einer Frau, natürlich.«

»Nicht, wenn du die Frau bist.«

»Es tut mir leid, dass ich meinen … Pflichten nicht so nachkomme, wie du es verdienst.«

Sie lächelt. »Ach, du hast dein Bestes gegeben.«

»Aber du hattest bessere Liebhaber.«

»Natürlich. Aber darum geht es nicht. Der Hof ist so langweilig.«

»Nicht für die anderen, die dir zusehen, wenn du deine Brüste entblößt.«

»Ach Gott, warum reiten denn immer noch alle darauf rum? Es hat doch jeder schon mal eine Brust gesehen.«

»Vor allem haben sie jetzt *deine* Brust gesehen, Lottka.«

»Reden sie noch darüber?«

»Über deine Brüste? Ich weiß es nicht …«

»Siehst du, sie haben mich vergessen.« Sie entzieht ihm ihre Rechte und ringt die Hände. »Kaum ist man mal ein halbes Jahr fort, vergessen sie einen.«

»Aber du kannst sie doch eh nicht leiden.«

»Wie kann man *mich* denn vergessen? Hast du meine Brüste je vergessen?«

Er zuckt mit den Achseln. »Es sind die einzigen, die ich kenne.«

»Mhm, ja, du zählst nicht. Vielleicht hätte ich alles ausziehen sollen.«

Lottka geht weiter durch den Park. Die Luft ist frisch, ein paar Meter weiter glitzert der See im Licht der letzten Herbstsonne.

»Warum kommst du nicht zurück nach Berlin und probierst es aus?«, fragt Loloki und holt zu ihr auf.

»Berlin ist langweilig. Hier ist wenigstens was los. Erst gestern ist die Baroness Belling während ihrer Elektroschocktherapie ausgebüxt und im Hemd aus dem Fenster gesprungen.«

»O Gott. Hat sie überlebt?«

»Ich denke schon …«

»Du bist dir nicht sicher?«

»Loloki, sie hat das doch nur getan, um Aufmerksamkeit zu bekommen. Es ist nicht heilsam, wenn wir sie ihr gewähren.«

»Mhm.«

Lottka hakt sich wieder bei ihm ein und schiebt ihn über den Kiesweg. »Es geht jetzt nicht um die Baroness, Loloki. Es geht um mich. Willes hat mir den Hammer weggenommen.«

»Den …« Loloki runzelt die Stirn.

»Angeblich heilt er nicht. Aber was heilt dann?«, fragt Lottka. »Und außerdem tut der Hammer mir gut. Ich will diese Therapie haben. Ich sehe nicht ein, warum ich nicht wenigstens hier bekommen soll, was ich will.«

»Weil keiner alles bekommt, was er will«, sagt Loloki leise. »Nirgendwo. Einen solchen Ort gibt es nicht. Nicht auf dieser Erde.«

Lottka ignoriert, dass er an ihrem Arm schwerer geworden ist. »Auch das sehe ich nicht ein.«

»Aber du kannst es doch nicht ändern, Lottka.«

Nein, Lottka kann sich nur ausziehen und den Hof schockieren. Das ist alles, was sie kann. Den Hofschranzen ihren nackten Körper entgegenschleudern wie eine Waffe. »Ich spüre doch sonst nichts, gar nichts«, sagt sie. »Da ist nur Leere in mir.«

»Ich weiß, Liebes.«

»Spürst *du* das Leben, Loloki?«

»Ich spüre die Angst.«

»Sie werden dich nicht holen kommen.«

»Wie kannst du da so sicher sein?«

»Du hast doch mich.«

»Nicht in Berlin.«

Lottka löst sich von ihm, dreht sich um und geht ein paar Schritte zurück. Sie dreht sich wieder um, rafft ihren Rock und rennt los.

Mit einem Schrei springt sie in den See. Das Wasser verschluckt sie, aber sie taucht wieder auf. Mit triefend nassen Haaren und glänzenden Augen lacht sie Loloki an. »Kalt, ahhh, so kalt … Ich hasse kaltes Wasser!«

Im Jahr 1895 dauert es sehr lange, bis eine Frau ausgezogen ist. Haken, Knöpfe, Schnüre, unzählige Unterröcke. Ein Hindernis nach dem nächsten. Im Weißen Schwan wird in Unterwäsche gearbeitet. Strümpfe, Negligés, schwarze Schlüpfer, viel Seide … Das liegt am Korsett. Wenn die Mode nicht verlangen würde, dass Frauen sich stundenlang einschnüren, dann würden Dirnen auch nicht halb nackt arbeiten. Ein Freier zahlt einfach nicht dafür, dich erst mal achtundzwanzig Minuten lang aus dem Fischbeingestänge zu wickeln. Also, in der Regel, Ausnahmen gibt es immer – und für eine Ausnahme schnürt man sich auch ein. Und für die Scheinchen natürlich. Aber sonst stecken die Mädchen in den feinen Bordellen zu jener Zeit in einem Hauch von Nichts mit Schleifen dran. Oder Blumen.

Den Tag über hat Minna noch das Kleid getragen, in dem sie in der Nacht zuvor angekommen ist. Das Kleid, in dem sie in der Fabrik gearbeitet, ein Kind empfangen und dann wieder verloren hat. Aber jetzt wird es Abend, und es ist Zeit für ihre neue Arbeitskleidung. Nie wieder Kittel oder Schürze. Nie wieder, Minna geht in keine Fabrik mehr. Egal, was kommt, sie lässt diesen Lokus hier nicht zurück.

Berta hat ihr die Haare gemacht. Sie hat lose Zöpfe in jeder Farbe für alle Köpfe in ihrer Schublade. Und Minnas Haare trägt ja jetzt eine Dirne im Aphrodite an der Friedrichstraße. Wessen Zopf Minna wiederum trägt … wer weiß das schon. Auf ihrem Kopf wedeln außerdem lange lila Federn durch die Luft, tanzen und wippen. Sie trägt einen Kimono mit lila Gürtel, bei jedem ihrer Schritte öffnet sich der Schlitz, und man kann ihren schwarzen Seidenschlüpfer sehen. Lulu sagt, der Kimono sei durchgebumst, jede Anfängerin trage ihn und Minna solle sich schleunigst eigene Sachen kaufen. Außerdem bräuchte sie auch ihre eigene Zahnbürste, denn Berta bestehe nicht nur auf »Toilettengänge«, sondern auch aufs Zähneputzen. Allem Anschein nach wird die Zahnbürste in einem feinen Haus nicht geteilt. Aber das soll wirklich das Letzte sein, worüber Minna sich wundern will. Sie ist geboren, um in so einem Haus zu leben. Und du wunderst dich nicht über den Ort, an den du gehörst. Egal, wie viele Menschen in deinem früheren Leben sich eine Zahnbürste geteilt haben.

Aber dann stehst du plötzlich im Empfangszimmer eines Bordells, inmitten von rosafarbenen Polstermöbeln und goldweißen Tapeten. In schweren goldenen Rahmen hängen Bilder von Ballerinas, die nichts tragen außer ihren Schuhen oder vielleicht einen durchsichtigen Schal. Marmorstatuen von nackten Mädchen, die Bäume umarmen oder an Blumen riechen. Dazwischen Vasen, die dir bis zur Brust reichen und in denen Blumen und Federn arrangiert sind. Bemalt sind sie mit Fickereien, von denen du einige ausprobiert hast, aber keiner deiner Kerle hatte so einen Monsterschwanz wie der auf der Vase aus dem hauchzarten Porzellan. Im Kronleuchter über dir flackern Hunderte Lichter, und du hörst das Klavierspiel und draußen die Kutschen und Pferde.

Fanny trägt ein Kleid, das aussieht wie der Habit einer Nonne, wenn man davon absieht, dass ihr Dekolleté so tief ist, dass ihr die Titten dauernd rauspurzeln und dem jeweiligen Gast ins Gesicht fallen, auf dessen Schoß sie gerade sitzt.

»Gewisse Frauen, die von bösen Geistern und Krankheiten geheilt worden waren: Maria, genannt Magdalene, von der sieben Dämonen ausgefahren waren … Kennst du das?« Sie schaut ihren Gast an.

»Äh … ist das aus der Bibel?«

Fanny nickt. »Lukas acht, zwei bis drei, mein Lieber. Sieben Dämonen. Einer davon Satan persönlich.«

Sie zwinkert dem Mann zu. Berta zieht Minna weg. Sie hat einen Herrn für sie ausgewählt und bringt Minna hin.

»Ick hoffe, der is im Bett janz passabel«, sagt Minna.

»Ganz«, verbessert Berta.

»Was?«

»Bitte!«

»Was?«

Berta verdreht die Augen. »Es heißt *bitte.* Und es heißt *ganz.* Gut. Gestern … G. GGG. Wenn die deutsche Sprache gewollt hätte, dass diese Wörter mit J gesprochen werden, dann hätte sie sie mit J geschrieben.«

»Die deutsche Sprache?«, fragt Minna. »Hat die sich selbst aufgeschrieben?«

»Mir ist egal, wer sie erfunden hat. In diesen Räumen hier bin ich ihre Meisterin.«

»Aber du bist Polin.«

»Wenn du dich nicht gewählt ausdrückst, kann der Gast auch gleich die Gosse draußen ficken.«

»Also der da vorn hätte bestimmt Lust da drauf.« Minna lacht und zeigt mit dem Daumen über ihre Schulter, während sie gehen. Berta bleibt stehen und ergreift ihre Hand. Sie zieht sie runter und sieht Minna finster an. Sie schiebt sie etwas weg von dem Trubel, in dem Lulu einem Herrn Champagner direkt aus der Flasche in den Mund schüttet.

»Das hier ist ein anständiges Haus, Minna. Wenn du dich nicht benimmst, dann musst du ausziehen.«

»Aber wat heißt det denn?«

»Dass du nicht mit dem Finger auf Gäste zeigst und auf deine Worte achten sollst.«

»Aber Worte machen doch geil«, widerspricht Minna. »Bei uns zu Hause gehen die Männer steil, wenn du vom Ficken sprichst, davon, die Nudel zu walken, den Dorn zu rubbeln oder ihren Eichelmast zu besteigen. Sex ist doch keine Audienz beim Kaiser. Sex ist die Muschel ausspritzen, sich nen Knüppel zwischen die Beine werfen oder den Hahn krähen lassen. Wat soll ich denn sagen, wenn er meine Prinzessbohne nuckeln soll?«

»Du bittest ihn, dich zu fellieren«, antwortet Berta.

Minna starrt sie an, dann bricht sie in Lachen aus.

»Willst du jetzt eine feine Dame sein oder nicht, Minna?«

»Na jut …«, sagt Minna nach kurzem Schweigen. »Ich bemüh mich …«

»Natürlich darfst du reden, aber eben nicht wie eine dreckige Straßenhure. Denn wer das will, der geht zu einer und kommt nicht in mein Haus.«

»Ist das nicht Ediths Haus?«

»Komm jetzt.«

Ohne ein weiteres Wort packt sie Minna am Arm und bringt sie zu einem Herrn, der auf einem der kleinen Sesselchen sitzt. Er ist im besten Alter, wie die Mädchen hier sagen, was heißt, er ist mindestens doppelt so alt wie die Huren. Sein Kopf ist rund, seine Stirn hoch. Er trägt eine Weste mit Nadelstreifen.

»Das ist unsere neue arme Seele Minna, Major. Ich habe

mich ihrer angenommen. Vielleicht wollen Sie das auch tun …?«

»Selbstverständlich. Sehr angenehm.«

»Angenehm«, krächzt Minna. Sie sagt sich immer wieder, dass sie das kann, was jetzt kommt. Berta geht, und der Major bestellt Punsch. Minna trinkt und lächelt, während er mit den Federn auf ihrem Kopf spielt. Sie kann das. Sie kann das. Es ist nur Ficken. Er schlürft genüsslich seinen Punsch, der ordentlich nach Arrak schmeckt. In ihrem Glas ist fast nur Tee. Die Damen sollen sich nicht schon beim ersten Gast besaufen, eigentlich sollen sie das gar nicht. Die Köchin macht zwei Punschtöpfe, in beiden schwimmen gleich viele Zitronenscheiben, aber im Hurentopf ist kaum Arrak drin. Minna hält sich am Glas fest, obwohl der Major sie ebenfalls festhält. Dabei kann sie eigentlich nirgendwohin fallen, hier auf seinem Schoß. Er redet irgendwas von Politik und einem Willen zur Weltgeltung, und sie redet stumm mit sich selbst: *Ich kann das. Ist nur ficken.* Maria macht das mit Schmitt in seinem Vorarbeiterkabuff oben in Prenzlauer Berg auch. Und da ist es dreckig, und es gibt keinen Punsch. Sie kann das.

»Du hattest bestimmt kein leichtes Leben, nicht wahr?«

»Nein«, antwortet Minna. »War … hart.«

»Armes Ding.«

Er streichelt ihre Wange mit den Fingerknöcheln. Weil er ein Guter ist. Weil er denkt, dass er das ist. Minna schluckt. Das ist der Erste von vielen. Nur der Erste, der was Besonderes sein will. Sie atmet durch und setzt ein Lächeln auf. »Kann ick dir ein Geheimnis verraten?«

»Natürlich, mein Kind«, antwortet der Major.

»Du bist mein Erster.«

»Tatsächlich?« Er setzt sich etwas gerader hin mit Minna auf seinem Schoß. Sie nickt und legt einen Finger auf ihre Lippen. »Schsch.«

»Dein Geheimnis ist bei mir sicher«, verspricht er.

Minna streichelt ihm über die Wange. »Ick hatte solche Angst vorm ersten Mal hier … Aber ick kann dir gar nicht sagen, wie glücklich ick bin, dass du der Erste bist. Ausgerechnet so ein Mannsbild wie du …«

Er strahlt über sein ganzes rundes Gesicht, und er will auch gut zu ihr sein und nennt sie wieder Kind. Sie gehen hinauf, Minna lehnt sich an ihn. Lulu hat das vorhin so gemacht, und Minna tut es ihr nach, als sie mit ihrem ersten Gast zwischen den Marmorfrauen hinauf in den zweiten Stock geht.

◇

Minna öffnet ihre Tür mit schwitzenden Händen. Ihr erstes Mal Sex ist ewig her, es war in ihrem Treppenhaus mit Siegfried aus der Wohnung unter ihr. Sie haben sich vor der Luke zum Dachboden aneinandergerieben, bis er endlich drin war. Ist ja am Anfang alles nicht so leicht. Er hat sie gegen die Wand gebumst, bis er Sterne gesehen hat. Er hat sich sehr glücklich an Minna geklammert danach. Sie hat bis Freddy aus der Zigarrenfabrik gebraucht, um auch mal ein paar Sterne zu sehen. Freddy hat ihr gefallen, ist aber leider in die Stahlfabrik gewechselt und gestorben. Arbeitsunfall. Also fickst du dich weiter durch Prenzlauer Berg, wo es sonst keine Sterne gibt, weil der Himmel zu jeder Tages- und Nachtzeit voller Rußwolken hängt.

Hier ist der Himmel ein Zelt aus rotem Samt, das von gedrechselten Bettpfosten aus Mahagoni gehalten wird. Und weil sie hier oben in ihrem Zimmer nichts mehr festhält, zieht sie sich schnell aus und legt sich aufs Bett. Sie erinnert sich an eines der Bilder unten im Salon und drapiert sich wie eine Haremsdame.

Der Major hat einen Mollenfriedhof, obwohl er sonst nicht nach Molle aussieht, und Sockenhalter mit funkelnden Spangen. Die Socken lässt er an, und Minna fragt sich, ob diese goldenen Spangen an den haarigen Waden nicht jede für sich genommen mehr wert sind als das, was sie pro Jahr in der Tabakfabrik verdient hat. Der Major nimmt seinen Schwanz in die Hand und kommt zu ihr, als wolle er ihr das harte Teil nur kurz vorbeibringen, damit sie damit spielen kann. Aber Minna spielt Haremsdame und kann sich sonst nicht bewegen. Freddy und sie haben geleckt und gelutscht, ihre Körper waren flink und feucht, in seinen Armen war alles leicht. Aber der Major ist nicht Freddy, und Minna liegt tonnenschwer auf dem Brokat.

»Hab keine Angst«, keucht er.

»Nein …«, sagt Minna zögerlich.

»Ich bin gut zu dir, Kind.«

»Ja …«

Er kommt über sie, dringt in sie ein und fickt seine Güte in Minna, als täte er was für sie und nicht andersrum. Er stöhnt, das Bett wackelt. Minna stöhnt mit, das wenigstens bringt sie zustande.

»Ich bin gut zu dir«, seufzt er. »O Kind, du liebes Kind.«

Er sieht sie verzückt an und lässt sich gehen, und Minna begreift, dass es funktioniert, dass sie ihn in der Hand hat. Ihre Arme lösen sich vom Bettüberwurf, sie legt die Hände auf seine flachen Arschbacken.

»O Kind, du gutes Kind«, jauchzt er auf und kommt.

Er bricht auf ihr zusammen, und es ist vorbei. Minna hat ihn bedient. Er hat gekriegt, was er wollte. Es war nicht schwer. Er hingegen wird schwer nach einer Weile, aber irgendwann hebt er sich von ihr runter, zieht sich wieder an und verspricht ihr Parfüm. Sie bedankt sich noch einmal, dass er so gut zu ihr war, und bittet ihn, sie bald wieder zu besuchen. Und dann ist sie allein in ihrem neuen Zimmer und wäscht die Schenkel, über die sein Sockenspangen-Sperma läuft.

Ihren zweiten Gast reitet Minna, sodass ihre Federn über ihnen hin und her wippen und den Betthimmel streicheln. Dem dritten sagt sie wieder, dass er ihr Erster ist, weil der Major das Haus schon lange verlassen hat, und wer will ihm das Gegenteil beweisen? Den vierten streichelt sie mit ihrer lila Feder an den Eiern, bis er auf den Perser spritzt. Aber er ist so wild und jung, er will noch mal richtig. Sie wühlen sich durch Minnas Decken, sie nimmt ihn kaum noch wahr. Minna denkt nur an sich, sie ist ein Talent. Sie ist geil, sie ist gut, sie ist Feinkost, ein Luxuskörper. Minna benutzt den Schwanz von Nummer vier, um sich selbst zu ficken und zu verehren.

Als sie kommt, schreibt er es sich zu. Ihr auch recht. Erstens haben das die anderen auch, und da war es nur gespielt, und zweitens: Je toller er denkt, dass er ist, desto mehr Trinkgeld lässt er springen. Nach Nummer fünf ist Minna wund und erschöpft. Sie füllt Wasser in ihre Waschschüssel und setzt sich hinein, um ihre Muschi zu kühlen. Sie will müde in ihr Bett fallen. Das Haus ist dunkel, alle Gäste sind fort. Der Morgen ist nicht mehr fern, aber Minna kann schlafen, solange sie will. Sie hat gesagt, sie will nicht geweckt werden. Und Minna will schlafen.

Es klopft, und Minna sitzt noch immer in der Waschschüssel auf den Holzdielen neben dem Teppich, als Lulu und Fanny ihre Köpfe zur Tür reinstecken und sie anlächeln.

»Herzlichen Glückwunsch«, sagt Fanny.

»Und?«, fragt Lulu. »Wie war dein erster Tag?«

Sie hält eine Champagnerflasche hoch und tritt ein. Fanny folgt ihr.

»So oder so«, sagt Lulu, ohne auf eine Antwort zu warten. »Das muss gefeiert werden.«

Fanny befühlt Minnas Bett. »Edith spendiert am ersten Tag immer eine Flasche Champagner.«

Sie legt sich auf das Bett, als wäre sie tot, und schaut den Betthimmel an. Lulu nimmt einen großen Schluck aus der Flasche und reicht sie zu Minna runter. Minna bleibt im Wasser sitzen und trinkt.

Lulu schaut auf ihren nackten Schoß in der Schüssel. »So schlimm?«

»Es gibt eine Badewanne für so etwas, weißt du?«, erklärt Fanny. »In der Waschschüssel ist doch eklig.«

»Ick schaff et nicht mehr runter in die Küche zur Wanne.«

»Nein, wir haben eine hier oben. Eine Sitzwanne. Kann man in jedes Zimmer tragen.«

Minna seufzt. »Ick kann mir keine Wanne mehr holen.«

Lulu nimmt ihr die Flasche wieder aus der Hand und trinkt, während Fanny langsam den Kopf wendet und Minna ansieht. »Ich kann sie dir auch nicht holen, vom Zink bekomme ich Albträume.«

Lulu setzt die Flasche ab und rülpst. »Und ich bin zu betrunken.«

»Ist da noch was in der Flasche drin?«, fragt Minna.

»Nein«, sagen Lulu und Fanny gleichzeitig.

◇

Minna hat zum ersten Mal in ihrem Leben Geld, obwohl sie immer satt ist und sauber. Sie hat ein Zimmer für sich allein, zumindest, wenn sie nicht arbeitet. Sie hat mehr Kleider, als ihre Mutter und ihre Schwestern zusammen hatten. Sie geht durch Charlottenburg, als wäre sie eine der Frauen, die hier leben. Und dann fällt ihr ein, dass sie das jetzt ist. Sie trägt die Kleider, die sie tragen.

Lulu hat gesagt, dass Minna von Glück reden kann, dass sie erst jetzt Geld hat, um à la mode zu sein, denn letztes Frühjahr war das mit den Ärmeln eine Katastrophe. Der letzte Schrei waren bis zum Himmel gepuffte Ärmel, ausgestopft mit Daunen und Drahtgestellen. Wenn du den Kopf gedreht hast, hast du nur Ärmel gesehen. Aber das lässt jetzt nach, sagt Lulu. Und wenn du denkst, dass da draußen aber immer noch Frauen mit solchen Ärmelungeheuern rumrennen, dann hast du zwar recht, aber eben nur halb. Denn das sind die Dienstmädchen, die die alten Sachen ihrer gnädigen Frau auftragen. Und das ist nur ein Grund mehr, immer à la mode zu sein. Wer das nicht ist, sieht nämlich aus wie das Personal. Jacken mit Ärmeln wie Ungeheuer muss Minna sich also nicht mehr kaufen. Dafür aber alles andere. Ihre alten Sachen will hier in Charlottenburg kein Personal auftragen. Die haben ja nicht mal Minna gepasst. Waren ja auch nicht für sie gemacht, so was musst du dir leisten können. So wie Minna jetzt. Da kannst du schon mal den ganzen Nachmittag beim Schneider verbringen nur für eine Jacke. Und der Schneider hat weder Hüte noch Handschuhe, dafür musst du dann noch mal los. Vom Riesenmuff für den Winter ganz zu schweigen. Der muss so groß sein, dass du eine

Goldkette brauchst, um ihn um den Hals zu tragen – und er muss zum Hut passen. À la mode ist mehr Arbeit als à la fick, davon kann Minna inzwischen ein Liedchen singen. Sie ist jetzt immer sehr müde, aber glücklich.

Die Nachmittage im Weißen Schwan tropfen träge dahin. Besonders, wenn man einmal in Garderobe ist und nicht mehr zum Modisten muss. Sie lesen *Gartenlaube* oder spielen Karten, bis der November fast vorbei ist. Seit letztes Jahr eine amerikanische Delegation im Haus war, spielen die Dirnen hier Poker. Das ist wie Poch, nur für Cowboys, hat Fanny gesagt, und dass sie selbst ein Cowgirl ist. Aber nur weil es Piggirls nicht gibt. Minna weiß nicht, was das bedeutet, aber Fanny spielt wie der Teufel, und du kannst an sie schon mal deinen Verdienst der ganzen letzten Nacht verlieren.

Minna hat sich also durch den Herbst gebumst. Morgens riecht ihr Zimmer wenig anders als die Wohnung zu Hause. Alkohol, volle Nachttöpfe, Schweiß und müdes Fleisch. Aber anders als bei Minna zu Hause in Prenzlauer Berg kann sie das hier alles rauslüften. Sie versprüht ein bisschen Parfüm, sie hat jetzt eine ganze Auswahl an Flaschen. Herren schenken gern Parfüm, Minna macht sich aber nix draus. Sie will nicht nach Veilchen oder Lavendel schnuppern. Pah, wenn sie das Wort schon hört, aber ihre Gäste »schnuppern« gern überall an ihr. Auch so ne seltsame Sache. Ihr auch recht, am Ende gibt es Trinkgeld und Fläschchen voller Lavendel. Kommt ihr für ihr Zimmer gerade recht. Sie braucht ein paar Stunden, in denen sie die Nacht nicht mehr riecht und all die Gäste vergisst.

Minna sitzt auf dem Lokus und liest die *Gartenlaube*, als Berta draußen an Lulus Zimmertür klopft.

Berta bewegt sich immer sehr leise durchs Haus und klopft dann sehr laut an irgendwelche Türen.

»Hast du Graf Bassel um Diamantohrringe gebeten?«, fragt Berta Lulu draußen auf dem Flur.

»Er wollte mir unbedingt was schenken, ich hab lediglich vorgeschlagen …«

»Wohl wissend, dass er sie kauft, weil er sich in dich verliebt hat«, unterbricht Berta. »Der Juwelier hat die Stücke zu ihm nach Hause geliefert. Die Frau Gräfin hat nun neue Ohrringe, und der Herr Graf ist in heller Aufregung, weil sie um ein Haar herausgefunden hätte, dass die nicht für sie waren, sondern für eine Dirne.«

»Aber sie weiß es nicht?«, fragt Lulu.

»Der Herr Graf wird dich nicht mehr besuchen, er wird das Haus nicht mehr besuchen. Deine Gier hat mich einen Stammkunden gekostet, Lulu. Wir nutzen die Freier nicht aus. Sie müssen sich hier sicher fühlen, auch vor ihren eigenen Gefühlen. Ich behalte für zwei Wochen deine Taxen.«

Minna hört nichts mehr, also geht sie davon aus, dass Berta in ihrem schwarzen Kleid davongeschwebt ist. Sie spült ab und geht raus.

Lulu steht in ihrem Zimmer und trommelt nachdenklich mit den Fingern auf ihre Kommode. Als sie Minna durch die geöffnete Zimmertür sieht, schüttelt sie den Kopf.

»Wie soll ich denn einen Mann davon abhalten, sich in mich zu verlieben?«

»Sollst du ihn nicht einfach nur davon abhalten, dir Jeschenke zu machen, die ihn ruinieren?«, fragt Minna zurück. Sie steht noch im Flur, während Lulu in ihrem Zimmer auf und ab geht.

»Und jetzt darf er nicht mehr kommen. Er war mein bester Stammgast. Ein richtiger Graf. Hochadel. Was soll ich denn in einem Haus wie diesem hier, wenn ich keine hochrangigen Stammgäste habe?«

»Die anderen bumsen?«

»Das kann ich auch an der Friedrichstraße.«

»Na ja …« Die sind schon noch mal ein anderes Kaliber, ein ärmeres, will Minna sagen.

»Edith kommt bald zurück«, unterbricht Lulu sie. »Sie kommt spätestens alle zwei Monate zurück. Wie lange bist du jetzt hier?«

»Sechs Wochen.«

»Dann kommt sie bald, und sie schmeißt immer mindestens eine von uns raus. Eine, die sie langweilt.«

»Langweilt?«

»Sie will immer Veränderung. Alles neu, alles anders, neue Statuen, neue Bilder, neue Mädchen … Dem kannst du nur entgehen, wenn du einen Stammgast vom Hof hast. Du musst einen hochadligen Stammfreier haben. Dann kann sie dich nicht anrühren. Du musst einfach.«

»Sonst wirft sie mir raus?«, fragt Minna.

»So schnell kannst du nicht gucken, wie du dann fliegst.«

»Aber …?«

»Haare machen!«, ruft Berta aus dem ersten Stock. »Hopp, hopp, Lulu, du bist dran.«

»Ich habe den Herrn Graf glücklicher gemacht als alles in der Welt da draußen jemals. Und was hab ich davon? Seine Frau trägt jetzt meine Ohrringe, und Edith wirft mich auf die Straße.«

Sie rauscht aus ihrem Zimmer und knallt die Tür hinter sich zu.

»Aber ick hab auch keinen Stammfreier vom Hof«, sagt Minna nachdenklich zu sich selbst.

»Wir hatten vor allem Schweine auf unserem Hof. Alle rosa.«

Fanny steht auf einmal da, als hätte der Mond, der noch gar nicht am Himmel ist, sie heimlich direkt hinter Minna gespuckt.

»Magst du Schweine?«, fragt sie.

»Wat?«

Fanny seufzt und streckt die Hand aus. Sie streichelt Minnas Wange. »Es ist so schade, dass du nicht klug bist, Minna. Glaubst du, du kannst gut genug ficken, um zu bleiben?«

◇

Kotze hat das Nussbaumholz weiß lackieren lassen. Er will keine dunklen Wandvertäfelungen, zwischen denen sich am Ende noch eine Ledertapete spannt. Nein, er hat sich für türkisfarbene Seide zwischen weißlackierten Paneelen entschieden. Jedes Möbelstück hat nicht bloß Intarsien, es hat Säulen und Simse, die Spiegel an den Wänden fangen das Tageslicht ein und richten es in die Mitte auf die Sitzgruppe. Empire-Sesselchen, die seit knapp hundert Jahren in der Familie sind, die Kotze aber hat neu beziehen lassen, ebenfalls Türkis.

»Wie war Wien, lieber Kotze?«, fragt der Kaiser.

»Ein Trauerspiel. Die Offiziere dort tanzen mittelmäßig, keine Haltung, keine Nonchalance. Seine Majestät würden diese Herren nach Hause schicken.«

»Das will ich meinen.« Der Kaiser lacht.

»Wäre dieser Ball hier in Berlin gewesen, Seine Majestät hätte ihn abgebrochen. Was mir hingegen für Seine Majestät vorschwebt …«

»Erzähl er doch noch ein wenig von dieser Tanzkatastrophe, Kotze«, unterbricht der Kaiser. »Wie steht denn der Kaiser von Österreich zu seinen schlechten Tänzern?«

»Er schien mir selbst enttäuscht. Zu seiner Zeit hätte man besser getanzt. Ich erwähnte ihm gegenüber Seiner Majestät Ansprüche und dass Seine Majestät so etwas nicht dulden.«

»Das haben Sie dem Kaiser von Österreich gesagt?«

»Er hatte gefragt …«

»Famos, Kotze. Famos. Sie machen mir Freude.«

Der Kaiser lacht mit blitzenden Augen, als täte er es sonst nie. Und in der Tat sieht Kotze ihn selten lachen, aber das hier, Kotzes Salon, scheint für den Kaiser eine Komödie zu sein. Wenn er nur endlich sähe, dass Kotze eine ganze Gesellschaft so erfreuen kann, dass das seine Berufung ist …

»Und Kronprinzessin Stefanie tanzte wie ein Kanonenfeuer. Der Schlussgalopp war ein wahres Pferderennen für sie, das sie gewinnen wollte. Sie war schweißüberströmt, ihr armer Tanzpartner am Ende. Sie hat ihn vor sich hergetrieben, als wolle sie ihn aus der Stadt jagen. Sie war so erhitzt, ich hätte sie nicht in die kühle Nacht gelassen. Sie hätte sich noch den Tod geholt.«

»Als wolle sie ihn aus der Stadt jagen?« Der Kaiser lacht.

»Oder einen bösen Geist vertreiben«, fügt Kotze hinzu. »Ich nehme an, dass sie den Tod des Kronprinzen noch nicht verwunden hat.«

»Wer hat den schon verwunden?« Der Kaiser sieht sich um und sieht sich selbst, egal, wohin er schaut. Er schüttelt den Kopf und lacht. »Viele Spiegel, Kotze.«

»Nun, ich gebe hin und wieder Kostümfeste, Eure Majestät«, erklärt Kotze mit gerecktem Kinn. »Und wozu soll ich ein prächtiges Kostüm anlegen, wenn ich mich darin dann nicht sehen kann?«

Der Kaiser zeigt mit dem Finger auf ihn und betrachtet ihn nachdenklich. »Sie haben einen Blick für Bälle, Kotze.«

Kotzes Herz hüpft. Das klingt nach einem Wendepunkt. Die Monate ohne eigenes Betätigungsfeld sind vorüber, und endlich sieht der Kaiser Kotzes Potential – sieht, dass er hier einen wahren Ballkönig vor sich hat, während der alte Schmittelberg sich ja kaum bis Mitternacht wach halten kann.

Der Kaiser lächelt. »Ich werde Sie meiner Schwester empfehlen.«

»Verzeihung?«

»Sie wissen, wie kapriziös Prinzessin Charlotte ist.«

Kotze weiß es, aber es gibt Dinge, die sagt man dem Kaiser nicht, die hört man sich lieber in dessen Worten an.

»Sie hat meine Eltern auf Trab gehalten, meinen Großvater … Sie hat sich mit sechzehn einen Mann ausgesucht, nur damit sie fortkann aus Berlin. Meine Eltern haben zugestimmt, weil sie befürchteten, dass sie sonst mit dem nächstbesten Zirkus durchbrennt.«

»Mit dem Zirkus?«

Seine Majestät seufzt. »Sie ist mehr als leichtlebig, aber sie gehört zum Hof. Und sie hat beschlossen, nach Weihnachten noch ein paar Wochen in der Stadt zu bleiben.«

»Wie schön.«

»Ja, ich bin entzückt«, sagt der Kaiser und verzieht keine Miene. »Wie dem auch sei, man muss Prinzessin Charlotte bei Laune halten, und das, lieber Kotze, ist nun mal Ihr ganz besonderes Talent.«

»Prinzessinnen bei Laune halten?«, fragt Kotze mit dünner Stimme.

»Uns alle bei Laune halten.« Der Kaiser macht eine ausschweifende Bewegung mit der rechten Hand. »Geben Sie im Namen meiner Schwester eine kleine Jagdgesellschaft.«

»Eine kleine Jagdgesellschaft …« Kotzes Hals ist trocken.

»Irgendwas vor den Toren der Stadt. Bloß nicht zu nah am Hof. Und Kotze: Machen Sie es nicht zu förmlich. Prinzessin Charlotte ist kein förmlicher Mensch.«

»Wie meinen …?«

Der Kaiser betrachtet Kotze wieder, als suche er in ihm nach etwas, für das er keine Worte hat. »Laden Sie Lottka und den Herzog Rammler ein.«

»Aber die beiden … Sie sind …«

»Der Zirkus?«, fragt der Kaiser und grinst. »Ich denke gern an meine Zeit mit Lottka zurück.

»Gewiss.« Kotze räuspert sich. »Aber sie … Gräfin Hohenau und der Rammler … Sie entledigen sich gern ihrer Kleider, Majestät.«

Der Kaiser nickt und sieht sich wieder um. »Denken Sie auch über Spiegel nach.«

»Für die Jagdgesellschaft?«

Der Kaiser erhebt sich und klopft Kotze auf die Schulter. »Sie verstehen mich.«

Ohne ein weiteres Wort geht Seine Majestät davon. Kotze kann sich gerade noch aus seinem Sessel hochreißen und sich in Richtung des Rückens verbeugen, der aus seinem Salon verschwindet.

Kotze steht wie angewurzelt da und starrt aus dem Fenster, wo die kaiserlichen Rappen über das Kopfsteinpflaster davontraben und die Kutsche Seiner Majestät hinter sich herziehen. Ihre Köpfe sind schön und stolz, denn nichts ist erhebender als die wahre Bestimmung. Das gilt für Mensch und Tier.

Nichts ist würdevoller als die wahre Bestimmung. Kotze sinkt zurück in seinen Sessel.

Jagdgesellschaft. *Kleine* Jagdgesellschaft …

GOSSENKÖNIGIN

Im Zug, 1935

Sie sind in Belgien. Die erste Grenze liegt hinter ihnen, Gustav ist zurück an seinem Platz, weil er dort seinen Pass hat. Riecht besser hier im Abteil, seit er weg ist. Emil streicht über seine Kissen, Minna schlägt ihre auf. Mehr ist nicht zu tun. Es gibt hier Diener, die einem die Betten machen. Draußen ist es dunkel, Minna und Emil spiegeln sich im nachtschwarzen Fenster. Sie trägt ihr bestes Nachthemd, Emil einen neuen Schlafanzug. Sie wissen, was sich in der ersten Klasse gehört.

Vierzig Jahre im horizontalen Gewerbe. Ein Leben auf dem Fleischmarkt und gegen die Moral. Weil die Moral nicht satt macht, die Frauen am wenigsten, und da müssen sie alle gucken, wo sie bleiben. Im Grunde hast du ja nur zwei Möglichkeiten. Fleischmarkt oder Hochzeitsmarkt, und das ist am Ende das Gleiche. Ist natürlich erbärmlich, aber was willst du machen? Kannst dagegen sein, bis du schwarz wirst, musst dich trotzdem entscheiden. Und es gibt viele feine Huren, gibt auch Pissnelken, aber die gibt es überall.

Minna setzt sich auf ihre frisch gemachte Erste-Klasse-Pritsche. Was sie langsam nicht mehr schlucken kann, ist, dass immer die Frauen das Bett machen. Oder Jungs wie Emil. Warum haben sie die Ware und die anderen das Geld? Du denkst vielleicht, dass es daran liegt, dass Männer viel Lust haben und Frauen wenig. Aber das ist nicht so. Minna hat mit genug Frauen übers Ficken gesprochen, um zu wissen, dass es nicht an der Lust liegt. Sie haben nicht weniger Lust als die Männer. Die Lust ist die gleiche, aber das Geld … das nicht.

Die Tür geht auf. Gustav ist zurück. »Drüben ist allet voll«, sagt er. »Jemand ist auf meinem Sitz einjepennt. Ick denke, es ist det Beste, wenn ick hier zwischen euch aufm Boden schlafe.«

»Det Beste für wen?«

»Für mir«, antwortet Gustav.

»Ick hoffe, du schnarchst nicht.«

»Warum?«, fragt Emil. »Willst du die Einzige sein?«

Minna lehnt sich zurück, verschränkt die Arme vor der Brust und mustert Gustav. »Wat will so ’n kaisertreuer Monarchist wie du eigentlich beim Franzmann?«

»Urlaub machen. Wollte schon immer anne Riviera.«

»Ist die schöne deutsche Ostsee dir plötzlich nicht mehr jut jenuch?«

»Nizza ist ja quasi italienisch«, wirft Emil ein.

Gustav sieht ihn an und sagt: »Dein Doktor macht dir zum Besserwisser, Junge.«

»Er ist kein Junge mehr«, sagt Minna. »Aber det du ausgerechnet auch nach Nizza willst … Du könntest doch wirklich nach Italien.«

»Du doch auch«, gibt er zurück. »Wat willst du denn in Paris?«

»Hedwig ist in Paris«, antwortet sie.

»Ja, und wenn wir uns nicht langsam alle hinlegen, kommen wir vor Paris gar nicht mehr zum Schlafen«, sagt Emil und deckt sich zu.

Minna legt sich auch hin. Ihr Bett rüttelt unter ihr. Das würde einem einige Arbeit abnehmen … Aber Minna muss nicht mehr arbeiten. Seltsam. Eigentlich müsste sie sich frei fühlen, aber sie rast hier durch die Nacht und fühlt sich nicht mal mehr nach sich selbst an. Wo sind eigentlich ihre Zigarillos? Sie setzt sich auf und streckt die Hand nach der Tasche über sich aus.

»Nicht im Bett rauchen, Minna«, murmelt Emil.

Sie fällt zurück ins Kissen. »Ach, Kacke.«

Gustav zieht seine Hosenträger von den Schultern. Sie baumeln jetzt an seinem Hosenbund. Er steigt aus den Schuhen und legt sich hin. Ohne Decke, ohne Eleganz. Wie ein Betrunkener, der inner Ecke vom Hundegustav einfach liegen bleibt. Macht den feinen Eindruck von Minnas und Emils neuer Nachtwäsche ganz zunichte. Hätten sie sich auch schenken können.

Emil gähnt. »Erzähl weiter, Minna.«

Brandenburg, 1895

Vicka ist so weiß wie die Bettwäsche, aber um einiges durchsichtiger. Sie ist wie der erste Schnee draußen im Kurpark. Dünn und vergänglich. Sie schmilzt dem Leben davon. Lottka stellt Blumen auf den Nachttisch und arrangiert den Strauß.

»Wie schön«, sagt Vicka, »dann können die Blumen und ich jetzt gemeinsam sterben.«

»Besser als allein sterben«, gibt Lottka zurück.

»Nichts ist besser, als allein zu sterben.«

»Nicht mal leben?«

»Nein.«

Lottka setzt sich. Sie hat das Gefühl, Vicka bis ins Mark sehen zu können. Ihre Haut ist so durchscheinend wie Seide und so faltig wie Papier, das niemand mehr benutzen will.

»Der Hurensohn hat die Wette gewonnen«, sagt sie.

»Das tut mir leid.«

Vicka schiebt ihre Hand unter der Decke hervor und zeigt auf das kleine Tischchen am Fenster, wo diverse Papiere liegen. »Es steht sogar in der Zeitung. Das schmalste Haus in Berlin. Lächerlich.«

»Er hat sich bestimmt sehr angestrengt, um das zu schaffen.«

Vicka nickt. »Das hoffe ich. Ich überlebe ihn, und wenn es das Letzte ist, was ich tue.«

»Hast du sonst noch was vor?«, fragt Lottka.

»Nein, das überlasse ich dir. Was gibt es Neues?«

»Ich bin zu einem Dinner bei Prinzessin Charlotte eingeladen. Mein Mann schrieb, meine Anwesenheit sei dringend erwünscht. Meine Talente.«

»Welche Talente?«, fragt Vicka. »Du kannst doch nun wirklich gar nichts.«

»Loloki deutete an, dass von der Prinzessin eine gewisse Freizügigkeit erwünscht sei.«

Vicka nickt wieder. »Ja, sie ist ein Luder.«

»Ich weiß.«

Vicka wiegt den Kopf ein Mü hin und her. Gerade so, dass Lottka keinen Genickbruch fürchten muss.

»Andererseits bist du auch ein Luder, Lottka.«

»Warst du eigentlich schon immer so grausam?«

»Ich bin nicht grausam, ich bin ehrlich.«

»Und warst du das auch deinem Mann gegenüber?«, fragt Lottka.

»Irgendjemand musste ihm sagen, dass sein Penis ein Krüppel ist.«

Lottka runzelt die Stirn. »Aber doch nicht in der Hochzeitsnacht.«

»Und dass er ebenfalls völlig talentlos ist.«

Lottka zeigt auf den Zeitungsausschnitt und lächelt. »Vicka, er hat immerhin das schmalste Haus Berlins gebaut.«

»Das Haus ist ein Witz. Genau wie sein Penis. Jedenfalls solltest du der Einladung der Prinzessin nachkommen. Du bist noch das Beste, was diesem Hof passieren kann.«

Lottka lächelt. »Danke.«

»Du bist auch das Beste, was deinem Mann passieren konnte. Eine Schande, dass er nicht mehr mit dir schläft.«

»Wenn du mal mit ihm geschlafen hättest, würdest du das nicht sagen.«

Vicka lacht, hustet und lacht weiter, bis sie nicht mehr kann. Sie atmet hohl und röchelnd.

»Vicka, warum fühl ich mich denn immer so …?«

»Erotisch?«

»Unsichtbar.«

»Ich kann dich sehr gut sehen«, sagt Vicka. »Wenn du näher kommst. Und mir meinen Kneifer reichst.«

»Hast du nie mit der Syphilis gehadert?«, fragt Lottka.

Vicka schüttelt den Kopf. »Nur mit meinem Mann. Aber das ist im Grunde wohl dasselbe. Und du solltest mit deinem auch hadern. Er kommt seinen Pflichten dir gegenüber nicht nach.«

»Er ist ein wundervoller Mann«, widerspricht Lottka. »Und ich vergnüge mich anderweitig.«

»Du siehst aber nicht besonders vergnügt aus.«

Lottka seufzt. »Weil du im Sterben liegst, Vicka.«

Berlin, 1895

Es ist ein sonniger Wintertag, Minna atmet Wölkchen aus, ihre Hände stecken in einem Muff. Sie steht auf dem Savignyplatz im ersten Schnee und hat sich Seife und ein neues Jäckchen gekauft.

»Der Kaiser will Nachtarbeit für Frauen und Kinder abschaffen!«, ruft ein Zeitungsjunge. »Lesen Sie alles über die Sozialreformen Seiner Majestät! Verbot der Nachtarbeit für Frauen und Kinder! Lesen Sie nur das Neuste! Nur fünf Pfennige!«

Minna sieht von dem Jungen hinauf in den blauen Himmel. Sie bezweifelt, dass irgendwer drüben in Prenzlauer Berg auf den Kaiser hört und seine Kinder keine Nachtschichten mehr machen lässt. Wenn du das Geld brauchst und willst, dass die Blagen was lernen, dann müssen sie nachts arbeiten und tagsüber in die Schule. Die Stadt dampft oben im Norden, unaufhörlich treiben die Arbeiter dort dieses Land voran.

»Die Berlinische. Nur fünf Pfennige. Seine Majestät verbietet Nachtarbeit für Frauen und Kinder«, ruft der Junge, steht auf seiner Kiste und schwenkt die Zeitung.

Als Minna klein war, gab es Fleisch nur beim Metzger, jetzt gibt es für alles eine Fabrik und Fleisch in Dosen. Konserven, damit auch die Arbeiter, die in der Fabrik am Wolf stehen, sich ein bisschen Wurst leisten können. Die Straße, in der Opa groß geworden ist, sah sein ganzes Leben lang gleich aus. Minna ist als Kind acht Mal umgezogen, von einer feuchten Wohnung in die nächste. Wo gestern noch ein Feld war, stand wenig später ein Wohnblock oder noch eine Fabrik. Sie schaffen und schaffen, sie schwitzen und rauchen mit den Schloten um die Wette, und plötzlich fährt die Eisenbahn überallhin. Nur dass die, die sie bauen, sie sich nicht leisten können oder zwischen die Maschinen geraten und es nur noch bis zum Friedhof schaffen. Wenn irgendjemand dafür bezahlt. Wenn keiner für dich bezahlt, wirst du in die Charité geliefert. Die hat einen Keller voller toter Arbeiter, aus denen Wissen werden soll. Eine gesunde Zukunft. Bezahlt mit Dreck und kaputten Gliedern.

Aber hier ist nichts davon zu sehen, hier sieht schon jetzt alles sehr gesund aus. Hier kaufen brave Bürger Weihnachtsgeschenke und glauben dem Märchen, das der Zeitungsjunge in den Nachmittag brüllt.

»Nur fünf Pfennige! Nur das Neuste!«

Es ist der schönste Dezembertag bis jetzt, der Schnee tanzt. Minna wird das erste Weihnachten ohne ihre Familie feiern, dafür mit Fisch, Braten und drei Sorten Klößen. Sie zieht den Brief aus ihrem Muff und geht zum Briefkasten. Sie schickt ein bisschen Geld und ein paar Grüße nach Prenzlauer Berg. Sie muss da nicht hin, auch nicht zu Weihnachten. Die freuen sich mehr über Geld als über Minna. Im Schwan soll es einen Baum geben voller Lichter und Lebkuchen. Berta hat ihr das alles erzählt. Berta, die ihr die Haare macht, damit sie den Ehemännern anderer Frauen gefällt. Solchen, die hier rumlaufen – und zu denen sie nicht gehört. Auch nicht mit Muff. Minna sitzt auf dem

Savignyplatz und begreift zum ersten Mal, was die Halbwelt ist.

Sie ist die Halbwelt. Sie existiert im Schatten all dieser bürgerlichen Sattheit. Wenn du dich ein bisschen an das Geld gewöhnt hast, dann kannst du wieder denken, dann siehst du wieder klar. Minna hat mehr Kohle zur Verfügung als das Fräulein da vorn zum Beispiel. Sie hat mehr eigenes Geld als diese Tochter von irgendwem, die bald die Ehefrau von irgendwem anders sein wird. Das eine führt zum anderen. Aber Minnas Geld ist in der Welt dieses Fräuleins nichts wert. Dein Geld ist gar nichts wert, wenn du keinen Vater hast.

Minna hat genug Väter gefickt, um das zu wissen.

◇

Kotze betrachtet das Porträt vom Rammler. Der Herzog im Kostüm, eine schwungvolle Feder an der Mütze, eine weiße Halskrause, dazu ein buntes Wams. Spaß ist am Hof bloß eine Verkleidung. Aber bald wird Spaß auch eine Jagdgesellschaft sein. Kotze war zuerst recht niedergeschlagen mit dem Auftrag der kleinen Jagdgesellschaft. Er will mehr, er kann mehr. Aber nun hat er sich abgefunden. Er sieht in dem Abend eine Chance, sein Können unter Beweis zu stellen, und ist fest entschlossen, die Gesellschaft von Prinzessin Charlotte zu einer Legende zu machen. Dann endlich wird auch der Kaiser nicht mehr leugnen können, dass Veranstaltungen in Kotzes Händen gut aufgehoben sind.

Er hat das Jagdschloss im Grunewald ausgewählt. Jeder wird davon reden, die Prinzessin wird bekommen, was sie will, ergo bekommt der Kaiser, was er will, ergo wird Kotzes Gespür für Festlichkeiten in aller Munde sein.

»Kotze, verzeihen Sie, dass ich Sie warten ließ«, sagt der Rammler, als er endlich eintritt.

Wie auch auf dem Gemälde an der Wand malt sein Bart ein scharfes Dreieck um seinen Mund. Haarspitzen in einem sonst weichen Gesicht. Vielleicht ist der Ritter auf dem Porträt doch mehr als ein Kostüm, vielleicht wäre der Herzog Rammler gern ritterlich. Gott weiß, der Hof könnte einen lustigen Don Quichote gebrauchen, aber der Herzog mag seinen braunen Salon mit noch so festen Schritten betreten, er ist ein Ritter von trauriger Gestalt. Kein Erbe, keine Rosalinde, nur Erotik – und ein Salon voll schwerer Möbel.

Kotze hasst den Rammler dafür, dass er Rosalindes Zuneigung gewinnen konnte, ihren Körper … Aber was der Kaiser von dieser Verbindung hält, weiß Kotze auch, und das ist ein kleiner Trost.

»Unsinn, Hoheit.« Kotze lächelt freundlich. »Nicht der Rede wert.«

»Möchten Sie etwas trinken? Einen Likör vielleicht?«

Kotze schaut auf die Anrichte. Neben kleinen Likörgläschen mit feinem Stiel und zarten Kelchen steht eine Batterie an bunten Flaschen. Es gibt Liköre und Obstgeiste in allen Farben. Kotze schüttelt langsam den Kopf. »Nein, danke.«

Der Herzog schenkt sich selbst etwas ein. »Was verschafft mir die Ehre?«

Kotze greift in seine Innentasche und holt ein Kuvert heraus. Er legt es auf das Rauchtischchen zwischen ihnen, während der Herzog sich mit seinem hauchzarten Likörglas gegenübersetzt.

»Was ist das?«, fragt der Herzog.

»Eine Einladung zu einer kleinen Jagdgesellschaft. Prinzessin Charlotte gibt sich die Ehre.«

»Sie bringen mir persönlich eine Einladung?« Der Herzog nippt an seinem Likör. »Ist das Postamt abgebrannt?«

»Nein, es handelt sich um einen besonderen Abend, der eine persönliche Einladung wert ist.«

Der Herzog hebt eine Augenbraue.

»Sehen Sie«, beginnt Kotze, »es ist eine Frage der Diskretion. Die Prinzessin wünscht sich … Ausgelassenheit.«

Der Herzog schnaubt. »Wer tut das nicht?«

»Und der Kaiser wünscht Ihre Anwesenheit … *und* Ihre Ausgelassenheit, Hoheit.«

»Das hat er Ihnen gesagt?«

Kotze nickt. »Ausdrücklich.«

Der Herzog lehnt sich zurück und betrachtet Kotze eindringlich. »Haben Sie nicht neulich beim Rot-Kreuz-Ball außerordentlich viel mit Rosalinde von Spitzenberg getanzt?«

»Ich weiß nicht, ob ich von außerordentlich viel …«

»Seine Majestät reserviert die Baroness für Sie, nicht wahr?«, unterbricht der Rammler. »Ihnen soll sie gesunde Kinder gebären.«

Kotze schweigt und sucht nach Worten. Der Kaiser verschwendet zum einen immer noch kaum einen Gedanken an Kotze, geschweige denn daran, wen dieser zu ehelichen gedenkt, und zum anderen könnte seine Majestät Kotze fünfmal erlauben, die Baroness zu heiraten, solange Rosalinde nicht will, wird es keine Heirat geben. Aber das muss der Rammler nicht wissen.

Der Herzog beugt sich vor. »Sie will Sie nicht, Kotze. Sie will keinen Kammerdiener.«

»Zeremonienmeister«, verbessert Kotze.

Der Rammler lacht. »Und was soll sie damit, wenn sie einen Herzog haben kann?«

Kotze beugt sich nun ebenfalls vor. »Kann sie das?«

Sie schauen sich an.

»Sie sind ein Niemand, Kotze«, raunt der Rammler.

Sie auch, könnte Kotze antworten. Dass all das Rammeln keinen Herrn aus ihm macht. Rammeln ist keine Tugend, es macht ihn nicht zum Ehrenmann. Nicht mal einen Herzog macht so ein Verhalten zu einem Gentleman. Aber Kotze ist besser als das. Klüger. Anständiger. Er hat es nicht nötig, den Herzog zu beleidigen. Er ist hier im Auftrag Seiner Majestät, und so wird er sich geben. Er lehnt sich zurück und lächelt unverbindlich.

»Der Kaiser jedenfalls wünscht Ihr Erscheinen im Grunewald im neuen Jahr. Er selbst wird natürlich nicht anwesend sein, aber es ist ihm sehr daran gelegen, seine Schwester glücklich zu machen.«

Der Rammler schnaubt. »Im Zaum zu halten passt wohl eher.«

»Wie dem auch sei, ohne Sie ist ein Abend wie dieser natürlich nicht denkbar.«

Der Herzog nickt höhnisch und schenkt sich nach. »Der Krüppel schickt den Hofnarr, damit der die Prinzessin beglücke.«

»Wie bitte?«

Der Herzog stellt sein Glas ab, stützt die Arme auf die Knie und beugt sich vor. »Ihnen mag es gefallen, den Zuhälter des Kaisers zu geben. Aber ich lass mich nicht zu Ihrer Dirne machen.«

Kotze atmet tief durch und beugt sich ebenfalls vor. »Wenn Sie mich einen Zuhälter nennen, nennen Sie den Kaiser einen Zuhälter. Soll ich das so an Seine Majestät weitergeben, wenn ich Seine Majestät von Ihrer Absage unterrichte?«

Der Herzog lehnt sich wieder zurück. »Sie sind nichts als eine Klatschtante.«

»Und Sie sind bloß beleidigt, weil Sie Rosalinde nicht heiraten dürfen.«

»Ich darf alles, Kotze. Ich wollte bloß nicht.«

Kotze lehnt sich ebenfalls wieder zurück. »Und ich wollte sie auch nicht.«

»Dann sind wir uns ähnlicher, als ich dachte.«

»Wohl kaum.« Kotze steht auf und schließt seine Jacke. »Wir sehen uns im Grunewald.«

»Ich freu mich schon«, sagt der Herzog und stürzt seinen Likör.

◇

Nach einer Weile siehst du die Unterwäsche gar nicht mehr. Oder genauer: Du siehst nicht, dass es Unterwäsche ist. Es kommt dir vor wie normale Kleidung. All die Nacktheit in Marmor und Öl, goldgerahmt und bunt, du nimmst sie nicht mehr wahr. Und wenn man davon absieht, dass die Damen auf den Schößen der Herren sitzen, dass man ihnen hier und da mal in die Titten oder den Hintern kneift, ist unten in den Salons alles feine Gesellschaft. Du rumpelst ja nicht auf der Récamiere. Das Geschäft wird oben gemacht. Unten ist es wenig anders als bei einem anständigen Dinner. Die Köchin kocht jeden Abend, als käme der Kaiser persönlich. Er kommt natürlich nicht.

Minna steht an der Bar und trinkt Tee, der so tut, als wäre er Punsch, als Lulu aufgeregt aus dem Empfangszimmer kommt. »Er ist wieder da.«

»Wer?«

»Der Herzog Rammler«, antwortet Lulu.

»Wie heißt der?«

»Ernst Günther, aber alle nennen ihn nur Rammler. Auch am Hof.« Sie zwinkert Minna zu. »Er ist ein Tier.«

»Ein Kaninchen?«

Lulu richtet ihren Turm aus falschen Zöpfen. »Ein geiler Bock, Minna. Er kommt von ganz oben, er ist der Bruder der Kaiserin.«

Minna wollte gerade trinken, aber sie lässt die Punschtasse sinken. »Ach …«

Durch den Dampf von ihrem Punsch sieht Minna Lulu, wie sie an sich herumzupft. Minna hat immer noch keinen adligen Stammkunden. Sie hat den Major und zwei Fabrikanten. Außerdem einen Pfarrer, aber noch keinen vom Hof. Edith hat geschrieben, sie ist auf der Rückreise, und Minna kann ihr schlecht sagen, dass sie ihren Platz hier verdient, weil der Sohn von Geheimrat Kugelbund sich an ihr die Hörner abstößt.

Aber natürlich denkt Lulu das Gleiche. Und sie ist schon beim Herzog, kaum dass er den Salon betritt. Ob das klug war? Sie hätte ihn kommen lassen müssen. Gerade denen, die es im Leben leicht haben, darfst du es hier drin nicht auch noch leicht machen. Die finden ihre eigene Leistung geiler als dich, also musst du ihnen das Gefühl geben, dass sie was leisten. *Sie*, nicht du. Und sie dann dafür loben.

Der Herzog ist blond, sein Haar schimmert ein bisschen wie ein Teich im Sommer, und Minna will in diesem Teich schwimmen. Der Rammler hat einen spitzen Bart und ein rundes Gesicht. Der Bruder der Kaiserin also … Vater hin, Halbwelt her, wenn so einer Minna nicht nach oben bringt, wer denn dann? Aber sie kann Lulu schlecht von seinem Schoß schubsen. Auch wenn Minna schon von Weitem sieht, dass er nie ihr Stammfreier werden wird. Er will was anderes – und Minna will ihn. Er muss noch begreifen, dass er sie auch will. Minna muss es ihm klarmachen.

Wenn der Hof ihn Herzog Rammler nennt, hat dieser Mann doch schon tausend schöne Frauen in schöner Wäsche gesehen und gefickt. Er hat in feineren Salons gesessen als in dem vom Schwan und besseres Klavierspiel gehört. Minna wird den nicht rumkriegen, wenn sie feine Dame spielt. Berta will keine Gossensprache? Aber Edith will keine Langeweile, haben sie gesagt, und der Herzog will bestimmt auch mal was hören, was er noch nie gehört hat. Minna trinkt ihren Punsch aus, geht zum Flügel hinüber und beugt sich zu dem Pianisten runter. Sie flüstert ihm was ins Ohr und steigt auf den Flügel. Und dann singt sie *Der geliebte Schwiegersohn,* das Lied von einer gewissen Hulda, die nach ihrem Bräutigam schnuppert. Der Gute kommt immer zu spät. Aber wenn er dann kommt, beeilt er sich wenigstens.

»Siehste wohl, da kimmt er«, singt sie. »Jroße Schritte nimmt er. Komm doch an mein Herze schon, Fipps, mein oller Kronensohn.«

Sie steht auf dem Flügel und singt darüber hinweg, dass alle sie anschauen, als hätten sie noch nie eine singende Frau gesehen. Zaghaft beginnen die Herren zu lächeln, bei den Damen erkennt Minna eher leichte Panik. Aber was soll sie sagen, ist doch immer die gleiche Geschichte:

»Siehste wohl, da kimmt er. Jroße Schritte nimmt er. Jraue Haare hat er schon. Der versoffene Kronensohn.«

Minna hebt die Arme und erwartet Applaus, aber nichts. Die Gäste sehen sie unsicher an, die Kolleginnen schauen auf den Boden oder verstohlen zur Tür. Der Herzog schmunzelt.

Berta stürmt in den Raum wie Gottes Zorn persönlich und zerrt Minna vom Klavier. Ihre Linke umklammert Minnas Handgelenk, mit der Rechten scheuert sie dem Pianisten eine.

Sie wendet sich an die Gesellschaft. »Verzeihen Sie diesen Gassenhauer, meine Herren. Champagner aufs Haus.«

Sie schleift Minna hinter sich her hinauf in den zweiten Stock und schleudert sie in ihr Zimmer wie eine Gefangene.

»Das hier ist ein anspruchsvolles Haus und nicht die Gosse. So einen Dreck will ich nicht noch einmal hören. Kronensohn … Pfft. Auf so einen wartet eine Dame nicht. Eine Dame wartet grundsätzlich nicht. Niemals. Und wir machen kein Kabarett. Den Champagner zieh ich dir vom Lohn ab, und heute lass ich dich nicht mehr an meine Gäste.«

Sie schließt die Tür und dreht den Schlüssel von außen. Minna hatte ihn, sein Blick wollte sie. Berta kennt ihre Gäste nicht so gut, wie sie denkt. Deren ganzes Leben ist vornehm, aber Höflichkeit kannst du nicht ficken.

◇

Lulu erzählt schon den ganzen Morgen vom Herzog Rammler. Dass sie ihn geritten hat, er seine Augen nicht von ihr lassen konnte, sie ihn und seinen Schwanz prächtig genannt hat …

Minna trinkt Kaffee und verdreht die Augen. Was der Hofstaat einen Rammler nennt, scheint ein ganz normaler Mann zu sein, der ein bisschen ficken will. Sie hört nichts, was sie noch nicht kennt. Bisschen anblasen, dann reiten.

Lulu erzählt jetzt zum dritten Mal, dass er sie wieder besuchen will. Minna beißt sich auf die Unterlippe. Das wäre *ihr* Stammkunde gewesen. Ihrer. Aber man darf hier weder singen noch berlinern noch auf die Herren warten. Als wären die Damen hier mit Gold gepudert. Sind doch alle aus der Gosse, Lulus Mutter war ebenfalls Hure, und Fanny kommt vom Bauernhof. Ihre Eltern waren Knecht und Magd, denen ihr Herr verboten hat zu heiraten … Berta mag den Gästen die Geschichte vom gefallenen Mädchen erzählen, aber keine der Frauen, mit denen Minna an diesem Mittag am Frühstückstisch sitzt, ist gefallen. Sie sind alle so weit unten auf die Welt gepresst worden, dass sie nirgendwo mehr hätten hinfallen können. Wenn du im Dreck liegst, bist du schon gelandet. Bist halt vorher nie geflogen.

Aber dank Bertas Haaren und dem schummrigen Licht im Salon, können sie das alle gut verstecken. Für ein paar Stunden. Berta sitzt am Kopfende und bestickt Stoffblumen mit Wachsperlen.

Lulu holt etwas aus ihrem Morgenrock und legt es stolz auf den Tisch, zwischen die Teller mit den Resten von Rührei und Butterstullen.

»Was ist das?«, fragt Minna.

»Das ist ein Orden, den hat er mir geschenkt.«

Fanny legt den Kopf schief. »Wirklich?«

Minna stellt ihre Tasse ab und runzelt die Stirn. Sie beugt sich über den Tisch und betrachtet den Orden. Eine Plakette mit einem schwarzen Vogel, drumherum ein eiserner Strahlkranz oder Stern, eine Inschrift, die sie nicht lesen kann. Sie hebt eine Augenbraue.

»Geschenkt?«

Fanny stochert in ihrem Ei. »Ich hätte lieber Schmuck gehabt. Ein Collier, einen Ring oder wenigstens einen Elfenbeinkamm. Was für die Haare …«

»Hast du was an meinen Haaren auszusetzen?«, fragt Berta.

»Nein.«

»Und warum isst du schon wieder nicht? Iss!«

»Eben, Lulu«, sagt Minna. »Warum sollte der dir nen Orden schenken?«

»Hat er aber.«

Minna grinst. »Nee, den hat der bloß verloren. Jib's zu.«

»Nein.«

»Doch, so wat wird von janz oben verliehen. Det gibt der doch nicht irgendeiner Dirne.«

Lulu presst die Lippen aufeinander und schnaubt wie ein Pony, das nicht in den Stall will. Sie greift den Orden und stopft ihn zurück in ihre Tasche. Sie steht auf und sieht auf Minna herab.

»Vielleicht bin ich für ihn nicht irgendeine Dirne. Hast du darüber schon mal nachgedacht?«

»Dein Herzog will det jute Teil wahrscheinlich zurück, hast du *darüber* schon nachgedacht?«

»Sei nicht so neidisch, das steht dir nicht.« Sie dreht sich um und rauscht raus. Berta fädelt Perlen auf die Nadel und lacht in sich hinein. Fanny kaut auf einem Stück Brot wie auf Pappe. Minna schaut sie an.

»Du isst wirklich, als hätteste im Leben noch keinen Hunger jehabt.«

Fanny zuckt mit den Schultern. »Ich würde ja essen, aber du schmeckst einfach raus, wenn die Hühner die Eier nicht bei Vollmond gelegt haben.«

Minna hebt eine Augenbraue. »Und der Bäcker det Brot nicht bei Neumond jebacken hat?«

»Nein.« Fanny sieht Minna an, als wär sie bescheuert. »Das Brot muss einfach nur mit Liebe gebacken werden, Minna. Mit Liebe.«

»Und? Ist es det?«

»Nein, es ist Brot voller Hass.«

Minna lacht.

Fanny knallt ihre Gabel neben ihren Teller. »Hass und Zorn. Und ich werde gezwungen, das zu essen. Das ist Folter.«

»Edith ist ja bald zurück«, sagt Berta. »Dann kannst du dich gern bei ihr über das Essen beschweren, für das du nichts bezahlst. Wird Edith sicher gern hören.«

Fanny nimmt ihre Gabel und stopft sich schnell den Mund voll. »Sehr lecker.«

Minna trinkt den Kaffee aus und schenkt sich nach. Das Hausmädchen räumt ab. Der Schwan hat zwei. Sie sind sehr blass und fleißig – fleißiger als alle Frauen aus der Zigarrenfabrik zusammen. Sie räumen den ganzen Tag hinter Minna und den anderen her und bedienen am Abend die Herren im Salon. Sie gehen nie mit ihnen hoch, auch wenn die Herren darauf bestehen. Berta trennt die Geschäfte in diesem Haus strickt. Und wenn einer der Herren ein Hausmädchen begrapscht, dann schwebt Berta herbei und klärt ihn auf, dass dies ein anständiges Haus ist, ein Ort für anständige Herren – zu denen er sich sicher zählen wolle? Sie wollen alle. Sich dazuzählen, dazugehören, Anstand und so weiter. Und dann schwitzen, grunzen und pumpen sie die anderen Damen oben voll.

Als Minna wenig später in den zweiten Stock geht, ist Lulu noch immer auf dem Lokus und Fanny noch unten bei Berta, um sich die Haare färben zu lassen. Sie trägt sie dunkler als ihre Naturhaarfarbe. Die Köchin verhandelt im Hof mit einem Lieferanten, die Mädchen putzen den Salon.

Am Ende des Flurs ist Ediths Zimmer, es ist immer abgeschlossen. Bald ist sie zurück. Je näher der Tag ihrer Ankunft rückt, desto angespannter sind alle. Vollmond-Fanny hat die ganze letzte Woche sechs Gäste pro Nacht gemacht. Sie macht sonst nur fünf. Lulu wägt sich in Stammfreier-Sicherheit, und Minna steht hier und hat nichts außer ein paar Gassenhauern, die sie nicht singen darf. Es ist still auf dem Flur im zweiten Stock.

Einen Moment steht Minna unschlüssig auf dem Perser, zwischen den Gemälden von Blüten und Knospen, die alle aussehen wie Muschis. Dann huscht sie in Lulus Zimmer und lehnt die Tür hinter sich an. Sie durchsucht die Taschen von Lulus Morgenmantel, der inzwischen überm Bett liegt, aber die Taschen sind leer. Minna sieht sich um und öffnet die Schubladen des Nachtschränkchens.

Ein paar Romane, ein paar *Gartenlauben*, zwei frisch ausgewaschene Pariser, Blüten und Perlen, die Lulu offensichtlich bei der Arbeit vom Kopf gefallen sind. Nur Plunder, kein Adler in Eisen.

Minna seufzt, schließt die Schublade und geht zur Kommode.

Natürlich ist es möglich, dass Lulu den Drecksorden am Körper trägt, als hätte man sie für die letzte Nacht ausgezeichnet. Aber sicher ist das nicht. Er könnte auch einfach hier in ihrem Zimmer sein. Minna wühlt sich durch Lulus Schlüpfer und Strümpfe und stößt auf etwas Spitzes. Sie tastet weiter, es ist hart. Minna holt es hervor, auf ihrer Handfläche liegt der schwarze Vogel. Schnell lässt sie ihn in ihrer Tasche verschwinden und richtet Lulus Wäsche wieder her. Sie schließt die Schublade und verlässt das Zimmer.

Draußen steht Fanny vor Ediths Tür und schaut sie an, als wäre sie ein hübsches Gemälde.

»Sie ist ein Schneehuhn.«

»Was machst du denn hier?«, fragt Minna.

»Ich wohne hier.«

Minna schluckt, der Orden wiegt schwer in ihrer Tasche. »Aber doch nicht auf dem Flur.«

Fanny lacht. Auf ihrem Kopf türmt sich ein Handtuchturban, aus dem an der Stirn braunschwarze Farbe in dünnen Rinnsalen herausläuft.

»Mit mir muss man immer rechnen.«

»Wer ist ein Huhn?«, fragt Minna.

»Edith.« Fanny reibt sich unter der Nase und schnieft. »Schneehuhn. Kokain.«

»Ist sie dann nicht eher ein Nerz?«

Fanny lacht. »Wegen der weißen Schnauze? Sehr gut. Der gefällt mir ...« Sie lacht weiter und hört dann plötzlich auf. »Ich sag's nicht weiter.«

»Wat? Meinen Witz?«

»Alles.« Sie lächelt. Ein braunschwarzer Tropfen bleibt in ihren Brauen hängen, ein anderer läuft über ihre Schläfe. »Je weniger man isst, desto mehr bekommt man mit.«

»Ähhh ... möglich.«

»Oder gilt das fürs Saufen?«, fragt Fanny.

»Wahrscheinlich schon.«

»Ich trinke lieber, als dass ich esse. Aber hier gibt es ja immer nur den verdammten Tee. Ist kein Leben, Minna. Es ist kein Leben.«

»Du tropfst.«

Fanny lächelt. »Ja.«

PIEPMATZ

Im Zug, 1935

Gustav schnarcht. Die Sonne scheint Minna ins Gesicht, als sie die Augen öffnet. Sie hätten den dunkelroten Vorhang schließen sollen. Fährt der Zug langsamer? Er quietscht und bleibt stehen.

Emil gähnt. Gustav wacht auf und sieht sich verwundert um. Hat wahrscheinlich nicht damit gerechnet, dass er Minna mal zu Füßen liegt. Aber am Ende gehört er dort unten ja auch hin. Zumindest unter Minna, gesellschaftlich, denn als Hausbesitzerin und jetzt Privatier steht sie natürlich über ihm. Da musst du dir nur angucken, wie Minna reist. Erste Klasse. Genau.

»Warum stehen wir?«, fragt Gustav.

»Ist bestimmt die Grenze nach Frankreich«, vermutet Emil.

»Schon?«

»Wat heißt hier ›schon‹?«, fragt Minna. »Wir sind so lang in diesem Zug, det ick mir frage, ob ich nicht inzwischen siebzig bin.«

»Mhm … ja«, murmelt Gustav abwesend.

»Grenzkontrolle!«, ruft jemand draußen im Flur. »Die Pässe bitte …«

»Kacke«, sagt Gustav.

»Hast du deinen Pass drüben bei deinem Gepäck?«, fragt Emil.

Gustav robbt zur Tür, schiebt den Vorhang beiseite und lugt hinaus.

»So nah sind die schon? Kacke.«

»Wo ist denn dein Pass?«, fragt Emil noch mal.

Minna betrachtet den kauernden Gustav, der zwischen ihnen am Boden liegt und raus in den Gang schaut.

»Er hat keinen«, sagt sie.

»Doch, doch, hab ick … aber …«

»Er hat keine Fahrkarte«, sagt Minna, und Emil sagt: »Quatsch.«

»Justav?«

»Nicht direkt, nein.«

»Ernsthaft?«, fragt Emil.

»Du fährst schwarz«, stellt Minna fest.

»In jewisser Weise …«

»In jewisser Weise auf unsere Kosten, du Hund«, sagt Minna und tritt nach ihm.

»Auf Magnus' Kosten«, verbessert Gustav.

Minna schüttelt den Kopf. »Ick wusste, det da wat faul ist.«

»Ja, ja, ick bin ein Schmarotzer, bin untröstlich.« Gustav schließt den Vorhang wieder und dreht sich zu Minna und Emil. »Könnt ihr mir verstecken?«

»Ernsthaft?«, fragt Emil wieder. »Und überhaupt, wo sollten wir dich denn verstecken?«

»Oben beim Jepäck«, schlägt Gustav vor, und Minna sieht ins Koffernetz. »Da kommst du alter Sack doch niemals hoch.«

»Der wird sich schon anstrengen, oder Gustav?« Emil sieht ihn scharf an.

»Ja, ja, klar. Mach ick.« Gustav springt auf, steigt auf Minnas Matratze und schiebt die Koffer zur Seite. »Det ist zu eng, da pass ick nicht zwischen.«

»Gib mir den Lederkoffer runter«, sagt Minna. »Den hellen.«

Der Koffer fällt ihr in die Arme, sie lässt ihn auf Emils Bett gleiten, während Emil Gustavs Hintern nach oben schiebt.

Minna öffnet den Koffer und nimmt ihren Wintermantel raus. Emil steht inzwischen auf ihrem Bett und schiebt die Taschen vor Gustav. Minna hält ihm den Mantel hin. »Hier. Zum Abdecken.«

Gustav verschwindet hinter Minnas dickem Mantel, bevor sie begriffen hat, was sie tut – dass sie hilft. Auf Gustavs Füße legen Emil und sie Emils Lederjacke und ihren Hut.

Es klopft. »Grenzkontrolle.«

Emil wirft sich auf Minnas Bett und reißt die Decke über sich. Sie nimmt eine Bluse aus ihrem Koffer und setzt ein Lächeln auf. »Ja, bitte.«

Die Tür wird aufgeschoben. »Einmal die Pässe und Fahrkarten bitte.«

»Natürlich. Emil …«

Minna steht im Nachthemd im Abteil, die Bluse an sich gedrückt, und sieht zu ihm runter. Er nickt, steigt aus dem Bett und nimmt das Ledeetui von der Hutablage.

»Mein Pass ist in meiner Handtasche.«

Emil nickt und sucht alles zusammen. »Bitte sehr.«

Der Kontrolleur verzieht keine Miene und nimmt die Dokumente an sich. Zwischen den Betten ist kaum Platz für

Minna und Emil. Sie drängen sich in Nachtwäsche aneinander und lassen je ein Lächeln auf ihren Gesichtern einfrieren. Emils Arm ist angespannt und hart und drückt gegen Minnas Schulter. Ihre Hand verkrampft sich in der Bluse.

»Merci«, sagt der Grenzer. »Danke.«

Er reicht ihnen die Dokumente zurück, dreht sich zur Tür und ist schon fast aus dem Abteil. Minnas Handgriff lockert sich, Emils Armmuskeln entspannen. Der Kontrolleur dreht sich noch mal um. Sein Blick fixiert die beiden.

»Sie reisen zusammen?«

»Ja.«

»In welcher Beziehung stehen Sie zueinander?«

»Mutter und Sohn«, antwortet Minna schnell.

»Aber Sie haben unterschiedliche Nachnamen.«

»Der Junge ist von meinem ersten Mann«, sagt Minna, und Emil ergänzt schnell: »Mein Vater ist im Krieg geblieben …«

»Ah …«

Er schießt jedem von ihnen noch einen skeptischen Blick ins Gesicht, nickt dann und zieht die Tür hinter sich zu.

Emil sinkt auf Minnas Bett, sie auf seins. Sie sitzen und warten, bis sie den Grenzer nicht mehr hören.

Minna steht auf, wirft Emil ihre Bluse auf den Schoß und reißt ihre Sachen von Gustav runter.

»Danke«, seufzt er.

»Wat machst du uns hier für Menkenke, du Arsch?«

»Icke …«

»Ick hätte eben fast nen Herzinfarkt bekommen, und det wegen dir. Wegen dem Hundejustav!«, poltert sie. »So weit kommt det noch, det ick wegen dir verrecke. Ist deine Bumsbude am Ende so schlecht jelaufen, oder wat? Kannste dir nicht mal mehr ne Fahrkarte leisten?«

»Ja … nein …« Gustav weicht ihrem Blick aus. »Kann ick nicht.«

»Warum bleibst du dann nicht einfach in Berlin?«, fragt Emil.

Gustav sitzt auf der Gepäckablage wie eine vergessene Tasche, die keiner vermisst. »Es ist wejen der Partei …«

»Ick hab dir jesacht, die Deutschnationalen holen den Kaiser nicht zurück.« Minna doziert mit dem Zeigefinger zu ihm hinauf. »Det können die jar nicht.«

»Die wollten den Kaiser wieder holen?« Emil hebt eine Augenbraue. »Aus Holland?«

Minna wischt mit der Hand durch die Luft. »'n Haufen Monarchisten ohne Jrütze inne Birne.«

»Am Anfang waren die noch republikanisch unterwegs«, rechtfertigt Gustav sich. »Und ick dachte, die wollen so wat Ähnliches wie in England. Kaiser *und* Konstitution. Aber jetzt …«

Minna stemmt die Hände in die Hüften. »Sind die alle Nazis?«

»Ja.«

»Überraschung!« Emil schnaubt. »Wer hätte das gedacht, dass aus Deutschnationalen Nazis werden? Kannste ja nicht ahnen.«

»Hat denen auf jeden Fall nicht jeschmeckt, det ick ausjetreten bin. Oder det ick ihnen jesacht hab, det die sich ihren Antisemitismus in den Arsch schieben können. Meine besten Huren waren jüdisch. Auf die lass ick nüscht kommen.«

»Ja, du bist 'n richtiger Menschenfreund.« Minna sieht ihn finster an.

Emil seufzt. »Komm, ich helf dir runter.«

Gustav ächzt. Die Gepäckablage knarzt. Er klettert mit Emils Hilfe runter und steht verloren zwischen den zwei Betten.

»Es war jedenfalls nicht so klug, Hugenberg persönlich zu sagen, det ick seine Jesinnung verfluche. Plötzlich standen nämlich 'n paar SA-Schergen vor meiner Tür und haben die Fäuste schwingen lassen, und noch bevor meine Platzwunden genäht waren, hat mein Vermieter mir jekündigt.«

»Und dir gehört ja nüscht im Hundejustav«, sagt Minna.

»Jetzt sowieso nicht mehr.«

»Und du hast nüscht jespart?«, fragt sie.

»Nein, hast du wat jespart, Minna?«

»Minna hat das Geld von der Ritze«, sagt Emil.

»Ja, aber vorher. Hast du da jespart, Minna?«, fragt Gustav.

Sie presst die Lippen aufeinander und weicht seinem Blick aus. Sparen ist ihre Sache nicht, nie gewesen. Sie ist ja keine Colette, und selbst die hat am Ende nichts gehabt. Andere Zeiten. Andere Geschichte.

Gustav zuckt mit den Schultern. »Ick hab jedenfalls nüscht mehr.«

»Das tut mir leid, Gustav.«

»Danke, Junge.«

»Nenn ihn nicht Junge.«

»Machst du doch auch, Minna.«

»Für jemanden, der auffe Jepäckablage kriechen muss, jelten andere Regeln«, sagt sie.

Emil seufzt. »Ich bestell uns mal was zum Frühstück.«

Er verlässt das Abteil im Schlafanzug, und Gustav setzt sich neben Minna.

»Danke.«

»Bitte«, brummt sie.

»Du hättest mir nicht verstecken müssen.«

»Ja, aber im Gegensatz zu dir bin ick wirklich 'n Menschenfreund.«

Er sieht sie von der Seite an. Plötzlich ist er ein ganz weicher Mann hinter seinen struppigen Brauen und Barthaaren. Aus dem harten Hundegustav ist ein Welpengustav geworden, nur dass er natürlich trotzdem sehr alt ist. Minna darf das sagen, steht ja selbst schon mit einem Bein aufm Friedhof. Sie schüttelt leicht den Kopf.

»Det wir überhaupt noch leben ...«

»Ach, wir sind noch jung, Minna.«

»Vielleicht wenn wir reich wären, Justav. Geld hält jung.«

Emil kommt zurück. Er war im Schlafanzug beim Kellner draußen. Wenn es auch nur einen Hauch Eleganz in diesem dunkelroten Abteil mit dem schmalen Spiegelchen im goldenen Rahmen gegeben hatte, ist der jetzt weg.

»Frühstück kommt gleich.«

»Dann kann Minna ja schon mal weitererzählen.«

Berlin, 1895

Der Bulle dreht den Orden zwischen seinen dünnen Fingern. »Wem soll der gehören?«

»Herzog Ernst Günther«, antwortet Minna genervt. Wahrscheinlich muss man seinen Namen beim Ficken nicht so oft sagen wie heute Nachmittag auf dem Revier.

»Von Schleswig-Holstein-Sonderburg-Augustenburg?«

»Soll ick's dir aufschreiben?«, fragt sie zurück.

»Der Bruder der Kaiserin hat seinen Orden vom *Schwarzen Adler* bei dir ... im Bett verloren?«, fragt der Bulle.

Sie lächelt. »Ein Missgeschick.«

»Der Bruder der Kaiserin? Bei einer …«

»Dirne«, vollendet Minna langsam und deutlich seine Frage.

Er lächelt, als verstehe er das Wort nicht oder die Folgen, die das Wort für ihn hat. Minna verdreht die Augen, zieht ihre Handschuhe aus und reibt sich die Nasenwurzel. Er ist der Dritte, dem sie es erklären muss, weil sie alle nicht glauben wollen, dass auch Hochwohlgeborene ins Bordell gehen. Minna knöpft ihren Mantel auf, es ist warm auf der Wache, und das hier kann dauern.

»Ick dachte, er will den Piepmatz vielleicht wiederhaben.«

»Sicherlich …«, sagt der Bulle und zeigt auf den Schriftzug. »Hier, das heißt: *Jedem das Seine.*«

»Aha.«

»Der *Hohe Orden vom Schwarzen Adler* ist die höchste Auszeichnung in Preußen.«

Da kriegt er glänzende Augen und streicht gleich noch mal über die acht Strahlen des Silberstücks in seiner Hand. Vielleicht versteht er diese Bordellsache auch deshalb nicht, weil er lieber preußische Auszeichnung befingert als eine Muschi. Besser nichts anfangen, wofür man am Ende die Uniform ausziehen muss, die Jacke mit den goldenen Knöpfen und Aufschlägen. Wahrscheinlich schläft der Bulle damit. Er dreht den Orden in seiner Hand herum. Minna seufzt, lehnt sich über den Tresen und schnippt mit dem Finger. »Hallo! Aufwachen. Det ist nicht dein Vogel.«

»Nein«, sagt der Polizist bedauernd und räuspert sich. »Das müssen wir alles abklären.«

Er greift in eine Auslage und holt ein paar Formulare heraus.

Minna hebt eine Augenbraue. »Und wat soll det Papier dabei helfen?«

»Das muss alles aktenkundig werden.«

»Natürlich. Natürlich. Aber denkst du nicht, det der Herzog seinen Orden lieber jestern als heute wiederhätte?«

»Ich muss den Fall aufnehmen.«

»Mhm, ja.« Minna schaut hinter sich auf die große Bahnhofsuhr, die über dem Eingang der Polizeiwache hängt. Eigentlich müsste sie längst bei Berta im Souterrain sitzen und Hurenhaare bekommen. Sie hat noch drei Stunden, bis der Schwan öffnet und sie im Negligé im Empfangszimmer stehen muss.

»Und könnteste nicht gleichzeitig irgendeinen Burschen losschicken, um den Herzog zu holen?«, fragt sie den Bullen. »Dann wär allet ausgefüllt, wenn der hier ist. Stell dir nur mal nen zufriedenen Herzog vor, der dem Innenminister von deiner schnellen … Aufklärung berichtet. Und der Innenminister verjibt doch auch Orden, oder?«

Was das angeht, ist Minna sich nicht sicher, aber irgendwie muss das hier jetzt mal vorangehen. Der Blick des Bullen verrät ihr, dass beim Innenminister wirklich was zu holen ist. Er bekommt ganz unruhige Füße, blickt sich um – nach einem Burschen hoffentlich – und beugt sich dann mit roten Ohren zu ihr.

»Und wenn Ernst Günther von Schleswig-Holstein-Sonderburg-Augustenburg die Angelegenheit peinlich ist?«

»Der janze Hof nennt den juten Herzog *Rammler*. Vertrau mir, dem ist jar nüscht peinlich. Der will seinen Piepmatz zurück.«

Hinter seiner Stirn arbeitet es. Preußische Mühlsteine wälzen sich nach preußischer Vorschrift hinter seinen preußischen Brauen. Schließlich hebt er den Finger und zeigt auf Minna.

»Aber du wartest hier.«

»Willste mir festnehmen?«

Er zeigt auf eine Holzbank an der Wand. »Du bleibst, bis das alles geklärt ist. Auch als Zeugin. Polizeiliche Anordnung.«

»Ist ja jut, ist ja jut.«

Als ob Minna den Orden mit nem Bullen allein gelassen hätte. Natürlich wartet sie, sie ist ja nicht wegen der Uniform oder dem Piepmatz da, sondern wegen dem Herzog. Sie sitzt auf der Holzbank zwischen einer bestohlenen alten Dame und einem Schuhputzer mit blauem Auge. Die Uniformierten treiben sich gegenseitig ganz geschäftig durch den Saal voller Schreibtische. Schlichte Holztische, selbst Minnas Kommode im Schwan ist prunkvoller.

Gegenüber der Bank sind ein paar Arrestzellen. Aus einer wirft ihr ein schmutziger Typ lüsterne Blicke zu, in der nächsten pinkelt ein alter Mann in einen Eimer. Nachttöpfe gibt es hier wohl nicht. Und selbst dieser Eimer wird geteilt. Ist immer am besten, wenn du deinen eigenen Nachttopf hast. Zu Hause in Prenzlauer Berg hatte Minna den, nachdem ihre Mutter und ihre Schwester gestorben sind. Die Männer teilen sich einen, aber Minnas haben die nachts nicht gefunden. Einen Nachttopf musst du so hinstellen, dass du ihn nachts immer triffst und findest. Minnas Topf stand so weit hinten unterm Bett an der Wand, dass es den Männern zu mühsam war, also hatte sie ihn für sich allein. Ein geteilter Nachttopf ist ein potentiell voller Nachttopf, was für Frauen, die ja fast schon draufsitzen müssen, um zu pinkeln, eine spritzige Angelegenheit ist. Nee, als Frau brauchst du deinen eigenen Pinkelpott. Aber du kannst ein totes Baby nicht da reinpressen, also hat Minna das in dieser Nacht damals auch nicht geholfen. Was für ein Glück, dass das abgegangen ist. Mit einem dicken Bauch hätte sie kaum ein Leben in Charlottenburg anfangen können.

Die Zeit schreitet voran. Noch eine Zelle wird gefüllt, eine andere geleert. Noch anderthalb Stunden, bis der Schwan öffnet. Minna kann nicht einfach fortbleiben, dann wird sie rausgeschmissen, noch bevor Edith zurück ist. Das hier muss klappen, wenn sie zu spät und ohne die Gunst des Herzogs zurückkommt, fliegt sie.

Die Bullen setzen ihre Pickelhauben auf, wenn sie die Wache verlassen, und nehmen sie ab, wenn sie wiederkommen. Sie klemmen sie unter den Arm wie umgedrehte Schüsseln und scheinen alle ganz mächtig stolz. Ihre Knöpfe sind poliert. Sonst glänzt hier nichts, aber die Knöpfe geben ihr Bestes.

Eine Stunde bevor der Schwan öffnen wird, schreitet der Herzog durch die Tür. Minna erhebt sich, aber der Bulle gibt ihr ein Zeichen zu warten. Er macht seltsame Kratzfüße und erzählt dem Herzog eifrig, was er für wichtig hält. Minna versteht nichts, sie sieht mehr Hände in der Luft, als der Bulle haben kann. Rote Backen und nervöse Finger, während der Herzog unerschütterlich im Raum steht. Ein Mensch, der geboren wurde, um zu sein. Nicht um zu arbeiten, zu wuseln, sich zu bücken oder sich überhaupt zu bewegen. Er erhält den Orden zurück, unterzeichnet etwas, und dann zeigt der Bulle auf Minna.

Der Herzog wendet sich um und ist kurz überrascht, sie zu sehen. Dann grinst er. Ohne den Bullen noch einmal anzuschauen, steckt er ihm ein paar Scheine zu und kommt zu ihr.

»Du hast meinen Orden also … gefunden?«, fragt er.

»Im Weißen Schwan, ja. Ist wahrscheinlich abjefallen.«

»Abgefallen?«

Sie fixiert ihn und tritt ganz nah an ihn heran. »Ick hab dir den Scheißvogel wiedergebracht, ohne auch nur einen Pfennig an dir verdient zu haben. Und du zweifelst an *meinem* Wort? Ick bin wahrscheinlich die einzige ehrliche Hure in dieser Stadt, du Arsch.«

Sie reckt das Kinn und geht an ihm vorbei. Er hält sie am Arm. »Hast du den Schwager des Kaisers gerade Arschloch genannt?«

»Arsch, ick hab Arsch jesacht. Bist du taub oder wat?«

Er blinzelt, als wären ihre Worte ihm ins Auge geflogen. Dabei sind die ein paar Etagen tiefer gelandet.

Sie beugt sich zu ihm. »Fahr mir in den Schwan, und ick hab noch janz andere Worte für dich, du Pissnelke.«

◇

»Wildschweinbraten, Hirschgulasch und dazu Klöße, Kohl und Preiselbeeren«, sagt der Koch. »Wenn Ihnen das zu derb ist, lass ich gern auch noch ein Rind schlachten.«

»Es ist zu schwer, wir brauchen leichte Kost«, sagt Kotze.

»Leichte Kost im Januar? Nach einer Jagd?«

Kotze lächelt. »Es ist ein besonderer Abend …«

»Die Herren werden durchgefroren aus dem Wald kommen, Herr von Kotze«, beharrt Kolitschke. Er kocht seit achtzehn Jahren hier im Schloss, im Winter wird seit jeher Deftiges serviert. Die Herren wollen sicher auch essen, was sie geschossen haben. Kolitschke wiederholt sich. Kotze unterdrückt seinen Ärger. Er fühlt sich nicht für voll genommen. Dass ein Koch einem Zeremonienmeister widerspricht … Das geht nicht. Das wird alles anders, wenn die Jagdgesellschaft erst ein Erfolg gewesen ist.

Kotze seufzt. Er steht im kleinen Salon des Grunewald-Schlosses, umgeben von Jagdtrophäen und dunklen Holzpaneelen voller Spitzbögen. Auch das Butzenfenster ist ein Spitzbogen. Durch die dicken Scheiben fällt kaum Licht. Der Schnee draußen verschmilzt mit den Bäumen und dem Himmel zu einer milchig weißen Masse. Die Masse ist kalt, Kotze ist über eine Stunde mit dem Schlitten hier rausgefahren. Er tritt ans Feuer und reibt sich die Hände.

»Die Herren werden essen, was wir ihnen servieren, Kolitschke.«

»Sehen Sie sich doch an, Herr von Kotze. Sie frieren immer noch.« Kolitschke klingt jetzt fast väterlich. »Wollen Sie bei dieser Kälte wirklich auf einen Braten verzichten?«

»Ich will Hummer, Austern und vielleicht ein bisschen Huhn.«

»Huhn?«

Kotze dreht sich um und fixiert Kolitschke. »Und keinen Kohl. Oder Erbsen. Oder Linsen.«

»Mit Verlaub, Herr von Kotze, haben Sie nicht Rotwein für den Abend bestellt?«

»Mariani-Wein, ja«, antwortet Kotze.

Kolitschke ringt die Hände. »Ich kann doch zu einem Rotwein kein Hühnchen machen.«

»Zu diesem schon. Er dämpft den Appetit.«

»Wie bitte? Warum das denn?«

»Es ist eine Nebenwirkung.«

»Vom Alkohol?«

Kotze lächelt knapp. »Vom Kokain, Kolitschke. Mariani-Wein ist Bordeaux mit Koka-Extrakt, er stärkt und regt an.«

»Wein mit Kokain?«

»Ihre Majestät die Königin von England schwört darauf.«

Und Kotze hofft darauf. Je näher die Gesellschaft rückt, desto nervöser wird er. Natürlich haben alle zugesagt. Der Schwester des Kaisers schickt man keine Absage. Aber von Anwesenheit allein wird es noch kein »leichter Abend«. Kotze ist sich auch gar nicht so sicher, wie leicht es werden muss, um Ihre Königliche Hoheit Prinzessin Charlotte zu amüsieren. Was erwartet sie? Was erwartet der Kaiser? Warum zur Hölle haben die Hochwohlgeborenen keine Wünsche, für die sie auch Worte haben. Nicht dass Kotze Worte hätte. Aber er wird Wein haben, er verspricht sich viel von dem Zaubertrank.

Und was willst du vom Adel erwarten? In diesen Kreisen ist weder Denken noch Wissen eine Tugend. Ob es jemals in Mode kommt, auch wirklich etwas zu können? Zu lernen? Wohl nicht. Stammbaum und Männlichkeit zu erhalten ist Aufgabe genug. Nicht zu vergessen die Ehre, die Uniform und die Tanzschritte. Da bleibt keine Zeit für Bildung oder Ehrlichkeit.

Kolitschke lacht. »Kokain-Wein. Sachen gibt's …«

»Ja, Sachen«, stimmt Kotze zu und hebt den Zeigefinger. »Und Hummer.«

Der Koch nickt und entfernt sich. Kotze bleibt zurück und wartet auf den Diener und die Hausdame, um mit ihnen das Placement zu besprechen.

◇

Minna muss gar nichts machen. Sie sitzt auf dem Schoß des royalen Rammlers, und das Kopfsteinpflaster treibt seinen Schwanz in sie rein. Natürlich ist sie ohne Unterhose ins

Polizeirevier gegangen, davon abgesehen ist sie schick und geschnürt. Gut verpackt wie eine Dame von Welt. Und jetzt fickt die Kutsche sie und den royalen Herren beide durch Charlottenburg.

»Jefällt dir det, du Schweinepriester?«, fragt sie keuchend.

»Du widerliche Schlampe«, stöhnt er.

»Ist det allet, wat dir einfällt?«

»Gott, bist du verdorben …«

»Du hast keine Ahnung, du Schleimschleuder.«

Er kommt, sie unterdrückt ihre Lust. Sie könnte kommen, ist nicht so, dass sie nicht geil wäre. Ist ja auch nicht aus Stein. Schon gar nicht untenrum. Der Herzog ist jung, seine Kutsche prächtig und das Kopfsteinpflaster hart. Aber nicht heute. Minna schaut auf ihn herab, wie er unter ihr um Luft ringt.

»Schon fertig?«

»Du gefällst mir.«

»Det hab ick jemerkt. Aber vom Herzog Rammler hab ick mehr erwartet.«

Hat sie nicht. Sie hat genau das erwartet, was passiert ist. Die Scham auf dem Polizeirevier und ihre Beschimpfungen haben den blonden Rammler geil gemacht. Es geht ihm weniger um Leistung in seiner Lust, als sie anfangs dachte. Er will tatsächlich die Gosse ficken. Er steht auf eine derbe Zunge und bringt selbst nicht mehr als »Schlampe« über die Lippen. Dennoch grinst er sie stolz an. Er findet sich prächtig. Das Pferdegetrappel verstummt, die Kutsche steht still.

»Wie heißt du?«

»Minna.«

Sie schiebt einen Vorhang zur Seite, das Portal vom Weißen Schwan liegt im Dämmerlicht. Zwischen den zwei Säulen liegt die geschnitzte Flügeltür mit dem Klopfer. Hinter einem der Fenster leuchtet ein rotes Licht.

»Und die jute Minna fliegt gleich aus dem Bordell da raus, weil du zu blöd warst, ne Brosche nicht zu verlieren, und dann zu lange jebraucht hast, um sie zurückzuholen.«

Er packt sie an den Hüften, setzt sie von sich runter auf die Bank gegenüber und knöpft sich die Hose zu.

»Halt die Klappe.«

Er öffnet die Tür.

Minna schnaubt. »Halt du die Klappe.«

Er hört sie nicht mehr, er ist schon oben an der Tür. Im Haus nennen sie sie »Herrentür«, weil die feinen Damen, die sie alle sind, die Hintertür an der Küche nehmen. Im Herd prasselt immer ein Feuer, und Berta, die Köchin oder die Hausmädchen begrüßen einen – und sei es auch noch so mürrisch. Ihr Brummen ist ein Zeichen, dass du dazugehörst. Familiäres Brummen nämlich. Hier vorn empfängt einen tagsüber niemand. Man betritt eine kalte, leere Eingangshalle, in der man sich klein und verloren vorkommt. Denn eine Eingangshalle ist nur sinnvoll, wenn du jemanden hast, der dich begrüßt und dir Handschuhe und Mantel abnimmt. So wie den Herren am Abend. Aber für die Damen kommt niemand in die Halle, für sie ist die Küchentür.

Minna sinkt gegen die samtbezogene Rückenlehne. In einem Korsett kannst du nur sehr gerade oder weit zurückgelehnt sitzen. Letzteres ist ein halbes Liegen mit einem Berg von Brüsten vor der Nase. Du hast nämlich mehr Titten mit Korsett, weil das Teil auch das Bauchfett nach oben presst. Lulu hat gesagt, man gewöhne sich daran, immer eingeschnürt zu sein, aber dafür muss man vielleicht länger drinstecken als zwei Stunden am Tag. An ein Negligé gewöhnst du dich jedenfalls schneller.

Minna für ihren Teil könnte sich an das hier gewöhnen. An die Kutsche. Die Bänke sind mit pflaumenfarbenem Samt bezogen, die Wände gelbgoldene Seide mit pflaumenfarbenen Eicheln und Blättern. Die Decke ist bespannt, die Vorhänge aus Samt, und auf jeder Bank liegt ein kleines rundes Kissen mit einem runden Knopf in der Mitte. Tittenkissen. Titten und Eicheln, der dezente Herr Hochwohlgeboren. Das hier ist Sex in Samt und Seide. Auf vier Rädern. Mit zwei Pferden. Und einem Kutscher.

Natürlich wird der royale Rammler die Sache mit Berta klären und die Nacht auf Minnas Zimmer verbringen. Zu gegebener Zeit wird sie sich auch gehen lassen und kommen – und ihn dann weiter beschimpfen. Sie muss nicht wissen, was er Berta da oben im Licht der roten Lampe erzählt, um zu wissen, was das für sie bedeutet. Sie hat einen neuen Stammgast. Und von allen Stammgästen des Hauses hat ihrer die schönste Kutsche. Da ist sie sicher.

Sie streicht mit den Fingerspitzen über den Samt der Sitzfläche. Sie könnte hier einziehen. Ja, leben könnte sie hier. Ist natürlich von der Grundfläche her gesehen kaum größer als ihr Bett oben im Schwan, aber da sieht man mal, dass sie trotz ihres Aufstiegs im Kern ein bescheidener Mensch geblieben ist.

Brandenburg, 1895

Eine Pflegerin kommt Lottka mit einer leeren Bettpfanne entgegen. Lottka weicht ihr aus und schlüpft in Vickas Zimmer. Zwei kleine eingefallene Augen funkeln sie über die Bettdecke herüber an.

»Der Sausack ist tot.«

Lottka lächelt. »Und das freut dich doch nicht so sehr, wie du dachtest?«

»Doch, aber jetzt gehört mir die verdammte Hundehütte im Scheunenviertel. Was soll ich denn damit?«

»Sie stiften?«

»Wohltätigkeit ist nur dafür da, Frauen zu beschäftigen, die fertig mit Kinderkriegen sind. Wir sollen davon abgelenkt werden, dass wir überflüssig sind. Aber ich …«, Vicka keucht, »lass mich … nicht ablenken.«

Lottka streicht Vickas Decke glatt. »Aber Ablenkung kann heilsam sein.«

»Mich heilt nichts mehr. Wenn du das einmal akzeptiert hast, dann kannst du deinen Frieden machen.«

Lottka runzelt die Stirn. »Du siehst nicht friedlich aus.«

»Weil mir erst jetzt bewusst geworden ist, dass ich das verdammte Haus im Scheunenviertel nicht vor seinen Augen anzünden kann, wenn er tot ist. Und vorher konnte ich es nicht, weil es mir nicht gehört hat.«

»In deinem Zustand kannst du nicht mal mehr eine Kerze anzünden, Vicka.«

»Ein Teufelskreis. Ein verdammter Teufelskreis.« Vicka röchelt. »Wann reist du zurück nach Berlin?«

»Ich hab mich noch gar nicht dazu entschieden …«

»Natürlich nicht, *ich* hab das entschieden. Du reist zurück.«

»Aber …«

»Eine von uns muss das Leben schon leben, Lottka. Und mir kannst du das nun wirklich nicht mehr aufbürden.«

Lottka lächelt traurig. »Nein, wohl nicht.«

»Außerdem kannst *du* das Haus nun vielleicht abfackeln.«

Vicka tastet auf ihrem Nachttisch nach einer Fotografie und reicht sie Lottka. »Du stehst in meinem Testament. Du kriegst die Hundehütte. Herzlichen Glückwunsch.«

»Ich?«

Lottka nimmt die Fotografie und schaut sie an. Ein schmales Haus, zwischen die anderen Gebäude gequetscht.

»Natürlich. Du fandest es doch so *interessant.*«

Lottka betrachtet das Bild näher. »Hatte dein Mann keine Zeit mehr für Giebelschmuck?«

»Wie bitte?«

»Oder ein paar Säulen?«

»Im Scheunenviertel?«, krächzt Vicka.

»Es sieht nicht fertig aus«, sagt Lottka und runzelt die Stirn. »Bist du sicher, dass er die Wette gewonnen hat? Dass das hier ein fertiges Gebäude ist? Unser Pförtnerhäuschen ist schöner. Und geräumiger.«

»Lottka, warst du schon mal im Scheunenviertel?«

»Nein.«

»Es ist ein Armenviertel. Eine Gegend für schwere Jungs und leichte Mädchen.«

»Oh …«

»Mein Mann hatte da eine Geliebte. Die hat jetzt natürlich auch Syphilis.«

Lottka betrachtet die Fotografie wieder und bekommt leuchtende Augen. »Schwere Jungs, sagst du?«

»Bist du taub?«

»Es ist doch eigentlich ganz hübsch in seiner Schlichtheit.«

»Bist du blind?«

»Meinst du, es könnte mein ganz persönlicher Sommersitz werden?«

»Du hast den Verstand verloren«, beantwortet Vicka ihre eigenen Fragen.

Lottka strahlt. »Danke für das Haus, Vicka. Ich werde mich im Scheunenviertel ins Abenteuer stürzen.«

»Du wirst dir dort eher eine tödliche Krankheit holen, aber wenigstens hast du dann vorher ein bisschen gelebt.«

»Danke.«

»Ja, ja. Übertreib es nicht.«

Lottka beugt sich vor und greift nach Vickas Hand. Sie ist kalt und dünn, Lottka drückt sie. Vicka drückt zurück.

»Nein, wirklich, ich meine es ernst«, beteuert Lottka. »Vielen Dank.«

Der Druck von Vickas Fingern lässt plötzlich nach. Als hätte sie sich das bisschen Kraft für diesen Moment über Jahre aufgespart und im Leben nicht mehr gewollt, als diesen kurzen Händedruck. Mit schweren Lidern schaut sie zu Lottka und lächelt.

»Bitte.«

Lottka atmet ein. Sie will noch etwas sagen, aber wenn der Tod den Raum betritt, verschwinden alle Worte, auch ihre. Vickas Hand liegt schlaff in Lottkas. Sie sinkt tiefer und tiefer in ihre Kissen, bis das Federbett sie fast verschluckt. Aber nur fast, das Bett gibt sie frei. Und sie stirbt mit einem Lächeln auf den Lippen. Ausgerechnet.

Berlin, 1895

Minna tritt auf den Flur hinaus, ihre Muschi ist wund von letzter Nacht, aber im Gesicht trägt sie ein breites Grinsen. Der Herzog gehört ihr. Leichtfüßig will sie hinunter zum

Frühstück, als sie auf Lulu prallt. Sie steht Minna mit von der Nacht aufgewühlten Haaren im Weg und funkelt sie an.

»Juten Morgen …?«, sagt Minna vorsichtig.

»Du widerliche Schlampe!«, schreit Lulu. »Du hast ihn mir weggenommen!«

Sie schubst Minna zurück in ihr Zimmer, die stolpert über ihren Morgenrock und will sich grad am Bettpfosten festhalten, als ihr Lulus Faust entgegenfliegt. Minna fällt auf den Boden, Blut aus ihrer Lippe tropft auf ihren Handrücken. Lulus Fuß landet in Minnas Bauch.

»Das! War! Mein! Orden! Das! War! Mein! Gast!«

Lulu tritt auf Minna ein, Minna japst nach Luft, aber Lulu macht einfach weiter. Tritt für Tritt. Minna wimmert.

Schließlich hält Lulu inne und sieht zu Minna hinab. Minna krümmt sich zu Lulus Füßen. Ihr Gesicht pocht, in ihrem Bauch tobt es, als lebten dort wieder fünfzehn Babys, die alle rauswollen.

»Halt die Fresse, du falsche Schlange«, sagt Lulu, holt aus und tritt Minna in die Muschi.

Minna schreit auf und wirft sich herum, sodass Lulus Tritte nun Minnas Rücken treffen. In der Tür stehen Fanny und Berta.

»Nicht ins Gesicht, Lulu«, sagt Fanny, während Berta nickt. »Das krieg ich nicht überschminkt.«

Sie schauen die beiden im Zimmer an und warten. Lulu keucht und kämpft gegen Minna, als gäbe es noch was zu gewinnen. Dabei verlieren sie nur beide.

Schließlich geht ihr die Puste aus. Sie hält keuchend inne, spuckt Minna ins Gesicht und geht. Minna zieht sich am Bett hoch, alles tut weh. Ihre Lippe schwillt an. Ihr ist, als würde die Haut platzen. Sie dreht den Kopf zur Tür.

»Warum habt ihr sie nicht zurückgehalten?«

Fanny lächelt sie an. »Wir sind doch ein ehrliches Haus, Minna.«

»Ich hab den Orden *zurück*gebracht«, keucht Minna. »Er hat Lulu nie jehört.«

»Eine Dirne, die zur Polizei geht ...« Fanny seufzt. »Das geht nur in den Raunächten, Minna. Das weiß doch jeder.«

»Wat?«

Berta schüttelt den Kopf. »Das wird Edith nicht gefallen.«

Sie gehen, und Minna plumpst zurück auf den Teppich. Der Stuck oben an der Decke verschwimmt leicht vor ihren Augen. Sie blinzelt.

»Raunächte?«

SCHNEEHUHN

Im Zug, 1935

Emil und Gustav sitzen nebeneinander, Minna sitzt neben dem leeren Frühstücksgeschirr. Nicht dass der Kaffee an Bord gut wäre, aber Minna hatte schon schlechteren. Sie hatte alles schon schlechter. Kein Kunststück, wenn du da herkommst, wo sie herkommt.

Emil schaut aus dem Fenster. Sein blonder Schopf lehnt an dem Glas, er schaut mit ausdrucksloser Miene in die französische Ferne. Die Fahrt macht aus der Landschaft eins dieser Bilder, auf denen der Künstler mit dem Pinsel rumwischt und dann allen erzählt, ihm gehe es ums Licht. Magnus hat Minna erklärt, dass es denen darum geht, aber das war das erste und das letzte Mal, dass sie mit Herrn Doktor Schlaukopf im Museum war. »Es geht denen ums Licht.« Pah! Der Scheißkünstler war beim Malen entweder besoffen oder hat in nem Zug gesessen. Wenn du Zug fährst, ist die restliche Welt ein Rausch. Nur du selbst nicht. Musst also unter Umständen doch saufen. Je nachdem, was du willst.

Emil lächelt plötzlich.

»Wat ist dir denn in den Kopf jekrochen?«, fragt Minna.

»Nichts … Ich musste nur gerade an Magnus denken. Er hat doch heute Geburtstag.«

»Du siehst ihn ja heute Abend«, sagt Gustav.

Emil nickt. »Zum ersten Mal seit anderthalb Jahren.«

»So lange?«

»Er war doch ständig unterwegs, immer woanders«, antwortet Emil. »Er hat sich jetzt erst niedergelassen.«

»Anderthalb Jahre …« Gustav runzelt die Stirn. »Und ihr seid immer noch zusammen?«

»Natürlich.«

Magnus war seit vier Jahren nicht mehr in Deutschland. Er war 1931 zu einer Vortragsreise aufgebrochen. Erst war Emil noch dabei, aber in seinem Schatten reisen, jeden Tag eine andere Stadt … Ihm hat die Ritze gefehlt, sein eigenes Leben, also ist er zurück. Und kaum war er wieder in Berlin, ging die Hetze gegen Magnus und sein Institut los. Obwohl er nicht im Land war, hat Magnus Drohbriefe bekommen und ist dann auf Reisen geblieben. Emil hat ihn mal in Zürich besucht, aber Magnus ist dort nicht sesshaft geworden.

»Er ist in der ganzen Welt unterwegs und hält Vorträge«, erzählt Emil stolz.

»Über Schwuchteln?«

»Über Sexualität im Alljemeinen«, antwortet Minna. »Det ist nämlich ne Wissenschaft.«

»Ja, ja.« Gustav winkt ab und wendet sich wieder an Emil. »Und du wolltest nicht mit ihm die Welt bereisen?«

»Nee, ich bin mein eigener Herr.«

»Nur det du dein Erste-Klasse-Abteil nicht selbst bezahlst.«

Minna hebt eine Augenbraue. »Willst *du* dir darüber beschweren?«

Gustav lacht und hebt entschuldigend die Hände. Emil lächelt noch immer.

»Du kriegst det Grinsen ja gar nicht mehr ausm Gesicht, Junge.«

»Ich freu mich einfach.« Emil strahlt. »Ein Wiedersehen nach so langer Zeit ist doch das Schönste, oder nicht?«

Gustav will antworten und hält inne. Er fährt sich über seinen Schnurrbart. »Ick hab noch keine Frau jeliebt, die ick so lange nicht jesehen hab.«

»Ick hab noch keinen Mann überhaupt so lange jeliebt«, sagt Minna.

»Man muss es luftig halten«, erwidert Emil.

»Anderthalb Jahre nicht sehen ist aber janz schön viel Luft, wenn man det Alter bedenkt«, überlegt Minna.

»Ich bin vierundzwanzig.«

Gustav sieht ihn an. »Aber Magnus doch nicht.«

»Magnus steht voll im Saft, der kann immer noch Bäume ausreißen.«

Minna runzelt die Stirn. »Hat der nicht Diabetes? Und Malaria?«

Emil winkt ab. »Die ist doch längst ausgeheilt.«

Gustav wiegt seinen Kopf hin und her. »Det heilt nie janz …«

Emil reckt das Kinn. »Magnus hat die Malaria jedenfalls gut weggesteckt. Wissenschaft hält jung.«

Minna lacht. »Vielleicht hätte ick lieber ma in Wissenschaft jemacht.«

Gustav stimmt mit ein. »Und ick erst.«

»Liebe hält auch jung«, fügt Emil an.

»Mhm«, brummt Gustav. »Vielleicht hab ick auch überhaupt noch keine Frau wirklich jeliebt. Hab sie gebumst und gewertschätzt. Und Blumen hab ick ihr gekauft. Und dann gab's am Ende immer Krach.«

»Ach, Liebe …« Minna schnaubt. »Ist mir Pomade.«

»Ist auch besser so«, sagt Gustav. »Kann man sich auf det Wesentliche konzentrieren.«

Emil schüttelt den Kopf. »Liebe *ist* das Wesentliche.«

Minna lacht wieder. »Hast du det auch jedacht, als du noch in deiner Clique im Tiergarten warst? Det dir Liebe fehlt?«

»Natürlich. Liebe und Essen.«

»Nee, für mich waren det am Ende immer nur Scherereien.«

Gustav nickt. »Sach ich seit siebzig.«

»Allein ist man doch besser dran.«

»Du bist nicht allein, Minna«, sagt Emil. »Wir wohnen seit acht Jahren zusammen.«

»Ja, und det ist doch schön. Reicht doch.«

»Mir nicht.«

Gustav sieht zu Emil. »Weil du noch jung bist.«

»Oder ich bin einfach klüger als ihr. Zumindest zieh ich nicht so Fressen wie ihr andauernd.«

»Wat?«, fragen Minna und Gustav gleichzeitig.

»Ihr seid immer schlecht gelaunt«, erklärt Emil. »Ihr seid keine glücklichen Menschen.«

»Wat? Mir scheint ja wohl die Sonne ausm Arsch«, widerspricht Minna.

Emil verschränkt die Arme vor der Brust und sieht sie eindringlich an. »Wann?«

Minna überlegt. Es dauert eine Weile.

»In der einen Woche neunzehnsiebenzwanzig«, antwortet sie schließlich.

Gustav grinst und streicht über seinen Schnurrbart. »Wenn ick mir recht erinnere, hab ick da auch zu beigetragen.«

»Du?«, fragt Minna, und Gustav zwinkert ihr zu. Emil betrachtet sie beide.

»Ging das damals eigentlich lang?«

»So kurz, wie der jebraucht hat«, antwortet Minna.

»Als wärste nicht auf deine Kosten jekommen …«, sagt Gustav.

»Und wie ist das passiert?«, fragt Emil.

»Also, ick kann hier nicht zwei Jeschichten erzählen«, brummt Minna und zündet sich einen Zigarillo an. »Zurück zur Gräfin.«

Berlin, 1896

Lottka steckt den Schlüssel ins Schloss. Sie hat noch nie eine Tür aufgeschlossen oder verriegelt. Sie hat ein Schmuckkästchen mit einer Spieluhr aus Kindertagen, aber abgesehen davon gibt es für sie keinen Grund, irgendetwas aufzuschließen. Meistens gibt es nicht mal einen Grund, eine Klinke anzufassen. Bedienstete machen das für sie. Lottka legt die behandschuhte Hand auf den Türknauf, schiebt die Tür auf und tritt ein.

Der Raum ist klein, die Decke kaum höher als die Tür. Die Wände sind weiß getüncht, der Boden aus Lehm. Durch zwei kleine Fenster links und rechts neben der Tür fällt Licht in diese Höhle – ihre Höhle.

Lottka strafft die Schultern und dreht sich um. Sie steckt den Kopf noch einmal durch die Tür hinaus auf die Mulackstraße. Loloki steht steif und etwas blass neben der Kutsche und schaut die graue Fassade an.

»Kommst du?«

»Das Haus hat gar kein Portal«, sagt Loloki.

»Es ist so winzig.« Sie winkt ihn zu sich. »Komm, das musst du dir ansehen.«

»Es ist sogar kleiner als unser Portal.«

»Jaja, jetzt komm.«

Loloki runzelt seine hohe Stirn und betrachtet das Dach. »Nicht dass es einstürzt.«

»Loloki, es ist von einem berühmten Architekten erbaut worden.«

»Der Mann war mehr Syphilis als Mensch, Lottka. Er war bestimmt nicht mehr bei Sinnen.«

»Doch, doch …«, beteuert sie. Sie eilt hinaus auf die Straße, greift mit der einen Hand die ihres Mannes und rafft mit der anderen ihre Röcke. Sie zieht ihn hinter sich her in das schmalste Haus der Stadt.

»Es hat ja nicht mal einen Boden«, sagt er und schaut auf seine Füße.

Lottka nickt und strahlt. »Den können wir uns aussuchen.«

Loloki sieht noch immer auf seine Füße. »Ich möchte Marmor.«

»Mach dich nicht lächerlich.«

»Ich mich?«, fragt er und zeigt durch das kleine Fenster auf die Straße. »Wir können froh sein, wenn der Pöbel da draußen unsere Pferde nicht schlachtet.«

»Du übertreibst.«

Loloki seufzt. »Jedenfalls wirst du für dieses hässliche Puppenhaus kaum etwas bekommen.«

Lottka sieht ihn an. »Aber ich will es doch nicht verkaufen, Loloki.«

»Sondern?«

Lottka stemmt die Hände in die Hüften, sieht sich um und strahlt. »Ich will hier wohnen.«

»Wie bitte?«

»Wusstest du, dass Marie Antoinette in Versailles einen eigenen Bauernhof hatte, auf den sie sich zurückziehen konnte, wenn sie Sehnsucht nach dem einfachen Leben hatte?«, fragt sie.

»Marie Antoinette wusste nichts vom einfachen Leben.«

Lottka stemmt die Hände in die Hüften. »Und woher willst du das wissen?«

Er sieht sich um, seine Mundwinkel zucken. »Was ich weiß, ist, dass ein Bauernhof im Palastgarten etwas ganz anderes ist als der letzte Schuppen im Scheunenviertel.«

»Aber hier leben die echten Menschen.«

»Hier drin kann niemand leben, das ist höchstens eine Kneipe.«

Lottka klatscht in die Hände und hüpft mehrmals auf und ab. »Eine fantastische Idee.

»Lottka, du kannst keine Kneipe führen.«

»Nein, aber so tun.«

»Wir gehören nicht hierher.«

Sie sieht ihn an, Tränen füllen ihre Augen. Ohne Vicka war es im Sanatorium nicht mehr dasselbe. Es war nicht mehr zu ertragen. Lottka hat immer nur geweint. So herzerweichend, dass Willes ihr sogar den Hammer zurückgegeben hat. Aber dann hat sie auch bei der Hammertherapie geweint. Keine Paroxysmen, nur Tränen. Sie ist doch nicht nach Brandenburg gegangen, um sich in Tränen aufzulösen. Also ist Lottka doch zurück nach Berlin gekommen. Vicka wollte es so, und Lottka war neugierig auf die schweren Jungs und leichten Mädchen im Scheunenviertel.

Aber das heißt nicht, dass sie das Gefühl hat, nach Hause zu kommen.

»Ich weiß nicht, wohin ich gehöre, Loloki.«

»Das verstehe ich ja, Liebes«, sagt er. »Aber glaub mir, hier gehörst du ganz sicher nicht her. Im Moment ist alles neu und reizvoll, aber am Ende hast du hier niemanden, der dir heiße Schokolade bringt. Ich denke nicht mal, dass man deine Sorte hier in der Nähe kaufen kann.«

»Ich kann auch ohne meine Schokolade.«

Loloki senkt das Kinn und schenkt ihr einen sprechenden Blick.

»Kann ich!«

Loloki sieht sich um. Er hat nicht einmal seinen Hut abgenommen, der nun fast die Dachbalken streift.

»Aber wenn es diese Hundehütte braucht, damit du zurück nach Berlin kommst, soll es mir recht sein.«

»Das hier ist interessanter als Baronessen, die sich aus dem Fenster stürzen.«

»Das Dinner bei Prinzessin Charlotte wird bestimmt auch sehr aufregend.«

Lottka tritt ans Fenster und schaut durch die kleinen Scheiben hinaus auf die Mulackstraße. »Nicht so aufregend wie das hier.«

Loloki stellt sich neben sie. Sie nickt die Straße hinunter zu einer Frau, die durch die Butzenfenster kaum zu erkennen ist. Lottkas Augen leuchten. »Glaubst du, dass das da ein leichtes Mädchen ist? Eine Dirne?«

Loloki runzelt die Stirn. »Ich weiß nicht.«

»Oder die Frau dort?«

»Ich glaube, das ist eine Krämerin, Lottka. Sie scheint zu dem Laden dort zu gehören.« Er legt den Arm um seine

Frau. »Ich fürchte, hier passiert gar nichts Aufregendes, Liebes.«

»Noch nicht.«

»Und was soll passieren?«

»Alles!«

◇

Berta reißt die Bürste durch Minnas Haare.

»Aua.«

»Halt still.«

Die Haare reichen Minna schon wieder bis zur Schulter, aber dennoch: Wenn Berta sie zusammenbindet, sind sie ein lächerlicher Pinsel an Minnas Hinterkopf. Wenn sie das Haus verlässt, muss sie sich einen falschen Zopf drumbinden, damit sie aussieht wie eine Dame von Welt. Oder Halbwelt. So oder so, mit diesem Pinsel allein ist kein Staat zu machen. Vor Minna auf dem langen Esstisch liegen vier lange brünette Zöpfe und ein Band voller Glassteine. Das ist die Abendgarnitur, mit der geht sie nie aus dem Haus. Dafür reicht ein Zopf.

Die Borsten pflügen über Minnas Kopfhaut, als wollten sie neue Haare pflanzen. Aber das kann selbst Berta nicht. Sie wirft die Bürste vor Minna auf den Tisch. Sie klappert auf dem Holztisch.

»Biste immer noch sauer auf mich?«, fragt Minna.

»Enttäuscht.«

»Von mir? Fanny klaut dir ständig Wachsperlen, und Lulu hat neulich sechs jute Gläser ausm Salon oben für ihre Tante in Marzahn mitgenommen.«

»Davon weiß ich nichts«, brummt Berta und windet Zöpfe um Minnas Hinterkopf.

»Ick hab's dir jerade jesacht.«

»Ich werde hier nicht fürs Zuhören bezahlt.«

Minna seufzt. »Wer wird det schon?«

Zu Weihnachten hat sie nichts geschenkt bekommen, weil sie keine Ehre habe. Die anderen haben sich herzlich beschenkt mit Schmuck und Parfüm Minna hat nichts gekriegt. Dafür hatte sie blaue Flecken. Sie sind schon fast verheilt – und im Übrigen den Gästen egal. Einem Herrn kannst du im Zweifel eine Geschichte erzählen, die sein Mitgefühl erregt. Gibt mehr Trinkgeld. Unter dem Aspekt ist es nicht das Schlechteste, sich zusammenschlagen zu lassen. Einige Gäste fragen dann auch nach Zuhältern. Ob du einen Fiesel hast. Hat hier im Haus keine. Sie sind ja nur zu dritt, und Berta achtet auf so was. Lulu hatte mal einen Kavalier, den sie ein bisschen geliebt hat und der sie sonntags umsonst ficken durfte. Aber dem hat sie kein Geld gegeben. Das war vor Minnas Zeit. So oder so, ein Fiesel beschützt dich. Wenn er kein Arsch ist, die meisten sind das wohl, macht er das gut. Aber die Damen im Schwan brauchen keine Beschützer, sie haben zwei Hausburschen, und abends kommen Diener, die einen Blick auf die Herren haben. Da brauchst du keinen Zuhälter.

»Ohne mich wärt ihr alle nicht halb so schön«, sagt Berta und steckt Perlen in Minnas Kopf. »Ihr würdet gar kein Geld machen.«

»Genau.« Minna runzelt die Stirn. »Weil Männer gerne Haare ficken.«

Berta holt aus und schlägt ihr auf den Hinterkopf. Die Haarnadeln stechen in Minas Kopfhaut.

»Aua.«

»Nur weil du jetzt einen Herzog hast, bist du noch lange nichts Besseres.«

Berta richtet den Zopf, den ihr Schlag verschoben hat, zieht Minna an den Haaren und greift an ihr vorbei nach dem Band mit den bunten Steinen.

»Zu meiner Zeit hatten wir noch Respekt«, brummt sie. »Na, wir werden schon sehen, was Edith gleich dazu sagt.«

Sie ist zurück. Sie ist am frühen Morgen angekommen, als die Damen alle noch geschlafen haben. Minna hat sie noch nicht gesehen, sie soll gleich zu ihr rauf, wenn ihre Haare fertig sind. Minna ist froh, dass ihr gerupftes Vogelnest nicht das Erste ist, was Edith von ihr zu sehen bekommt. Sie hat den Herzog in der Tasche, aber was, wenn das nicht reicht? Was, wenn Edith, wie alle anderen hier, in Minna auch nur eine Diebin sieht? Jemand, den sie in ihrem Haus hat und dem sie nicht trauen kann?

Minna kann hier nicht rausfliegen. Sie kann nicht wieder nach Hause zurück oder in die Fabrik. Und wenn sie schon für Geld fickt, dann in einem Haus mit Lokus auf dem Flur und nicht in einer bürgerlichen Bumsbude in der Friedrichstraße, wo die Damen nicht mal ihren eigenen Nachttopf haben. Sie muss hierbleiben. Sie muss, sie muss, sie muss.

Wenig später ist Minna oben im zweiten Stock und klopft an Ediths Tür.

»Herein.«

Minna drückt mit feuchter Hand die Klinke runter. Der Herzog kommt nur noch wegen ihr, und das einmal die Woche. Er ist der Bruder der Kaiserin, verdammt noch mal. Höher kann ein Arbeitermädchen sich nun wirklich nicht bumsen. »Der Herzog kommt nur wegen mir. Der Herzog kommt nur wegen mir«, sagt Minna leise zu sich selbst, dann öffnet sie.

»Du bist also Minna.«

Minna steht in der Tür und glotzt Edith an. Das Zimmer besteht aus Turngeräten, und Edith hängt an zwei Ringen, die mit Seilen an der Decke befestigt sind. Sie dreht sich samt ihrem Rock um sich selbst. Sie ist schmaler noch als Fanny, enger geschnürt als irgendjemand, den Minna kennt, und sie macht Überschläge. Ihre Röcke rauschen durch die Luft.

Edith hält inne, hält sich rechts und links an den Ringen und schwebt quasi in der Luft über Minna. Ihre Haare sind dunkel, gefärbt. Eigentlich ist sie längst grau, fünfzig, vielleicht auch schon sechzig Jahre alt.

»Hallo. Juten Tag.«

»Bewegst du dich genug?«, fragt Edith.

»Äh ... im Bett?«

»Nein, tagsüber. Machst du Leibesübungen?«

Minnas Augen huschen über den Sprungbock, den Turnkasten und die breite Leiter an der Wand.

»Nein, so wat mach ick nicht, nein.«

»Ich werde Berta sagen, dass sie euch mein Zimmer zwei Mal die Woche aufschließt, damit ihr euch ertüchtigen könnt«, beschließt Edith.

»Ist det für Frauen nicht furchtbar unjesund?«

»Ich bin sehr gesund. Ich bin fünfzig Jahre alt. Hättest du das gedacht?«

»Nein«, antwortet Minna schnell. »Niemals.«

Edith springt vor ihr auf den Boden. Sie tritt einen Schritt zur Seite, breitet die Arme aus und wirbelt damit in der Luft herum. Sie steht da wie eine Windmühle, die keine Zeit hat, und keucht: »Du hast dir also den Herzog Rammler geangelt.«

»Ja, er hat Jefallen an mir jefunden.«

»Du hast ihn Lulu weggenommen.«

Minna schluckt. Edith nimmt die Hände runter, greift

nach einem Handtuch, das über der Leiter hängt, und tupft sich das Gesicht trocken. Sie betrachtet Minna. Sie hat das Gesicht eines Marders, flinke Knopfaugen, die über Minna hinwegflattern.

Sie guckt und guckt. Minna wird immer steifer unter diesem Blick. Wenn sie nicht bald was sagt, ist Minna härter als Ediths Sprungbock. Dann kann sie Minna auf zwei Böcke legen und an ihr rumturnen. Macht ihr Blick eh schon.

Schweiß perlt in Minnas Nacken. Sie ist ganz kurz davor, sich einfach umzudrehen und ihre Sachen zu packen, nur um Edith nicht noch länger ausgeliefert zu sein. Je länger sie hier steht, desto abhängiger fühlt sie sich. Minna hasst das, sie will das nicht. Sie macht doch nicht die Beine breit, um hier zum Turngerät für Ediths Willkür zu werden. Minna macht gute Arbeit, sie ist fleißig und erotisch. Das muss Edith doch sehen. Warum sieht sie das nicht? Minna auch egal, dann packt sie halt. Sie braucht Edith nicht. Dann ist es wenigstens Minnas Entscheidung. Warum sollte es überhaupt Ediths sein? Warum darf Edith über Minna entscheiden? Die kennt sie doch gar nicht.

»Ich weiß genau, was du für eine bist.«

»Wie? Wat bin ick denn?«, fragt Minna.

»Du bist wie ich, als ich in deinem Alter war.«

Edith nickt, dreht sich um und wirft das Handtuch in einen Korb in die Ecke. Dann geht sie zu ihrem Nachttisch und öffnet die Schublade. Sie legt ein Briefchen auf den Nachttisch, entfaltet es mit der einen Hand und zeigt mit einem Glasröhrchen in der anderen auf Minna.

»Du bist keine Hure.«

»Doch ick …«

Edith schüttelt den Kopf, hält das Röhrchen ans Nasenloch und beugt sich über das Tischchen. Edith schnieft und atmet wohlig aus. Sie kommt hoch und strahlt Minna an.

Minna räuspert sich. »Edith, soll ick meine Sachen packen und gehen?«

»Wo willst du denn hin?«, fragt Edith zurück.

»Nirgendwo, ick dachte …«

»Du hast kein Zuhause und keine anderen Möglichkeiten. Genau wie ich damals. Und genau wie ich willst du dein eigener Herr sein.«

»Nein, ick will bleiben.«

»Ich weiß. Und in fünf Jahren?«

»Will ick immer noch hier arbeiten«, beharrt Minna.

»Unsinn, man braucht Veränderung im Leben«, sagt Edith, rauscht an Minna vorbei in den Flur, beugt sich über das Treppengeländer. »Berta, sag der Köchin und den Mädchen, sie sollen die Bilder im kleinen Salon abhängen! Ich kaufe neue!«, ruft sie.

Sie dreht sich zu Minna und zeigt wieder mit dem Glasröhrchen auf sie.

»So ein Haus wie das hier bekommst du nicht, wenn du viele Gäste hast. Du bekommst es von einem einzigen Mann.«

»Einer Heirat?«, fragt Minna.

Edith lacht. »Nein. Männer, die genug Geld haben, heiraten Frauen wie uns nicht. Sie halten uns aus.«

»Du warst Mätresse?«

»Geliebte, ausgehaltene Frau … Nenn es, wie du willst.« Edith zuckt mit den Schultern. »Ich war nur so lange Hure, bis einer sich in mich verliebt hat.«

Sie beugt sich wieder über das Geländer und ruft: »Berta, ich besorg auch neue Vorhänge für den großen Salon. Häng die alten schon mal ab!« Und dann zu sich: »Kann ja kein Mensch mehr sehen.«

Minna runzelt die Stirn. Edith ist noch keine zwölf Stunden im Haus und kann die Einrichtung schon nicht mehr sehen? Edith wirbelt herum, geht den Flur entlang und klopft an Fannys und Lulus Türen.

Lulu kommt als Erste raus, gähnt und wickelt sich den Morgenmantel um. Fanny öffnet wenig später die Lokustür.

»Ihr beide tauscht die Zimmer«, sagt Edith. »Hier muss alles frisch bleiben, nicht dass eure Stammgäste sich langweilen.«

Edith wedelt mit der Hand durch die Luft, dreht sich wieder schwungvoll um und eilt die Treppe runter. Sie bleibt kurz vor einer Säule stehen, schüttelt dann den Kopf und eilt weiter.

»Zimmer tauschen?«, fragt Lulu.

»Immer noch besser, als rausgeworfen werden«, sagt Fanny.

Minna sieht von einer zur anderen. »Heißt det, wir können alle bleiben?«

»Offensichtlich tauscht sie diesmal alles *außer* uns aus.«

Lulu verdreht die Augen. Ihr Blick bleibt an Minna hängen. »Das heißt nicht, dass ich dir verzeihe.«

Sie schlurft in ihr Zimmer, und Fanny tänzelt leichtfüßig zu Minna rüber.

»Das Ferkel kann eben keine Körner picken.«

»Wat?«

»Das ist eine gängige Lebensweisheit«, erklärt Fanny.

»Ick glaube nicht, det es det ist …«

»Wie steht der Mond heute Nacht?«

»Äh …«

Fanny schaut an Minna vorbei aus dem Fenster. »Ich kann

mir nur bei zunehmendem Mond die Haare schneiden lassen. Dann wachsen sie schnell wieder.«

◇

Der Herzog liegt auf Minnas Bett wie Jesus am Kreuz, geritten werden will er allerdings wie das Maultier, auf dem Maria nach Bethlehem geflohen ist. Ein paar Monate mit Vollmond-Fanny unter einem Dach, und du kannst die halbe Bibel auswendig. Sie kann die ganz runterbeten, weil sie oft die fromme Nonne gibt und ihre Gäste damit sehr geil macht. Minna zieht den Morgenrock über und zündet dem Herzog eine Zigarre an.

»Du fickst immer noch wie 'n müder Fotzenfurz«, sagt sie mit Zigarre im Mund.

Er lacht. »Du auch.«

Minna verdreht die Augen und steckt ihm die Zigarre zwischen die Lippen.

»Will sich Hochwohljeboren nicht langsam mal 'n paar meiner Wörter aufschreiben? Damit Hochwohljeboren in Sachen Wortjefecht gegen mich nicht immer so kläglich verliert?«

»Seine Königliche Hoheit«, verbessert er.

»Wat auch immer. Auf jeden Fall haste 'n Hirn wie 'n Sieb.«

»Ich weiß genau, was du gesagt hast. Ich kann es nur nicht wiederholen. Es … So was passt nicht in meinen Mund.«

»Weil du wat Besseres bist?«

»Das ist eine Haltungsfrage.«

»Soso, der kleine Pimmelknilch hat Haltung.«

Er stützt sich auf den Unterarmen ab, die Zigarre in der einen Hand, und grinst Minna an.

»Am Samstag bin ich bei der Schwester des Kaisers eingeladen. Soiree im Grunewald. Ich werde dich mitnehmen.«

»Wat wirste?«

»Dich der Schwester des Kaisers vorstellen. Und ein paar anderen gelangweilten Hofschranzen. Dann kannst du denen Feuer unterm Popo machen.«

»Unterm Arsch.« Sie verdreht die Augen. »Sag wenigstens Hintern, det tut mir sonst in den Ohren weh.«

»Ich hol dich um sechs ab.«

»Det muss Seine Königliche Hodenhaut mit Edith besprechen. Und dann kann er mir abholen, wie er lustig ist.«

Er springt auf, klemmt sich die Zigarre zwischen die Zähne und zieht sich an. Minna wäscht sich in seinem Beisein. Eigentlich dürfen sie das nicht, aber dem Herzog Rammler gefällt alles, was echt ist. Echt oder dreckig oder beides. Er wirft die kaum gerauchte Zigarre in Minnas schmutziges Waschwasser, und sie verlassen ihr Zimmer gemeinsam. Draußen auf dem Flur ist es still. Aus den Salons dringt keine Musik mehr nach oben. Die Hausmädchen schleichen auf der Treppe müde an ihnen vorbei in die dritte Etage. Der Herzog Rammler ist gern der Letzte, der geht.

Fanny sitzt in der Eingangshalle auf der Armlehne eines Sessels und lässt sich von Berta die Zöpfe abnehmen. Ihr Kopf hängt schwer nach vorn, vielleicht schläft sie auch schon. Lulu steht in der Tür zu Ediths Empfangszimmer, in dem sonst immer Berta abrechnet.

»Das kann nicht stimmen«, sagt sie. »Der Generalmajor hat zwei Flaschen Champagner bestellt. Mir stehen zwei Champagneranteile zu.«

»Nein, hier steht nichts von einer zweiten Flasche. Berta hat nur eine notiert.«

»Aber …«

Der Herzog schiebt Lulu beiseite, lehnt sich in den Türrahmen und holt seine Brieftasche hervor.

»Was soll das!«, beschwert Lulu sich. Sie stolpert zurück und sieht Minna finster an. Sie geht zu Fanny, setzt sich in den Sessel auf Fannys Füße und steckt ein Bündel Scheine zwischen ihre Amazonentitten.

»Es waren ganz sicher zwei Flaschen«, sagt sie, und Fanny murmelt: »Sie sind alle Flaschen.«

»Am Samstag würde ich Minna gern außer Haus mit auf eine Gesellschaft nehmen, Madam«, sagt der Herzog.

»Natürlich, natürlich.« Edith lächelt. »Dafür benötige ich allerdings eine Anzahlung.«

Der Herzog nickt und holt Geld raus. Für heute Abend hat er schon bezahlt, die Taxe wird immer vorher berappt.

Lulu schnaubt. »Oh, die feine Dame geht außer Haus …«

Berta stemmt eine Hand in die Hüften. »Und ich darf sie dafür wahrscheinlich auch noch besonders herausputzen.«

Der Herzog wendet sich an sie. »Das wird nicht nötig sein. Bekannte von mir werden das übernehmen. Gute Nacht, die Damen.«

Er verbeugt sich und verlässt das Haus durch die schweren Doppeltüren.

»Sind meine Haare etwa nicht gut genug, oder was?«, fragt Berta, und Minna sieht sie an. »Berta, ich kann ja wohl schlecht mit deiner Hurenhaube zur Schwester des Kaisers fahren.«

»Schwester des Kaisers?«, fragt Lulu.

Berta baut sich in der Halle auf. »Hurenhaube? Hurenhaube?!«

Lulu springt auf, zieht Fanny an der Hand hinter sich her

die Treppe hoch. Berta kommt zu Minna, an ihrem Arm baumeln vier rote Zöpfe.

»Dass du dich nicht schämst.«

»Minna, deine Abrechnung«, sagt Edith, bevor Minna antworten kann.

Minna dreht sich zu Ediths kleinem Empfangszimmer und bekommt ihre Scheine und eine Liste der Getränke, die ihre Gäste bestellt haben und an denen sie mitverdient. Bevor du die Herren zum Ficken animierst, animierst du sie zum Saufen. Minna überfliegt die Liste und runzelt die Stirn.

»Da fehlt ein Punsch und eine Flasche Wein.«

»Nein«, sagt Berta hinter ihr. »Das stimmt so.«

◇

Minna eilt die Treppe hinunter und hängt sich den Muff um den Hals. Heute wird sie das Haus mal durch die Vordertür verlassen. Die Kutsche des Herzogs ist da, um sie zu den Bekannten zu fahren, die sie für heute Abend herrichten sollen. Edith kommt ihr auf der Treppe entgegen.

»Minna, auf ein Wort.«

»Natürlich.«

»Ich hab von deinem albernen Gassenhauer gehört und dass du dem Herzog gern dreckige Worte um die Ohren haust.«

»Ja, er hat einen jewissen Jefallen daran.«

Edith hebt eine Augenbraue und nickt mit spitzem Mund. »Schön. Alles, was recht ist. Aber heute Abend bist du nicht allein mit ihm, Minna. Du bist bei Hofe. Dass mir keine Klagen kommen. Das hier ist ein Haus voller feiner Damen für feine Herren, und das müssen wir auch außerhalb dieser vier Wände repräsentieren. Verstanden?«

»Natürlich.«

»Keine Pissnelken oder Fotzenfürze«, sagt Edith.

»Nein.«

»Gut. Geh, ich muss turnen.«

Minna nickt und läuft weiter. Sie will durch die Eingangshalle stürmen, bleibt aber wie angewurzelt auf dem Treppenabsatz stehen. Ihr Bruder steht zwischen dem kleinen Brunnen und der nackten Marmorstatue. Peter knetet seine Schiebermütze in der Hand. Eins der Hausmädchen kommt gerade die Treppe hoch und lächelt entschuldigend.

»Du hast Besuch, Minna. Er lässt sich nicht abwimmeln.«

»Peter?«

Er wendet sich zu ihr und schaut die Treppe hinauf. »Wie ick sehe, hast du es jut jetroffen.«

»Ick hab wirklich keine Zeit, Peter.«

»Vater ist tot«, sagt er. »Großvater schon 'n paar Monate.«

Minna schluckt und kommt zu ihm runter in die Halle.

»Wie schrecklich.«

»Für mich schon.«

Minna holt aus und schlägt ihn mit dem Muff. »Det war auch meine Familie, du Sausack.«

»Davon haben wir nicht viel jemerkt in den letzten Monaten.«

»Tu nicht so, als würde dir det zusätzliche Bett nicht jefallen.«

»Davon hab ick nüscht mehr. Ick musste die Wohnung aufjeben. Ick kann sie allein nicht halten.«

»Oh.«

»Ick geh ins Ruhrjebiet, da jibt's mehr Arbeit. Auch wenn det nicht so schnieke ist wie hier.« Er zeigt auf die breite Treppe mit dem geschnitzten Geländer.

»Det ist kein Palast, Peter.«

Er grinst sie an. »Ick weiß, wat det ist. Ick weiß, wat du machst.«

»Ick muss jetzt wirklich los.«

»Mit der Kutsche, die da draußen steht?«

Minna zögert. »Ja.«

»Sitzt da 'n reicher Fatzke drin, den du besteigen musst?«

»Halt die Klappe.« Sie geht an ihm vorbei zur Tür.

»Ick brauch Jeld.«

Minna bleibt stehen und seufzt genervt.

»Ick musste zwei Beerdigungen alleine bezahlen, Minna.«

»Heißt det, du hast die beiden nicht an die Charité verkauft?«

»Nein, natürlich nicht.«

»Lügner.«

»Wenigstens bin ick nicht bei Nacht und Nebel abjehauen, ohne 'n Wort zu sagen.«

Minna seufzt wieder, dreht sich um und geht zurück zur Treppe. »Warte hier.«

»Vielleicht kann mir eine deiner Kolleginnen währenddessen die Zeit versüßen …?«

»Nein«, sagt sie, ohne ihn noch einmal anzusehen.

◇

Lottka liegt auf der Récamiere und schlürft heiße Schokolade. Sie hat gesagt, Minna soll sie Lottka nennen und ebenfalls ganz viel heiße Schokolade trinken. Ihre Zofe bindet Minna Bertas Zöpfe um den Kopf, während Loloki – keine Ahnung, wie der wirklich heißt, aber Minna soll ihn Loloki nennen – ganz viel Rum in die Schokolade schüttet und Lottkas Pelzjäckchen auf ihrem Bett ausbreitet.

»Sagen Sie, Minna. Wie viele Gäste haben Sie so an einem Abend?«, fragt Lottka.

»Fünf bis sechs.«

»Wie aufregend.«

»Ab dem dritten ist det eher anstrengend.«

»O sicherlich. Sicherlich«, stimmt Lottka zu. »Mehr könnte ich auch nicht.«

»Du würdest spätestens beim zweiten einschlafen«, sagt Loloki.

»O sicherlich. Aber er kann dann ja einfach weitermachen. Dann hab ich schöne Träume.« Sie schlürft Schokolade. »Ich kann den Rammler nicht leiden, ich wollte ihm seine Bitte, dich herzurichten, schon ausschlagen.«

»Aber als sie gehört hat, dass du eine Dirne bist«, sagt Loloki zu Minna, »war sie Feuer und Flamme.«

»O ja.« Lottka strahlt.

Sie ist eine Gräfin, hat der Rammler gesagt. Letztes Jahr bei der Cour habe sie allen ihre Titten gezeigt. Mannstoll sei sie, die Gesellschaft schiebt das auf ihre Hysterie. Mannstolle Frauen seien alle hysterisch, hat er gesagt. Und studierte Frauen auch. Und dann hat er Minna hier abgesetzt, damit sie gesellschaftsfähig wird. Der Turm auf ihrem Kopf scheint heute kleiner zu werden als sonst. Die Zofe wickelt und schweigt. Berta redet beim Haaremachen immer so viel.

Was sind eigentlich studierte Frauen?

»Dass Sie keinen Pelzmantel haben, Minna …«, sagt Lottka. »Wie überleben Sie nur die Schlittenfahrt hinaus in den Grunewald ohne einen Nerz?«

»Ick bin bis jetzt eher jelaufen. Einjewickelt in ne Decke«, antwortet Minna.

»Wie bitte?«

»Det war 'n Witz. Ick war noch nie im Grunewald.«

Lottka und Loloki lachen.

»Sie sind wirklich köstlich.«

»Nein, ick bin arm.«

Das Lachen verstummt. Dann sagt Lottka: »Das stelle ich mir auch sehr aufregend vor.«

Sie schaut in ihre Tasse, die offensichtlich leer ist, und stellt sie auf das Tischchen neben sich. Sie setzt sich auf. »Ich möchte auch ein einfaches Leben führen.«

Loloki runzelt seine hohe Stirn. »Das würdest du nicht *über*leben!«

»Selbstverständlich würde ich das«, widerspricht sie. »Marie Antoinette hat ihren Bauernhof im Park auch überlebt.«

»Ja, *das* schon.« Loloki dreht sich zu ihr und hält zwei Pelze hoch. »Welchen soll sie anziehen?«

»Den Hermelin«, antwortet Lottka. »Minna, kommen Sie von einem Bauernhof?«

»Nein, ick komme aus ner Fabrik. Prenzlauer Berg.«

»Aufregend.«

»Finden Sie eigentlich alles aufregend?«, fragt Minna.

Lottka nickt. »Alles, außer meinem eigenen Leben.«

Loloki seufzt. »Manchmal frage ich mich, was ich dir noch alles bieten muss.«

»Du musst gar nichts, Loloki. Du bist perfekt.«

»Du auch, Liebes.«

Minna schaut mit gerunzelter Stirn von einem zum anderen, während die Zofe funkelnde Kämme in ihr Haar steckt. Der Herzog hat gesagt, dass Loloki ein Sodomit ist. Offenes Geheimnis der besten Gesellschaft.

»Er schläft nicht mehr mit mir seit den Kindern, Minna«,

erzählt Lottka. »Aber das macht nichts. Er ist Major in der Armee.«

»Wat hat det denn damit zu tun?«, fragt Minna.

Loloki wühlt in der Schublade einer Kommode. »Es gibt zwei Möglichkeiten, seine Männlichkeit zu behalten. Entweder du schläfst mit Frauen …«

»Oder du erschießt den Feind«, ergänzt Lottka.

»Welchen Feind?«

»Meistens den Franzosen.«

»Ja, aber das ist ja zum Glück vorbei«, sagt Loloki. »Hast du nicht auch den passenden Muff zu diesem Hermelin, Lottka?«

Sie hebt eine Augenbraue. »Du fragst Sachen …«

Minna zuckt mit der Schulter. »Also mir reicht ein Schwanz als Zeichen der Männlichkeit.«

»Ein …?« Lottka setzt sich auf, ihre Wangen sind Feuer. »Hast du gehört, was sie gesagt hat, Loloki? Sagt man das so in Ihrem … Gewerbe?«

»Wieso? Wat sagt ihr denn?«

Lottka öffnet den Mund und klappt ihn wieder zu. Sie runzelt die Stirn und sieht zu Loloki. Der zuckt mit den Schultern.

»Penis, nehme ich an.«

»Im Bett?«, fragt Minna. »Wenn ihr richtig dabei seid?«

»Ich kann dabei nicht reden«, sagt Lottka. »Es ist dann immer alles so viel.« Sie greift ihren Fächer von einem Tischchen neben sich, sinkt zurück auf die Récamiere und fächert sich Luft zu.

Minna betrachtet sie. »Es klingt in jedem Fall alles sehr kompliziert bei euch.«

Loloki lächelt knapp. »Es ist eine Frage der Ehre.«

»Wat soll det eigentlich jenau sein?«

»So was wie verdienter Achtungsanspruch«, antwortet Loloki suchend.

»Und wie haben Sie sich det verdient?«, fragt Minna.

»Oh, er wurde damit geboren«, erklärt Lottka.

»Also haben Sie es sich jar nicht verdient?«

Loloki runzelt die Stirn und stellt sich gerade hin. Er sieht Minna nachdenklich an, vor ihm quellen Wäschestücke aus der Schublade.

»Mhm. Wohl nicht, nein.«

»Na, du hast ja immer noch deinen Schwanz«, sagt Minna.

»Und die Armee«, fügt er hinzu.

IM GRUNEWALD

Im Zug, 1935

Minna knöpft ihre Jacke zu und streicht drüber. Sie setzt ihren Hut auf und betrachtet sich in dem schmalen Spiegel. Ihre Haare sind noch immer kinnlang und grau. Wie Hedi die Haare jetzt wohl trägt?

»Minna, setz dich«, sagt Emil. »Laut Fahrplan brauchen wir noch fast eine Stunde bis Paris.«

»Sind meine Koffer alle zu?«

»Ja, aber du hast noch Zeit. Jetzt setz dich doch.«

»Und du weißt wirklich nicht, wo Hedwig genau ist?«, fragt sie ihn.

»Nein. Und es ist noch Zeit. Du kannst auf jeden Fall noch was erzählen. Ich will doch wissen, wie diese Gesellschaft mit den prüden Fatzkes war.«

»Vielleicht sollte ick auch in Paris aussteigen«, überlegt Gustav.

»Jetzt, wo du hier 'n Bett hast?«, fragt Minna.

»Erst mal steigt keiner aus«, sagt Emil.

»Ick bin so aufjerecht.«

»Det sieht man.«

Emil steht auf und nimmt Minna bei den Schultern.

»Was ist im Grunewald passiert? Wir haben nicht mehr viel Zeit.«

Er drückt sie zurück auf die Sitzbank.

»Wahrscheinlich ist sie in Montmartre«, überlegt Minna laut. »Sie könnte im Moulin Rouge arbeiten.«

»Ja, vielleicht«, stimmt Emil zu. »Aber wie bist du an die Ritze gekommen, und was hat das mit der Schwester des Kaisers zu tun?«

»Schaffen die Mädchen im Moulin Rouge eigentlich auch an? Vielleicht brauchen die ne Wirtschafterin, und dann arbeiten Hedwig und ick da zusammen …«

»Minna, du solltest überhaupt nicht mehr arbeiten. Du hast die Arbeit in der Ritze zuletzt gar nicht mehr geschafft.«

»Ick hatte nur Probleme mit der Treppe.«

Emil sieht zu Gustav. »Sie hat auf der Küchenbank geschlafen.«

»Oben war es aber auch sehr kalt im Winter«, sagt Minna.

»Es ist Mai.«

»Also, ick bin froh, det ick nicht mehr schuften muss. Also zumindest jetzt jerade nicht. Erst war ick am Boden zerstört, det mein Hundejustav zuhat, aber dieser Schlendrian … Kann man sich schon auch dran jewöhnen.«

Minna schnaubt. »Sieht dir ähnlich. Det wär alles viel einfacher jewesen, wenn Hedwig nicht abge… ausgezogen wär.«

»Du hättest sie vielleicht nicht in der Abstellkammer einquartieren sollen«, sagt Emil.

Gustav runzelt die Stirn. »Hedwig musste in der Abstellkammer schlafen?«

»Ja, in der Küche. Aber damals hat Minna es noch hoch in ihr Bett geschafft.«

»*Mein* Bett«, sagt sie. »Janz jenau. Hätte Hedwig weiter bei *mir* schlafen sollen? Mit fünfzehn? Die Kammer ist groß, und sie brauchte Raum für sich.«

»Eben. Sie brauchte Raum … Nicht einen Zwischenboden überm Putzzeug.«

»Ick konnte in der Ritze schlecht anbauen, Junge.«

»Du hättest ihr eine der Hurenstuben geben sollen. Du hättest einer der Frauen, die du eh nicht leiden konntest, kündigen können und Hedwig ein Zimmer geben.«

»Icke …«, beginnt Minna leise, »det Jeld …« Sie seufzt und sieht aus dem Fenster. »Meinst du, det weiß ick nicht? Ick bin doch nicht bescheuert.«

»Warum hast du sie nicht arbeiten lassen?«

»Als Hure? Mit fünfzehn?«

»Wat glaubst du, wat sie jetzt macht?«, fragt Gustav.

Minna schweigt, dann steht sie auf. »Ick muss sie finden.«

»Sie hätte irgendwas anderes machen können«, sagt Emil. »Dir hinter der Theke helfen oder 'n bisschen Varieté machen. In Sachen Unterhaltung ist sie allemal besser als der Kapitän.«

»Der lebt noch?«, fragt Gustav.

»Nein.«

»Aber ist ja auch egal«, sagt Emil. »Erz…«

»Kinder jehören in die Schule«, unterbricht Minna.

Gustav hebt eine buschige Braue. »Mit fünfzehn?«

»Ick hatte sie auf ner Realschule anjemeldet.«

»Und? Ist sie da hinjejangen?«

»Nein«, antwortet Emil.

Minna funkelt ihn böse an, er lächelt und winkt ab.

»Aber, was weiß ich davon, wie man mit fünfzehnjährigen Mädchen umgeht.«

Gustav lacht. »Nüscht.«

Emil beugt sich zu ihr. »Erzähl doch noch ein bisschen, Minna. Bitte.«

Berlin, 1896

Minna geht neben dem Herzog die Steinstufen hinauf. Das Jagdschloss Grunewald ist ein hübscher weißer Kasten in weißer Winterlandschaft direkt an einem weißen zugefrorenen See. Es ist dunkel, aber der Schnee glitzert im Licht der Gaslaternen, die die gesamte Auffahrt säumen. Auf Minnas Kopf funkelt ein Diamantkamm von Lottka, von dem sie Berta auf keinen Fall erzählen darf, wenn sie sie je wieder auf ihrer Seite haben will. Sie sind in einem Schlitten hergefahren. Ein Schlitten gleitet über den Schnee, er eignet sich nicht zum Ficken. In einem Schlitten muss man die ganze Arbeit allein machen, aber der Herzog Rammler wollte ohnehin nicht rammeln. Wenn du Minnas Beruf eine Weile machst, dann spürst du einfach, ob sie ficken wollen. Außerdem ist es kalt.

Minna schaut an der Fassade hoch, sie ist schlicht, aber dennoch: Das hier ist ein Schloss. In dem die Schwester des Kaisers zum Dinner bittet. Minnas Hände in Lottkas Muff sind feucht, ihr Herz schlägt.

»Was muss ich beachten?«

»Nichts«, antwortet der Herzog. »Sei einfach du selbst.«

»Ich selbst?«

Minna schluckt. Das würde Edith gar nicht gefallen, und sie muss Edith gefallen.

Vor ihnen öffnen sich beide Flügel der mit Eisen beschlagenen Tür. Zwei livrierte Diener scheinen sie erahnt zu haben. Sie recken das Kinn und schauen dem jeweils anderen direkt über den Kopf, als hinge da was furchtbar Interessantes. Hängt da aber nicht, Minna überprüft das im Vorbeigehen. Und als sie wieder geradeaus schaut, stehen sie vor einem Mann in einem karierten goldbraunen Anzug mit türkisfarbener Krawatte. Er scheint überrascht, sie zu sehen.

»Königliche Hoheit kommen in Begleitung?«, fragt er.

»Kotze, wenn ich Ihnen vorstellen darf: Das ist Minna. Minna, das ist Kotze«, sagt der Herzog.

Minna sieht vom Herzog zu dem gutaussehenden Herrn vor ihr und zurück.

»Wie heißt der?«

»Leberecht von Kotze«, sagt der hübsche Mann und lächelt.

»Det ist doch kein Name.«

Er sieht sie irritiert an, dann muss er lachen. Er hält ihr die Hand hin.

»Ich fürchte doch.«

Minna ergreift die Hand und will sie schütteln, aber er hält sie fest und beugt sich darüber. Er deutet einen Kuss an, schaut aus braunen Augen zu ihr auf und lächelt.

»Angenehm.«

»Tatsächlich?«, fragt sie.

Der Herzog lacht. »Verzeihen Sie, Kotze. Minna ist mit unseren Gebräuchen nicht vertraut.«

»Wie meinen?«, fragt Kotze. »Sie macht das doch ganz ausgezeichnet.«

Kotze geht ihnen voran, er schreitet wie ein Tänzer über die Marmorfliesen in der Eingangshalle. Und dann sind sie schon in einem Salon, der sich wenig von den Salons bei Edith unterscheidet. Eigentlich nur in der Kunst. Die Kunst ist hier bekleidet.

Im Raum verteilen sich bereits ein paar Gäste. Die Damen tragen Dekolleté. In der Mode ist es so, dass du tagsüber vom Kinn bis zu den Knöcheln bedeckt sein und abends einen tiefen Ausschnitt tragen musst. Der hilft aber leider nichts gegen die Hitze der Gesellschaft oder des Kamins. Die Damen fächern sich Luft zu. Das kannst du bei Minna zu Hause keinem erzählen, dass man im Winter einen Fächer braucht. Aber wie sollte Minna denen das auch erzählen. Sind ja tot oder weg. Nach zehn feuchten kleinen Wohnungen, die ihre Familie die letzten zwanzig Jahre trocken gewohnt hat, gibt es jetzt gar keine Wohnung mehr. Und keine Familie.

Ehe Minna sich's versieht, steht die vor einer der Damen. Ihr Gesicht ist ein Diamant und ihr Hals ein ganzer Juwelenschrank, ihr Dekolleté ein Garten voller Seidenblumen und ihre Taille fast so eng geschnürt wie die von Edith.

»Königliche Hoheit«, sagt Kotze. »Wenn ich vorstellen darf: Minna.«

»Minna, wie angenehm«, sagt die Dame. Sie ist Prinzessin, die Schwester des Kaisers.

Sie heißt auch Charlotte. So wie Lottka. Minna ist mit ihren Beobachtungen in dieser Richtung noch nicht fertig, aber was denen unten eine Berta ist, ist denen oben wohl eine Charlotte. Ein guter Name für jede zweite Frau. Wenn dir am Taufbecken nichts einfällt für das schreiende Bündel, nennst du es halt Berta, wenn du von unten kommst, und Charlotte, wenn du von oben kommst. Diese Charlotte hier ist jedenfalls eine Prinzessin. Ihre Augen sind flink und irgendwie lüstern, aber ihre Haltung ... Wenn du vor einer Prinzessin stehst, dann stehst du vor einer Prinzessin. So einfach ist das.

»Mir auch … Alles sehr angenehm hier … Prinzessin.«

Die Prinzessin lacht, der Herzog stimmt mit ein.

»Drollig«, sagt die Prinzessin. »Woher kommen Sie, Minna?«

»Prenzlauer Berg.«

»Prenzlauer …? Wie interessant.«

Minna hebt eine Augenbraue. »Offensichtlich waren Sie noch nie da.«

»Bitte?«

»Es ist dort überall gleich grau«, erklärt Minna.

»Minna lebt jetzt in Charlottenburg. Im sogenannten *Weißen Schwan*.«

»Sie leben in einem Schwan?« Die Prinzessin lacht. »Schlafen Sie unter seinen Flügeln?«

Sie findet sich sehr witzig, Minna lacht aus Höflichkeit. Sie kann nämlich auch höflich sein. »So heißt det Haus«, erklärt sie. »Wir haben leider keine Flügel. Nur Schlafzimmer.«

»Viele Schlafzimmer …« Der Herzog zwinkert der Prinzessin zu, und sie sagt: »Verstehe.«

Herzog Rammler lacht mit roten Ohren. Warum sagt er ihr nicht gleich, dass Minna in einem Puff lebt? Minna liefert hier Höflichkeit, Haltung und Benehmen, und der reißt das mit dem Arsch wieder ein. Verzeihung, Popo. Wenn das schiefgeht, dann kann er das Edith selbst erzählen, und dann soll er auch alle Schuld auf sich nehmen, die Pissnelke. Ihm kann doch eh nichts passieren.

»Wollen Sie nun ins Speisezimmer bitten, Königliche Hoheit?«, fragt Kotze.

Die Prinzessin antwortet Kotze nicht, sie schaut stattdessen Minna an, als habe ihr Lieblingszirkus ein neues Pony.

Kotze räuspert sich. »Königliche Hoheit, es wäre ange…«

»Fabelhaft, Kotze«, unterbricht sie ihn. »Ich bin sehr zufrieden mit Ihrer Auswahl der Gäste – und solchen kleinen Überraschungen.«

Sie malt mit ihrem Fächer Minnas Umrisse direkt vor deren Nase nach, tätschelt dann Kotzes Hand und wendet sich ab. Sie öffnet die Arme und dreht sich zu ihren Gästen.

»Meine Lieben, lasst uns zu Tisch gehen.«

Zwei Diener öffnen eine Flügeltür zum Speisezimmer. Die Damen und Herren erheben sich aus ihren Sesselchen und Sofas und folgen der Prinzessin. Röcke rascheln. Kleidung macht eben doch einen Unterschied. Kotze eilt in eine andere Richtung davon. Der Herzog reicht Minna den Arm.

»Natürlich streicht Kotze die Lorbeeren ein.«

»Wofür?«, fragt Minna.

»Für dich. Als hätte *der* dich eingeladen. Der weiß doch gar nicht, was ein Bordell ist.«

»Wat hat denn det Bordell damit zu tun? Du hast doch *mich* einjeladen und nicht den janzen Schwan.«

»Jedenfalls scheinst du die Prinzessin sehr zu erfreuen.«

Kotze steht wieder vor ihnen und hält Minna nun seinen Arm hin. Alles halb so schlimm hier, die Prinzessin ist vielleicht arrogant und humorlos, aber das war doch alles einigermaßen freundlich. Und die Tafel vor ihnen sieht wirklich kaum anders aus als die Tafel im Schwan, wenn dort mit den Gästen diniert wird.

»Darf ich Sie an Ihren Platz führen, Minna?«, fragt Kotze. »Ich werde Ihr Tischherr sein.«

»Anjenehm«, wiederholt Minna seine Worte von vorhin unsicher. Sagt man das an der Stelle? Als Frau? Egal, Kotze sieht sie an, als könne sie keine Fehler machen. Sie ergreift seinen Arm und wechselt den Herrn. Kotze führt sie davon, aber der Herzog beugt sich vor und zischt in ihren Rücken, dass *er* Minna mitgebracht habe. Er!

Bei Tisch erklärt Kotze, dass Paare, die zusammen kommen, nie zusammen sitzen. Wegen der Konversation. Dass er überaus glücklich sei, dass er durch Minnas Ankunft noch einmal an der Platzierung drehen durfte, denn so säßen sie nun beieinander, und das ginge sich fein aus. Minna benutzt erst das Besteck ganz außen. Sie weiß zu dinieren. Berta hat ihr längst erklärt, welches Besteck man wann benutzt und dass man sein Essen nicht mit Wein runterspült. Immer schön eins nach dem anderen.

Es gibt viel weißes Fleisch in kleinen Happen. Es sind keine Hurenportionen. Als müsste der Hof nicht bei Kräften bleiben … Ist Minna schnurz, der Wein ist gut, nicht mit Tee oder Traubensaft versetzt. Ihr Glas ist ständig voll. Als Hure musst du dich immer zurücknehmen, du amüsierst dich nicht, du bist das Amüsement. Heute scheint eine Ausnahme zu werden. Das sieht man ja wie gesagt schon an der Kunst. Jäger mit ernsten Mienen und grünen Wamsen schauen aus Goldrahmen hinab auf das Essen. Sind wahrscheinlich enttäuscht von dem ganzen weißen Fleisch. Sie haben lange Namen und zu ihrer Zeit viel geschossen, was am Tisch Anlass zur Konversation gibt. Das ist vielleicht noch ein Unterschied: Während im Schwan der Sex das Wasser ist, das die Mühlen der Nacht vorantreibt, ist es hier das Gerede. Pardon, die Konversation. Hat Minna alles schon durchschaut, sie gehört quasi dazu. Kotze redet mit ihr, als wär sie schon immer eine von ihnen gewesen.

»Sie sind sehr höflich«, sagt sie zu ihm.

»Soll das ein Kompliment sein?«

»Ick denke ja.«

»Es ist eigentlich meine Aufgabe, Ihnen welche zu machen.«

»Dann lassen Sie sich nicht aufhalten, Kotze.«

Er lächelt. »Sie sind sehr ehrlich, das gefällt mir.«

»Det ist aber ’n schlechtes Kompliment, Kotze. Ick trag echte Diamanten, und Sie finden mir *ehrlich*.«

»Darf *ich* ehrlich zu Ihnen sein?«

»Immer.«

»Sie wissen, dass der Herzog Sie mitgebracht hat, um Sie vorzuführen?«

»Der? Nee …« Minna beugt sich zu Kotze. »Der Herzog Rammler möchte nur hier in diesem Schloss auch mal … Abseits vonne Gesellschaft, aber inne Gesellschaft, ’n bisschen erotisch werden … Det ist mein, wie soll ick sagen, Gewerbe.«

»Ja, das ist deutlich geworden.«

»Deutlich? Wirklich?« Minna hebt eine Augenbraue. »Det war doch alles nur sehr nebulös anjedeutet. Wenn überhaupt.«

»Ich schätze, am Hof haben wir eine Art Geheimsprache.«

»Wat ist det denn für ne Sprache? Besteht die daraus, Wörter jar nicht zu sagen?«

Kotze lacht. »In etwa … Jedenfalls geht es dem Herzog um was anderes. Er will provozieren. Mit Ihnen, Minna.«

Minna betrachtet den blonden Herzog am anderen Ende des Tisches, wie er großspurig sein Glas schwenkt und von seinem Orden erzählt, den sie gefunden hat, von der Polizei und der gemeinsamen Kutschfahrt danach, als habe er einen Wettbewerb gewonnen und nicht tatenlos auf seinem Arsch gesessen, während Minna und die Kutsche die ganze Arbeit gemacht haben.

»Vielleicht 'n bisschen …«, sagt Minna.

»Das wäre einer Dame wie Ihnen nicht angemessen.«

»Nein«, stimmt sie zu. »Wäre es nicht.«

Sie strahlt ihn an. Er hat sie Dame genannt. In ihren Händen liegt Silberbesteck, auf ihrem Teller Hummer … Und Minna hat nicht weniger als all das verdient. Sie gehört an so einen Tisch. Alles, was sie getan hat und ausgehalten und hergegeben, all das hat sie hierhergebracht. Minna hat sich mit Fleiß und Klugheit hierhergebracht. Sie sitzt am Tisch mit Charlotte von Preußen, verdammt noch mal. Und keiner fragt nach ihrem Vater. Sie hat sich hier selbst hingebracht, sie ganz allein. Das Arbeitermädchen aus Prenzlauer Berg. Aber ihre Vergangenheit zählt nicht. Den Dreck kann man abwaschen. Was zählt, ist, dass Minna weiß, welche Gabel sie benutzen muss. Ist ne Haltungsfrage. Und Minnas Haltung ist Dame.

Sie sieht ihren Tischherren an. »Schenk mir nach, Kotze.«

◇

Die Gesellschaft ist nach dem Essen in einen anderen Salon weitergezogen. Wobei man wohl eher sagen muss, weitergehüpft. Die Damen und Herren surren durch dieses Haus wie ein Bienenschwarm. Der Zigarrenqualm hängt schwer in der Luft, und das Lachen hopst von Rauchwolke zu Rauchwolke, als müsste es vielleicht auch mal zum Nervenarzt. Minna fühlt sich genauso überdreht wie alle anderen. Die Krawatten und Fliegen sitzen auch schon locker, Lottka liegt auf einem Bärenfell am Kamin und zeigt ihre Knöchel, was sich für eine Dame nicht schickt, aber keinen im Raum stört.

»Jedenfalls hab ich dem Wildschwein in den Hintern geschossen«, erzählt Loloki. Denn irgendwas muss Mann wohl schießen, wenn gerade Frieden mit Frankreich herrscht. Minna schaut sich diesen Bienenschwarm an. Kaum einer sitzt noch gerade. Wo ist denn diese berühmte Haltung, von der der Herzog immer spricht? Sie stellt sich zu ihm.

»Warum sind denn alle so erregt, Rammler?«, fragt sie ihn leise.

Die Prinzessin beugt sich zu ihnen. »Was sagen Sie, Minna?« Sie sitzt ein paar Meter entfernt und schaut interessiert zu ihnen herüber.

»Bitte entschuldige, Prinzessin«, antwortet der Herzog. »Meine Begleitung denkt, sie ist immer noch in ihrem Etablissement. Du weißt ja, wie Huren sind. Wollen immer ins Bett. Es ist diese angeborene Erregbarkeit.«

Alle schauen sie an. Der Herzog grinst und zeigt mit dem Finger auf Minna. Wie ein Gossenjunge.

»Wenn du es der nicht regelmäßig besorgst, dann verliert sie die Nerven.«

»Wat tu ich?«, fragt Minna.

»Wir müssen aufpassen, dass die sich hier nicht gleich nackt auf dem Teppich wälzt.«

Lottka jauchzt auf ihrem Fell: »Da mach ich mit.«

Alle schütteln sich vor Lachen, nur Kotze schaut Minna ernst an. Er stellt sein Glas beiseite, erhebt sich und tritt zur Prinzessin. Er räuspert sich.

»Ich denke, Minna möchte ihre Kleidung lieber anbehalten.«

»Schade«, sagt die Prinzessin, und wieder lachen alle.

Und plötzlich ist Minna kein Teil mehr von irgendwas. Wer jetzt nicht lacht, gehört nicht dazu. Und wie willst du lachen, wenn du der Witz bist? Witze lachen nicht, Witze wissen nicht mal, dass sie komisch sind.

»Kotze«, sagt die Prinzessin. »Sie sind ein Langweiler.«

»Wie bitte?«

Er schaut sie an wie ein Hirsch, der eben getroffen wurde. Um sie herum sind die Wände voller ausgestopfter Trophäen – Wild, das lange tot ist –, und darunter steht der hübsche Kotze wie frisch geschossen. Für einen Augenblick fürchtet Minna, dass er umfällt und nie wieder aufsteht. Das wollte er nicht hören. Wer mit Ficken Geld verdienen will, braucht vor allem Menschenkenntnis, und Minna sieht auf vier Meter Entfernung, dass das Einzige, was du Kotze nicht sagen darfst, ist, dass er langweilig ist. Sieht aber außer Minna keiner. Interessiert auch keinen. Sie stürzen den Wein in sich rein und lachen und rauchen und zerfließen auf den Polstermöbeln.

»Sie sind langweilig, Kotze!«, wiederholt die Prinzessin laut und deutlich, als glaube sie tatsächlich, er habe sie vorhin akustisch nicht verstanden. Sie hat wieder alle Lacher auf ihrer Seite. Wer eine Krone hat, muss keinen Humor haben.

Die Prinzessin winkt Minna mit ihrem Fächer zu sich heran.

Minna geht in ihre Richtung, und weil sie nun tatsächlich ein Zirkuspony ist, gibt der Herzog ihr im Gehen noch einen saftigen Klaps auf den Arsch. Der Salon grölt und lacht.

Minna stolpert kurz, kann sich aber schnell wieder fangen und steht stolz und aufrecht vor der Prinzessin.

»Können Sie den lieben Kotze hier etwas entspannen?«

Kotze lächelt sie unsicher an, seine Augen flackern zur Prinzessin. Er sucht nach Worten. Die Prinzessin schaut Minna lauernd an. Wie Beute, wie eine Jahrmarktattraktion. Als hätte sie schon vergessen, dass Minna an ihrem Tisch gesessen hat. Und natürlich ist es nicht schwer, die erotische Geheimsprache der unausgesprochenen Worte zu verstehen. Minna weiß, was die Prinzessin will.

»Entspannen?«

Entspannen am Arsch. Wobei für den Anfang vielleicht nicht. Am Anfang machen wir lieber wat vorne, denkt Minna und sagt: »Ick kann alles mit dem machen, Königliche Hoheit. Aber det kostet Sie Ihre Halskette.«

»Mein Collier?« Die Prinzessin fasst sich an ihre Klunker. Minna hält ihrem Blick stand und öffnet ihre Hand.

»Taxe immer im Voraus.«

Die Prinzessin lacht aufgekratzt. Sie fummelt am Verschluss ihrer Kette, während der Fächer an ihrem Handgelenk baumelt. Ihre Wangen glühen rot, die Smaragde an ihrem Dekolleté funkeln tiefgrün. Sie braucht eine halbe Ewigkeit für die Klunker.

Minna seufzt. »Haben Sie noch nie ne Kette jeöffnet?«

»Nein.«

Schon wieder Lachen. Die lachen alle, als wär Minna eine lustige Person. Sie ist nicht lustig, sie ist in deren Augen wahrscheinlich nicht mal eine Person. Was auch immer sie vorhin beim Dinner gefühlt hat, das war eine Illusion. Sie könnte den Kaiser persönlich ficken, sie würde nicht dazugehören. Der Raum wird stiller und stiller, die Hälse länger und länger. Als wär Minna auf einer Bühne.

»Gut, gut. Machen Sie es.« Die Prinzessin winkt Minna zu sich, und die nimmt ihr den Schmuck ab. Minna lässt das Collier in ihren Samtbeutel gleiten und wendet sich Kotze zu. Er ist blass, Schweiß perlt auf seiner Stirn.

»Minna, Sie müssen das nicht tun …« Er schluckt, er weicht vor ihr zurück und plumpst in einen Sessel.

Der Sessel rutscht etwas über die Holzdielen, aber dann ist alles still. Kotze sitzt vor Minna, als habe er hundert Wettrennen verloren. Sie setzt sich auf die Armlehne und tupft mit der Spitze ihres Ärmels über sein Gesicht. Dann öffnet sie seine Hose, holt seinen Schwanz raus und umschließt ihn.

»Ist meine Hand zu kalt?«

Er schüttelt den Kopf, und sie fängt an zu polieren. Dauert ein bisschen, bis er hart wird, aber dann liegt er prall in ihrer Hand.

Kotze stöhnt. Seine Lider flattern, seine Stirn sinkt gegen Minnas Titten, während sie ihm vor aller Augen einen runterholt. Handarbeitsvarieté. Aus dem Augenwinkel sieht sie irgendeinen der hochwohlgeborenen Uniformen schon an sich selbst spielen und Lottka ihr Kleid aufknöpfen, und dann schießt Kotze durch den halben Salon.

Seine Ladung landet auf einem Kerzenleuchter und tropft in das Likörglas vom Herzog. Lottka steht nackt vorm Kamin. Offensichtlich kann sie sich wirklich sehr schnell ausziehen. Alle sind still, einzig das Quartett spielt noch.

◇

Minna steht neben dem Tisch mit der heißen Schokolade und dem Punsch. Sie rührt in ihrer Tasse, während neben ihr jeder an jedem knabbert und leckt. Die Kunst an den Wänden ist so keusch wie eh und je, aber die Gesellschaft spielt jedes Gemälde aus dem Weißen Schwan nach. Sie reiten und rubbeln einander, als wären sie noch nie angefasst worden. Hochwohlgeborene Orgie. Das hat Minna nicht kommen sehen. Bei allem, was sie sich über diesen Abend ausgemalt hat, da wäre sie nicht draufgekommen. Da gibt es im Schwan weniger zu sehen. Da machen sie ja alle ihr Ding hinter verschlossenen Türen. Braucht der Hof nicht, der Hof macht Türen auf und Beine breit.

»Minna, es tut mir leid, dass Sie …« Kotze steht plötzlich neben ihr und lächelt sie verlegen an. »Vorhin … also …«

»Hat's dir nicht gefallen?«

Minna siezt keine Männer, deren Schwänze sie poliert hat. Aus Prinzip nicht. Und jetzt ist es auch egal. Die Prinzessin liegt über der Lehne der Chaiselongue und lässt sich von hinten nehmen, dass vorne ihre Titten rauspurzeln. Minna kann sich nicht mehr blamieren. Nicht hier, nicht heute Nacht.

»Doch, nein …«, beginnt er. »Darum geht es nicht. Hat es *Ihnen* gefallen?«

»Wat? Dein Schwanz? Mach dir keine Jedanken. Hast nen hübschen Schwanz, Kotze.«

Er errötet, nickt und trinkt Punsch. Sie betrachten die nackte Haut, die Schwänze, Muschis und Titten um sie herum. Das Einzige, was immer noch bedeckt ist, sind die Knöchel. Wenn du von Lottka absiehst. Aber da willst du eher hinsehen. Nackter kann ein Mensch nicht sein.

»So sieht also eine Gesellschaft bei Hof aus?«

»Nicht für gewöhnlich, nein.« Er räuspert sich. »Für gewöhnlich sind der Graf von Hessen und der Graf von Hohenau nicht …«

Er zeigt auf Loloki, der einem anderen Herrn einen bläst.

»Zumindest nicht in so einer Öffentlichkeit, oder?«

»Es ist wohl hier und da schon mal vorgekommen, spät nach Bällen, in kleinen Runden, aber wenn man es mit eigenen Augen sieht …«

»Ist nur nacktes Fleisch, Kotze.« Sie lacht. »Kotze … Wirklich?«

»Hans Louis Karl Leberecht von Kotze.«

»Und bei so vielen Namen im Rennen um den Rufnamen war Leberecht der Gewinner?«

»Ja. Aber die meisten nennen einen ohnehin beim Nachnamen.«

»Mich nicht. Dabei ist meiner viel schöner als deiner.«

»Wie heißen Sie denn?«

»Warum haste vorhin mitjemacht?«, fragt sie statt einer Antwort. »Ick hätte doch auch jemand anderen *entspannen* können.«

»Ich bin gewissermaßen dafür verantwortlich, dass das hier nach den Wünschen der Prinzessin verläuft.«

»Die Prinzessin ist ein erotischer Mensch.«

»Richtig, sie ist ... gelangweilt. Und braucht Abwechslung.«

»Schade, det es keine Bordelle für Frauen jibt, wa?«

Er sieht weiterhin auf all das rot gefickte Fleisch, aber bei näherem Hinsehen wird Minna klar, dass er eigentlich ins Leere schaut.

»Ich wollte die Hochzeiten machen«, sagt er. »Großer Empfang, großer Ball. Alle Herren in Gala, die Damen geputzt bis unters Dach, und ganze Orchester wollte ich hören.«

»Ist doch ein ganzes Orchester hier. Jeder spielt das ein oder andere Instrument, oder nicht?«

Kotze lacht. Die Prinzessin jauchzt irgendwo im Raum auf. Sie sitzt jetzt auf ihrem Auserwählten, krallt sich in seine Haarwellen und wirft den Kopf zurück. Berge von Röcken und Unterröcken bauschen sich auf seiner Uniformhose und in dem kleinen Sesselchen. Ihre Nippel lugen aus ihrem Ausschnitt, und ihr Hals ist natürlich nackt. Ihr Collier trägt ja jetzt Minna. Für immer.

»Sind Sie entspannt, Minna?«, fragt Kotze sie.

»Icke?«

Sie sieht ihn an und sucht nach einer Antwort. Das hat sie noch nie jemand gefragt. Ihr ganzes Leben nicht. Sie weiß gar nicht, was Entspannung ist. Minna weiß, wie man einen Mann entspannt. Ist noch wichtiger, als dass er kommt. Entspannen musst du den. Die denken, die kommen wieder, um dir den nächsten Schuss zu setzen. Aber die kommen, weil ihre Nerven flattern und du sie beruhigst. Ist ja auch kein Leben, wenn du eine ganze Fabrik leitest und deine Fleischkonserven bis nach Schottland lieferst. Deine Arbeiter haben Bedürfnisse, die Angestellten haben Bedürfnisse, deine Frau hat Bedürfnisse … Der musst du außerdem noch verheimlichen, dass du bei Minna bist, was du deinen Freunden aber tunlichst aufs Brot schmierst, damit die nicht denken, du stehst deinen Mann nicht. Dabei steht der ja meistens nur, weil Minna sehr gut ist. Jedenfalls, du merkst schon, da wird viel gedacht, und wer viel denkt, der hat es auch mit den Nerven, und für die Nerven ist Minna sehr gut. Also für die Nerven von den Herren.

»Geht es Ihnen gut?«, fragt Kotze in ihre Gedanken hinein. Er schaut aus, als warte er noch immer auf die Antwort zu einer Frage, die Minna vergessen hat.

»Vorhin beim Essen dachte ick kurz, det ick es jeschafft hab«, murmelt sie

»Was geschafft?«

»Ick hab keine Ahnung, Kotze.«

◇

Minna steht in der Eingangshalle und schaut die Jagdtrophäen an. Du bist nicht reich, wenn nichts Schweres an deinen Wänden hängt. Bei Minna zu Hause hingen nur zwei Postkarten und Zeichnungen von ihrer Schwester. Sie hat viel gekritzelt, bevor sie zu krank geworden ist, um einen Stift zu halten. Fieberträume malen seltsame Sachen. Verdrehte Körper und schwarze Seelen hat sie gezeichnet. Minna weiß nicht, woher ihre Schwester wusste, wie eine Seele aussieht, aber sie wusste es. Wenn du das Bild anschaust, dann weißt du sofort, dass das eine Seele ist. Aber dafür musst du nach Prenzlauer Berg, da liegt es jetzt irgendwo auf dem Müll. Minnas Schwester hat ihren Tod an die Wand gemalt, und den wollte Minna nicht mitnehmen in ihr neues Leben. Sie wollte eh nichts mitnehmen, aber den am allerwenigsten. Es wäre anders gewesen, wenn ihre Schwester die Diphterie überlebt hätte. Alles wäre dann anders gewesen.

Lottka stolpert auf Minna zu, vielleicht tanzt sie auch. Sie ist sich wahrscheinlich selbst nicht sicher. Sie sagt, dass sie früher einmal die Geliebte des Kaisers war und dass er im Bett selbstloser ist, als man vermutet. Aber Minna hatte gar keine Vermutung in der Richtung.

Sie wollte nur Sex, keine Kaiserin werden, die Gräfin mit glühenden Wangen, glühenden Augen und glühender Muschi. An ihr glimmt alles, alles will ein großes Feuer werden. Eine wie Minna sieht das. Hat sie sofort gesehen, heute Nachmittag schon.

»Glaubst du, dass ich eine gute Hure wäre?«, fragt Lottka. »Ich wäre eine gute Hure, oder? Du hast gesehen, was ich kann. Ich kann alles.«

»Ja«, sagt Minna höflich.

»Im Sanatorium haben sie einen Apparat, der dich bedient. Mit Strom. Er heißt Hammer.«

»Und der besorgt es dir?«

Lottka nickt und senkt die Lippen über ihr Punschglas. Sie könnte das Glas auch anheben, aber sie schlürft über ihre Hand gebeugt und klimpert mit den Wimpern.

»Er ist ein Gentleman ...«

Minna runzelt die Stirn. »Der ...?«

»Hammer«, antwortet Lottka.

»Und wie funktioniert det? Ist det eine Maschine, in die du dich reinlegst?«

»Nein, ein Arzt bedient ihn. Manchmal auch eine Hebamme, aber ich wollte immer den Arzt. Und er wollte es sicher auch. Männer mögen das ja generell. Die Frau bedienen.«

»Manche wollen auch nur einen jeblasen kriegen.«

Lottka nickt. »Kann ich.«

»Fünfmal die Nacht?«

»Mhm«, überlegt Lottka.

»Wenn ick hätte, wat du hast, ick hätte keinen Sex mehr.«

»Nie wieder?«

»Na, vielleicht in einem Jahr oder so.«

Lottka seufzt und lässt die Schultern hängen. »Mein Leben ist schrecklich langweilig.«

»Es ist bequem. Besser Langeweile als Sorgen.«

»Ich hab auch Sorgen.«

Minna hebt eine Augenbraue. »Welche?«

Lottka senkt den Kopf über ihr Glas und trinkt, als wäre das Glas ein Napf und der Wein Milch. Sie hebt den Kopf, als wäre er tonnenschwer.

»Ich habe keine Freundinnen.«

»Wie schrecklich.«

Minna hat auch keine mehr. Sie hatte ihre Schwester. Die

hatte Freundinnen, sie hat immer gestrahlt und dazugehört zu den Mädchen in Prenzlauer Berg, die sich treffen und Bier trinken und über die Männer reden. Als sie noch gelebt hat, hat Minna auch dazugehört und erzählt, mit wem sie tanzen will. Aber nach ihrem Tod konnte Minna nicht mehr in die Kneipen, in denen die anderen einfach weitergetanzt haben, als wäre nichts gewesen.

»Als Frau in meiner Stellung musst du dich entscheiden: entweder Sex oder Freundinnen«, erklärt Lottka.

»Und in meiner ›Stellung‹ musste dir auch entscheiden«, sagt Minna. »Entweder Stammkunde oder Freundinnen.«

Lottka schwenkt entzückt ihr Glas. »Wie wundervoll.«

»Ick bin keine Zirkusattraktion. Ick bin eine wundgevögelte Frau, die sich ausse Gesellschaft rausgefickt hat, weil sie nen beschissenen Platz darin hatte. Scheiße war det. Nicht aufregend. Det war einfach nur scheiße.«

»Aber nun bist du in einem hübschen Bordell.«

Minna schnaubt. »Ja, ick bin im Paradies.«

»Geld ist auch nicht alles, weißt du.«

Minna wiegt mit dem Kopf hin und her. »Mir jeht es mit besser als ohne, det kann ick dir sagen.«

»Im Sanatorium hatte ich eine Freundin, aber sie ist tot«, erzählt Lottka. »Ich war vier Mal dort. Warst du schon mal in einer Kur zur Behandlung deiner Hysterie?«

»Ick hab keine Hysterie.«

»Doch, Liebes. Die haben wir alle.«

Minna schüttelt den Kopf. »Für so wat hab ick keine Zeit, ick muss arbeiten.«

Lottka nickt und trinkt und nickt. Ihr Schatten auf dem Marmorboden ist zehn Jahre älter als sie. Er ist gebeugt und erschöpft und trinkt wie ein Kuscheltier. Sie hebt nachdenklich den Zeigefinger. An ihrem Handgelenk baumeln zwei Fächer.

»Vielleicht ist ein Bordell auch eine Art Sanatorium.«

»Bordelle heilen jar nüscht.«

»Sanatorien auch nicht. Zumindest nicht Hysterie. Und Syphilis auch nicht, sonst wäre meine Freundin noch am Leben. Können Ärzte überhaupt irgendetwas?«

»Sie können Babys wegmachen.«

Lottka schüttelt den Kopf. »Nicht im Sanatorium. Schwangerschaften werden zur Behandlung der Hysterie empfohlen.«

»Hilft's?«, fragt Minna.

»Mir nicht. Ich hatte drei und bin immer noch rollig wie eine Straßenkatze.«

Minna lacht.

»Lach nicht«, sagt Lottka. »Ich steh jaulend im Rinnstein, und keiner kommt.«

»Besser als icke«, antwortet Minna. »Ick steh im Rinnstein, und alle kommen.«

◇

Im Schwan steigt der Herzog spät in der Nacht mit langen Schritten die Treppe rauf. Er erklimmt den Berg zu Minnas Zimmer und ist erbost.

»Sie kann ihrem Bruder ruhig sagen, dass ich Rosalinde heiraten will. Schließlich habe ich ihr …«

»Die Muschi geleckt«, beendet Minna seinen Satz, schleicht hinter ihm her und unterdrückt ein Gähnen.

»Eine Stunde lang.«

»Fünf Minuten«, verbessert Minna.

»Es hat gar nicht geschmeckt.«

»Du schmeckst auch nicht.«

Minna gähnt und folgt ihm hinauf in ihr Zimmer. Warum fährt der nicht in sein Stadtpalais? Der kann doch jetzt unmöglich noch mal ranwollen. Der hat den ganzen Salon durchgebumst …

»Aber nein«, lamentiert der Herzog weiter. »Sie wird ihrem Bruder gar nichts sagen, außer dass Kotze ein famoses Dinner ausgerichtet hat. Dabei war das nur meinetwegen famos. Weil ich dich mitgebracht habe. Ich.«

Er bleibt stehen, dreht sich abrupt um und schaut auf Minna herab. Ihr ist, als käme Qualm aus seinen Ohren, aber das kann natürlich genauso gut eines der Gaslichter hinter ihm an der Wand sein.

»Sie hat sich nicht mal bei mir dafür bedankt, dass alles so aufregend geworden ist.«

»Kann mir nicht erinnern, det *du* Kotzes Schwanz vor aller Augen rausgeholt hast.«

»O dieser widerliche Rüschenfatzke. Bei dem hat sie sich natürlich bedankt. Und so was will eine Königstochter sein. Pah, keine Sitten, kein Anstand.«

»Wer hat det schon?«

»Ich!«, poltert der Herzog und schlägt mit der Faust gegen die Wand. Die Gaslichter flackern. Er beachtet sie nicht, dreht sich um und stapft weiter.

»Du hast einfach 'n tragisches Schicksal«, sagt Minna gähnend. »Sollteste nen Roman drüber schreiben.«

Er bleibt wieder stehen. Sie schleppt sich an ihm vorbei und öffnet ihre Zimmertür.

Minna fühlt sich, als hätte sie vier Nächte durchgefickt. Dieser Abend war anstrengender, als hier im Schwan sechs Gäste zu bedienen. Dabei hat sie nur eine Büchse gefeuert.

Wo kommt denn diese Erschöpfung her? Sie wirft ihren Hut auf die Kommode, öffnet die Häkchen am Jäckchen und zieht es aus, dann die Röcke. Einen nach dem anderen. Minna hat jetzt mehr Röcke als in Prenzlauer Berg vor ein paar Monaten. Das hält warm. Und sie hat genug Unterhosen, um zu wechseln. Die Mädchen machen ihre Wäsche, und während sie das tun, zieht Minna einfach was anderes an. Nie wieder nackt schlafen, weil Waschtag ist und alles, was man besitzt, triefend nass.

Sie legt sich in Korsett und Collier aufs Bett, öffnet die Beine und den Schlitz in ihrer Unterhose und unterdrückt ein Gähnen.

»Worauf wartest du, du Pissnelke?«

Der Herzog steht mitten im Raum und sieht die Vorhänge am Fenster an, als überlege er, wie genau er sie bespringen soll.

»Hast du was zu schreiben?«

Minna hebt den Kopf. »Wat soll ick haben?«

»Kannst du schreiben?«

Er wartet keine Antwort ab, geht zurück zur Tür und öffnet sie.

»Papier und Feder!«, ruft er in den Hausflur.

Die falschen Zöpfe ziehen Minnas Kopf zurück ins Kissen. Hoffentlich ist das Mädchen noch wach. Ihr fallen die Augen zu, aber Minna kämpft dagegen an. Wach bleiben für Trinkgeld. Wach bleiben ...

Irgendwann springt der Herzog neben sie aufs Bett, die Matratze hüpft unter ihnen, und er sieht sie hellwach an. Er ist offensichtlich nicht müde. Was war denn in diesem Wein, den die alle in sich reingekippt haben? Minna hat nach der Sache mit Kotze aufgehört zu trinken. Es war ihr nicht geheuer. Und sie wollte auf keinen Fall zu betrunken sein, um ihre Beute im Auge zu behalten.

»Wie würdest du den Abend heute beschreiben?«, fragt der Rammler. Er hat jetzt Papier und Stift in der Hand. Minna muss das Mädchen überhört haben, das ihm das Zeug gebracht hat.

»Willste nicht mehr ficken?«, fragt sie.

»Was da alles passiert ist: Wie würdest du das so nennen?«

»Wat nennen?«

»Alles«, antwortet er.

»Flötenduett, Spargelsalat oder Pupenball. Also, wenn die Herren mehr unter sich sind. Die Prinzessin saß aufm Melkschemel von ihrem Kavalier, während er den Bubi jespielt hat. Ansonsten halte ick sie eher für ne Stehgeige.«

»Bitte?«

»Sie fickt jern im Stehen. Hast du doch nachher mit diesem Knorring jesehen.«

»Und der Loloki?«

»Ist mehr 'n Kellermeister, 'n Absteiger, ne Kniescheibe …«, antwortet Minna gähnend. »Der bläst gern. Der liebt andere Schwänze mehr als seinen eigenen.«

Der Herzog nickt und notiert. »Denn er ist ein Sodomit.«

»Ein Abschmorer, Absteiger, Arschficker, Schwanzpolierer …« Sie gähnt. »Kannst du dir nicht selbst 'n paar Wörter ausdenken? Auf Schwanzpolierer kommt doch wirklich jeder.«

»Apropos … Schwanz. Was kann man dazu noch sagen?«

»Lümmel, Achse, Wurzel, Schlange, Büchse, Jewehr, Pistole …«, listet sie auf. »Allet aus euren Waffenkammern eigentlich, allet, wat schießt … Wobei Schwert jeht auch. Und Taucher, Blutwurst, Posaune …«

Er lacht in sich hinein und schreibt und schreibt.

»Det soll aber nicht wirklich ’n Roman werden, oder?«, fragt Minna.

»Nein. Besser. Wie heißen denn diese Klubs für Sodomiten?«

»Wie würdest *du* die denn nennen?«

»Sodomitensalon?«, fragt er zurück.

»Oder Molkerei. Oder Tantenkloster. Oder Schwanzfalle. Oder Saftkeller. Oder Wurstkessel. Oder Katerhaus.«

Der Herzog strahlt. »Fabelhaft.«

Sie gähnt wieder, schließt die Augen und murmelt: »Ich krieg für jedes Wort auf deinem Scheißzettel da nen Fünfer.«

»Mhm mhm«, murmelt er und schreibt.

Du kannst zu allem einschlafen, wenn du nur müde genug bist. Zu dampfenden Maschinen in der Stahlfabrik gegenüber. Zu schreienden Kindern, streitenden Eltern oder fickenden Nachbarn. Zu fickenden Eltern oder schreienden Nachbarn. Zu Geburten oder Prügeleien … Dass du auch zu dem Geräusch einer Feder auf Papier einschlafen kannst, wundert Minna nicht. Sie hätte nur im Leben nicht gedacht, dass sie mal in diese Lage kommt.

◇

Kotze schaut auf das Frühstückstablett auf seinem Schoß. Er sitzt im Bett, obwohl es längst Zeit für ein Mittagessen wäre. Im Kamin knistert ein Feuer. Kotze ist erst um sieben Uhr aus dem Grunewald zurückgekommen, deshalb darf es heute ein spätes Frühstück sein. Neben der dampfenden Kaffeetasse liegen die Briefe. Obenauf eine Karte der Prinzessin. Kotze dreht sie gut gelaunt um, er hat wenig geschlafen, sich herumgewälzt und an Minna gedacht. Und es war herrlich, an sie zu denken, besser als schlafen. Was für eine Frau. So etwas hat Kotze noch nicht gesehen, so jemanden hat er noch nie kennengelernt. Jemanden, der einfach sagt, was er fühlt. Sie hat ihn vor aller Augen mit der Hand befriedigt, und es hat sie nicht ihre Würde gekostet. Ganz zu schweigen von ihrer Schönheit. Sie ist nicht im klassischen Sinne schön, aber sie ist hübsch – und so anziehend. So verheißungsvoll anziehend.

Kotze wendet die adrette Postkarte mit dem Blumenaquarell und liest, dass die Prinzessin von Preußen dankbar sei und einen formidablen Abend hatte. Kotze legt die Karte mit leichten Fingern beiseite. Der Kaiser wird sich bei seiner Schwester nach dem gestrigen Abend erkundigen, und ihre Schilderung wird ihn überzeugen, Kotze mit Größerem zu betrauen. Es hätte schließlich alles nicht besser laufen können. Dank Minna. Kotze nimmt einen Schluck Kaffee und wendet sich der weiteren Post zu, ein versiegelter Umschlag ohne Absender, sein Diener hat ihn bereits geöffnet. Ein Foto fällt Kotze auf den Schoß. Es zeigt zwei Männer, der eine kniet vor dem anderen und lutscht dessen Schwanz.

»Was in drei Teufels Namen …?«

Es ist ein Bild, wie es nahezu überall unter der Hand verkauft wird. Kotze kennt solche Fotografien aus den Herrenclubs oder seiner Jugend. Es gibt sie mit Männern und Frauen oder nur mit Männern, aber auf dieser hat jemand die Gesichter unkenntlich gemacht und Namen daneben geschrieben. Der eine Mann soll Graf Hohenau sein, der andere Hessen. Was soll das? Wer schickt Kotze so was?

Mit zittrigen Fingern sucht er nach dem Brief, der beilag, und überfliegt die Seiten mit gehetztem Blick. Es ist kein Brief, es ist ein Bericht des gestrigen Abends, eine Beschreibung des Festes in allen Details – in Wörtern, die Kotze noch nie gehört hat, die aber eindeutig sagen, wer mit wem was getan hat.

»Gott … Was …? Iihh …?«

Kotze dreht und wendet das Schreiben und das Bild, aber er findet weder einen Verfasser noch einen Grund für die Zusendung. Er war doch dabei, er hat doch alles gesehen, warum bekommt er jetzt ein Protokoll? Er hat einen Kloß im Hals und Magendrücken. Es war doch eindeutig einer dieser Abende, für die es besser keine Zeugen gibt. Kotze hebt das Frühstückstablett von seinem Schoß und schlägt die Bettdecke zurück.

Er schlüpft in seine Pantoffeln und geht hinüber zum Kamin. Er wirft Brief, Foto und Umschlag hinein, ohne eine Sekunde zu überlegen. Das treue Feuer frisst die saftigen Worte und die liebenden Männer, sie verschwinden vor Kotzes Augen.

Kotze schließt die Arme um sich und fröstelt. Er steht im Nachthemd mitten in seinem Schlafzimmer und schaut ins Feuer, alle Spuren sind verschwunden. Aber in seinem Magen steckt noch eine Faust – und die schließt sich immer fester zusammen.

BRIEFVERKEHR

Im Zug, 1935

»Ick glaub, ick kann schon den Eiffelturm sehen«, sagt Minna.

Gustav stellt sich neben sie ans Fenster, während sie in die Stadt der Liebe hineinrauschen. Fabriken, dann mehr und mehr Häuser, einige weiß, viele genauso braun und verrußt wie in Berlin, dann tatsächlich der Eiffelturm.

»Wie willste Hedwig in dieser Riesenstadt nur finden?«, fragt Gustav und schaut neben ihr aus dem Fenster.

»Ick weiß es nicht. Aber ick muss es versuchen.«

»Oder du fährst erst mal mit mir nach Nizza und machst ein bisschen Urlaub«, schlägt Emil vor.

»Sie hat mir nicht *ein Mal* jeschrieben. Immer nur an Emil.«

»Ja, aber jetzt auch schon länger nicht mehr«, sagt er schnell. »Deine Fahrkarte ist ja eh bis Nizza bezahlt. Das ganze Abteil …«

»Ick wollte sie nicht verletzen.«

»Sie wird dir das bestimmt irgendwann verzeihen. Wir werden ja alle älter und weiser.«

»Justav nicht«, sagt Minna.

»Wie heißt der Fluss noch mal?«, fragt Gustav.

»Seine. Aber Minna, in Nizza ist das Meer. Du warst doch noch nie am Meer. Fahr doch einfach noch weiter.«

Minna dreht sich vom Fenster weg und schaut auf die Berge Gepäck. Zwei Koffer, eine Hutschachtel und eine Gobelintasche. Sie wird sich einen Wagen zu einer Pension nehmen müssen. Ob die sie hier verstehen? Französisch kann sie nur im Bett. Egal, sie wird schon durchkommen, sie ist immer durchgekommen.

Der Zug quietscht und wird langsamer.

»Nun heißt es Lebewohl, Emil«, sagt sie. »Aber du schreibst mir doch, oder?«

Emil steht stumm und schweigend vor ihr.

»Hat dir der Abschied die Sprache verschlagen, Junge? Wenn ick Hedwig jefunden hab, dann kommen wir vielleicht ma zusammen nach Nizza.«

»Mhm.«

»Ach, Junge … Komm her.«

Minna zieht ihn über die Koffer hinweg an ihre Brust. Er ist ganz angespannt und atmet heiß in ihren Nacken. Sie spürt am Hals, dass er schluckt.

»Ist ja jut, du wirst mir auch fehlen.«

Es ist still im Abteil, und dann sagt Emil leise: »Sie ist nicht mehr in Paris.«

»Wat?«

»Hedwig ist nicht mehr in Paris. Sie ist … nicht mal mehr in Europa.«

»Wat?« Minna schiebt Emil von sich weg. »Wat redest du denn da?«

»Ich hab den letzten Brief von ihr aus Southampton bekommen. Sie ist mit dem Schiff weiter.«

»Wohin denn?«

»Nach Amerika oder nach Australien.«

»Wat?«

»Ich weiß es nicht genau«, antwortet Emil. »Sie hatte sich zwei Liebhaber angelacht und wollte sich erst in letzter Sekunde entscheiden, mit wem sie aufs Schiff geht. Sie fand das … amüsant.«

»Sie ist nicht mehr hier?«, fragt Minna. »Nicht mal mehr aufm gleichen Kontinent wie icke?«

»Nein.«

»Du hast mir anjelogen.«

»Es tut mir so leid.«

Minna holt mit der Hand aus und haut ihm eine runter. Es klatscht durchs Abteil. Emils blonder Schopf fliegt zur Seite, er hält sich die Wange.

Der Zug bleibt stehen. Der Bahnhof hier ist kein Sandsteinmonster. Es ist ein luftiger Stahlbau mit Tausenden Fenstern. Er sieht aus wie ein Gerippe. Der Zug hält in einem Skelett. Minna ist in Paris, aber sie ist allein. Hier wartet niemand auf sie, nicht mal unwissend. Sie ist ganz allein auf der Welt.

Berlin, 1896

Lottka reißt die Tür auf, ohne zu klopfen. In der Hand hält sie den Brief, huscht noch im Nachthemd über den kalten Boden und hüpft ins Bett ihres Mannes. Loloki dreht sich im Halbschlaf von ihr weg.

»Wach auf, Loloki.«

Sie klemmt sich die Briefseiten zwischen die Lippen und kriecht unter die Decke. Sie rüttelt an Lolokis Schulter.

»Wach auf!«, sagt sie mit dem Papier im Mund.

»Nein.«

»Wir haben Post bekommen. Ein anonymer Brief, in dem steht, dass du ein Päderast und Würmling bist.«

»Wie bitte?«

Loloki sitzt nun senkrecht im Bett und starrt sie an. Lottka breitet den Brief vor ihm auf der Decke aus. Sie streicht die Seiten glatt und tippt dann mit dem Finger auf eine Zeile.

»Du schießt lieber aus fremden Büchsen als aus deiner.«

»Wie bitte? Wer schreibt uns so was?«

»Ist anonym«, antwortet sie. »Und das haben nicht nur wir bekommen. Der ganze Hof hat eine Kopie erhalten.«

»Der ganze …?«

»Es steht auch was über mich und die Prinzessin drin. Aber vor allem über euch Männer …«

»Aber …«

Er überfliegt die Zeilen. Seine Finger zittern.

»Es steht auch schon in den Abendausgaben der Zeitungen …«, erzählt Lottka.

»In allen?«

»Den meisten. Vielleicht sollten wir nicht immer so lange schlafen, Loloki?«

»Wer schreibt denn so was?«, fragt er.

»Ich weiß es nicht.«

Es klopft, Lottka bittet herein, während ihr Mann leise liest: »Allen voran segelt Loloki unter falscher Flagge.«

»Presselbergs Mann war gerade da«, sagt der Diener, der in der Tür steht.

»Und?«, fragt Lottka.

Er macht ein unglückliches Gesicht. »Ja, also …«

Loloki liest derweil, dass Hohenau, also er selbst, eine zweigleisige Ehe führe, sei kein Geheimnis, aber die Leidenschaft, mit der der Lattenjäger, also er, sich in dieses Wurstfest gestürzt habe, beleidige das ganze Kaiserreich.

Lottka schaut den Diener an. Er bringt kein Wort hervor und reibt nervös die Fingerspitzen aneinander.

»Schicken Sie mir Morsezeichen? Ich kann keine Morsezeichen, Schneider.«

»Ja, nein, ich …«

»Ich beleidige das Kaiserreich …?«, fragt Loloki.

Lottka seufzt. »Schneider, was wollen die Presselbergs?«

»Dass Hochgeboren dem Tee morgen … nun doch bitte … fernbleiben wollen.«

»Wie bitte?«

»Sie beide mögen die Presselbergs in Zukunft meiden. Bitte«, bringt der Diener hervor. Er ist blass, Schweiß perlt auf seiner Stirn.

»Warum das denn?«, fragt Lottka.

»Wegen der Kinder, Gräfin.«

»Wegen der …? Denken die, Loloki macht sich über deren Kinder her? Als würde mein Mann diese beiden Milchbrötchen auch nur anrühren. Lächerlich.«

Der Diener schweigt, Loloki liest.

»Das kann doch nicht alles sein«, sagt Lottka.

»Ich nehme an, es geht auch um den gesellschaftlichen Status.«

»Presselbergs können froh sein, wenn wir uns mit *ihnen* abgeben. Mein Mann ist der Neffe von Wilhelm I. Wir gehören nur deshalb nicht dem Königshaus an, weil wir sonst zu hohe Erbansprüche hätten. Und wer sind die Presselbergs? Wer?«

»Sie sind nicht schwul«, sagt Loloki.

»Ich glaube, es hat geläutet«, behauptet der Diener. Er zeigt hinter sich den Flur entlang, wo es mucksmäuschenstill ist. Lottka winkt ab.

»Jaja. Gehen Sie.« Sie sinkt zurück in die Kissen. »Was für eine Anstrengung. Ich bin völlig erschöpft.«

Sie schaut auf ihren Mann, zwischen dessen Fingern der Brief zerknittert. Er sitzt aufrecht in seinem Bett und schaut ins Leere.

»So. Genug der Aufregung«, bestimmt sie. »Komm her, Loloki. Du bist mit dem Kaiser verwandt und Major in seiner heißgeliebten Armee. Das hier kann dir gar nichts anhaben. Das wird vorübergehen!«

Sie streckt die Arme nach ihm aus, aber er rührt sich nicht.

◇

Am nächsten Morgen ist Minna frischer als sonst. Der Rammler ist weg, und sie hat nicht nur wenig gefickt, sie hat auch wenig gesoffen. Sie ist trotzdem die Letzte im Gemeinschaftszimmer.

»Da steht, dass es schlimmer gewesen sein soll als in nem Bordell«, sagt das Dienstmädchen.

»Mehr nicht?«, fragt Berta.

»Doch, doch. Alles. Jeder soll mit jedem … und vor allem die Männer sollen nicht scheu gewesen sein.«

»Morgen«, sagt Minna.

Berta schaut von ihren Perlenschnüren auf. »War deine Gesellschaft gestern ne Orgie?«

Minna zuckt mit den Schultern und schenkt sich selbst Kaffee ein. »Die Hochwohlgeborenen mussten mal die Sau rauslassen.«

Das Dienstmädchen kichert. »Der komplette Hofstaat sei ein Saftkeller, in jeder Uniform des Kaisers stecke ein Schwanzpolierer ... das Jagdschloss werde benutzt, um krankhafte Triebe auszuleben. Graf Hohenau sei ein Kellermeister, der mehr Blutwurst lutscht als ein verhungernder Bettlerjunge.«

Alle lachen.

»Woher weißte det?«, fragt Minna. »Diese Wörter ...«

Das Hausmädchen kommt zu ihr, setzt sich auf die Bank gegenüber und erzählt mit glühenden Wangen.

»Sie haben alle Briefe bekommen. Anonyme Briefe. Der ganze Hofstaat. Jeder, der eine Position am Hof hat, hat heute Morgen einen Brief gekriegt. Und da steht alles drin, was ihr gestern gemacht habt.«

»Ick hab nüscht jemacht. Also so jut wie.«

»Ja, von dir steht da auch nichts. Aber von den anderen«, sagt das Mädchen. »War das wirklich ein Wurstfest? Mit Verwandten des Kaisers?«

»Woher weißt du denn, wat in dem Brief steht?«, fragt Minna.

Berta verdreht die Augen. »Was glaubst du, wer den Majors und Vonundzus die Briefe öffnet? Das machen die nicht selbst.«

»Wir machen das«, erklärt das Mädchen. »Also ich nicht, ihr kriegt ja nie Post, und außerdem liest Berta das alles. Aber in einem normalen Haus öffnet das Personal die Post.«

»Und liest sie«, ergänzt Berta mit Seitenblick auf das Mädchen.

»Auf dem Markt reden sie über nichts anderes. Jeder kennt jemanden, der bei hochwohlgeborenen Soundso im Dienst ist und diesen Brief gelesen hat.«

»Und keiner weiß, wer den Brief jeschrieben hat?«, fragt Minna.

Das Mädchen schüttelt den Kopf. »Die Sprache soll furchtbar derb sein. Am Hof spricht doch keiner so.«

Minna lacht nervös.

Berta winkt ab. »Ach, die tun immer so fein. Aber wer Schwänze lutschen kann, kann auch ›Kellermeister‹ sagen.«

»Würde man denken«, sagt Minna zu sich.

»Damen sollten das nicht«, redet Berta weiter. »Es gehört sich nicht, aber feine Herren sind auch nur Kerle.«

Minna will aufbegehren – warum dürfen die Herren auf einmal schmutzige Wörter benutzen? –, aber das ist jetzt unwichtig. Sie wendet sich an das Mädchen. »In dem Brief steht drin, dass Loloki 'n Kellermeister ist?«

»Wer?«, fragt Berta.

»Das ist Graf Hohenau«, antwortet das Mädchen. »Er ist schwul.«

»Aber das steht doch unter Strafe«, murmelt Minna.

Berta zuckt mit den Schultern. »Gegen Triebe kannst du nun mal nichts machen.«

Fanny hebt den Zeigefinger. »Auf widernatürliche Unzucht steht außer Zuchthaus auch noch Prügelstrafe oder Verbannung. Je nachdem.«

Minna schluckt. »Je nach was?«

◇

Minna geht und geht und fragt sich, was ein einziger Mensch mit all diesen Räumen soll. Und das hier ist nur das Erdgeschoss. Es gibt noch zwei Stockwerke, und der Rammler lebt allein in dieser Villa. Minna folgt seinem Diener durch die Eingangshalle und zwei Salons. Im dritten erwartet er sie. Er steht vor einem Bild von sich selbst, auf dem er verkleidet ist. Je mehr du von diesen Vögeln weißt, desto mehr kommen sie dir vor wie Kinder. Putzen sich heraus wie Kinder zu Fasching und sind beleidigt, wenn jemand anders mehr gelobt wird. Der Adel muss offensichtlich nicht erwachsen werden. Das müssen nur die unten, die für alle da oben schuften. Wie der Diener zum Beispiel, der die Flügeltür hinter Minna schweigend schließt.

Der Herzog sieht sie überrascht an. »Minna, du kannst doch nicht einfach hierherkommen.«

»Natürlich, det ist *sehr* einfach. Jeder Mietkutscher der Stadt kennt deine Adresse.«

»Du weißt genau, was ich meine.«

»Warum haste den Brief geschrieben? Wat sollte det?«

»Wer sagt, dass ich es war?«

Minna verschränkt die Arme vor der Brust und sieht ihn mit hochgezogenen Brauen an.

»Magst du einen Likör?«, fragt er.

»Ick will wissen, warum du aus meinen Worten so ne Bombe jemacht hast.«

»Bombe …« Der Herzog lacht und schenkt karamellfarbene Flüssigkeit in ein filigranes Gläschen.

»Du hast den halben Hof schwul jenannt. In meinen Worten!«

»Aber das sind sie doch. Widerliche Sodomiten.«

»*Du* bist widerlich. Ist dir völlig ejal, wat so 'n Brief bedeutet? Du kannst von Glück sagen, det noch keiner von denen sitzt.«

»So schnell landet unsereins nicht im Zuchthaus.« Der Herzog nippt an seinem Likör und setzt sich auf die Lehne eines schweren braunen Sessels.

Minna schüttelt den Kopf und betrachtet ihn. »Für dich ist det allet nur ein Witz …«

»Ganz genau.«

»Außer dir lacht keiner. Wat glaubst du, wie Loloki sich jetzt fühlt?«

»Was weiß ich? Ich weiß nicht, wie Sodomiten sich fühlen.«

»Und warum kommt keiner drauf, det du det warst?«, fragt Minna.

Er grinst. »Weil ich so nicht rede.«

»Denken die, det ick det jeschrieben hab?«

Er leert sein Glas und zuckt mit den Schultern. »Eher nicht. Sie sind alle sehr damit beschäftigt, ihre eigene Haut zu retten und zu beteuern, dass sie an dem Abend gar nicht im Grunewald waren. Außerdem: Was glaubst du, würde es für zum Beispiel Prinzessin Charlotte bedeuten, öffentlich zuzugeben, überhaupt je in einem Raum mit einer wie dir gewesen zu sein?«

»Einer wie mir?«, fragt Minna. »Ick hab euch den Scheißabend jerettet.«

»Ja, ja. Lass es dir auf deinen Grabstein schreiben.«

»Wat?«

»Vielleicht möchtest du mal von was anderem reden als davon, dass du Kotze … bedient hast.«

»Du benutzt mich nur. Ihr alle …«

»Natürlich«, antwortet er. »Oder was glaubst du, wofür wir dich bezahlen? Und beschwer dich nicht. Das Collier der Prinzessin ist mehr als genug Bezahlung für das, was du geleistet hast.«

»Und wann zahlst du für det, wat du jemacht hast? Du kannst Menschen nicht wie Dreck behandeln und dir dabei noch hinter nem anonymen Brief verstecken, du feige Sau.«

»Minna, nur weil ich mit dir schlafe, heißt das nicht, dass du mir ebenbürtig bist.«

»Du ekelst mich an.«

»Ich? Dich?«

Sie nickt und tritt zu ihm. »Wage es nicht, noch einmal im Schwan nach mir zu verlangen.«

»Wieso? Was passiert dann?«

»Dann frag ick den Mietkutscher nach Adressen von Menschen, die wirklich dringend wissen wollen, wer den Kackbrief jeschrieben hat.«

»Ich bin euer Drecksloch von Bordell eh leid.«

Minna baut sich vor ihm auf und fixiert ihn. »Wenn du nicht mit'm Kaiser verwandt wärst, wär keiner nett zu dir. Keiner!«

Sie dreht sich um, öffnet sich selbst beide Flügel der schweren Eichentür und rauscht hinaus.

◇

Zwei Diener öffnen die mit Gold beschlagene Tür. Loloki tritt leichenblass aus dem Audienzzimmer hinaus in den Vorraum. Kotze erhebt sich unwillkürlich.

»O Gott. Loloki, geht es dir gut?«

Loloki wendet ihm langsam den Kopf zu. Er bewegt sich, als wäre er in einer anderen Welt, an einem Ort, an dem die Uhren anders schlagen. Die Türen schließen sich hinter ihm, und Loloki bleibt einfach stehen. Mitten im kaiserlichen Gartenzimmer, wo die Tapeten gold und fröhlich sind. Tausende kleine Blumen, die sich über die Wände ranken.

»Loloki?«, fragt Kotze.

»Unehrenhaft entlassen.«

»Aus der Armee?«

»Alles aberkannt. Alles.«

»Wie schrecklich«, sagt Kotze. »Das tut mir leid.«

»Ich bin kein Major mehr, ich bin ein entarteter Lüstling.«

»Bist du nicht.«

»Willst du leugnen, dass meine Frau mit allen anderen Prinzen schläft, weil ich es nicht mehr tue?«, fragt Loloki. »Weil ich … Willst du leugnen, dass ich …?«

Die beiden Diener stehen mit ausdruckslosen Mienen neben der Tür, als seien sie taub. Kotze schluckt und sucht nach Worten.

»Es macht keinen Unterschied«, sagt Loloki. »Dir würde im Augenblick auch keiner glauben.«

»Mir?«

»Ich habe dich gewarnt.« Loloki streckt die Hand aus und streicht über Kotzes grüne Krawatte. Kotze geht einen Schritt zurück.

»Es ist nur Kleidung, Herrgott noch mal«, sagt Kotze.

Loloki lächelt dünn. »Ja, du bist nicht so krank wie ich.«

»Lass mich mit dem Kaiser reden. Ich habe einen guten Draht zu Seiner Majestät.«

»Ich kann mich noch glücklich schätzen. Immerhin bin ich auf freiem Fuß«, sagt Loloki und lächelt freudlos.

Kotze schluckt und sieht von seinem Freund zu der geschlossenen Tür, hinter der der deutsche Kaiser sitzt.

Loloki schaut inzwischen auf seine Stiefel.

»Entartete Füße. Aber freie Füße …« Er lacht wieder, hebt den Kopf und sieht Kotze an. »Wohin soll ich damit denn jetzt gehen? Sollen wir nach Amerika? Ich will nicht nach Amerika. Dort mögen die uns Sodomiten auch nicht. Fünf Familien haben Lottka und mich seit dem Brief ausgeladen.

Wenn bekannt wird, dass ich unehrenhaft entlassen bin, sind wir isoliert.«

Kotze hebt den Finger. »In dieser Sache ist das letzte Wort doch noch nicht gesprochen.«

»Arme Lottka …«

»Herr von Kotze. Sie dürfen.«

Die Flügeltüren werden geöffnet. Kotze atmet tief durch und packt Loloki bei den Schultern.

»Lass den Kopf nicht hängen. Ich spreche mit dem Kaiser.«

Loloki nickt und lächelt dünn. Kotze geht an ihm vorbei ins Audienzzimmer. Der Kaiser sitzt an seinem Schreibtisch, der gesunde Arm vor sich auf der Tischplatte. Die Finger trommeln auf der ledernen Schreibunterlage.

»Majestät …«, beginnt Kotze.

»Hat er eine Ahnung, womit ich mich gerade beschäftige?«

»Nein, Majestät.«

Der Kaiser zieht einen Zeitungsausschnitt über den Schreibtisch zu sich hin und beugt sich darüber. »Sonst erfreute nur die Straßendirne ihren Zuhälter mit derlei Scherzen«, liest er vor und wendet sich an Kotze. »Das schreibt man in Zürich über meinen Hof. Er bestehe aus Dirnen und Zuhältern. In Zürich, Kotze!«

»Ich bitte tunlichst um Verzeihung, Eure Majestät.«

»Das ganze Volk spricht über nichts als Ihre gottlose kleine Gesellschaft – und darüber, dass die regierende Elite ein Saustall ist.«

»Ich bin untröstlich, Eure Majestät.«

»Nein«, brüllt der Kaiser, »*ich* bin untröstlich, Kotze! Dieses Land muss mit fester Hand geführt werden, und das ganze Volk denkt, mein Hofstaat bestehe aus schweinischen

Päderasten! Im Reichstag formiert sich Widerstand. Die Sozialdemokraten gießen Öl ins Feuer, und unsere Autorität wird infrage gestellt. Ist der Adel an der Spitze noch würdig, an der Spitze zu stehen?«

»Selbstverständlich. Majestät sind ...«

»Was?«, fragt der Kaiser scharf dazwischen. »Was bin ich, Kotze? Denkt er, ich bin unersetzlich? Denkt er, ich kann mich gegen das gesamte Volk wehren, wenn es sich dazu entschließt, lieber eine demokratische Verfassung zu wollen? Und wissen Sie, was uns dann blüht? Dann ernenne nicht ich den Reichskanzler, sondern das Volk. Dann wählen die Arbeiter, wer dieses Land regiert. Die Arbeiter!«

»Ich bitte untertänigst um Verzeihung«, sagt Kotze erneut.

»Es gibt so verdammt viele Arbeiter ...«

»Majestät, wenn ich kurz etwas ansprechen dürfte ...«

»Nein, er darf nicht«, unterbricht der Kaiser. »Und wie sieht er überhaupt wieder aus?«

»Verzeihung?«

»Ist er auch einer von ... denen?«

»Nein.«

Der Kaiser lehnt sich zurück und mustert Kotze mit zuckendem Mundwinkel. Zum ersten Mal in seinem Leben wünscht Kotze wirklich, er hätte eine dunkle Krawatte gewählt. Oder besser noch seine Uniform. Der Kaiser betrachtet ihn weiter. Über ihm hängt ein Gemälde der SMS Olga, wie sie Kamerun beschießt.

»Das wird sich noch zeigen«, sagt der Kaiser.

»Bitte? Was wird sich zeigen?«

»Meine Schwester ist ebenfalls sehr enttäuscht, Kotze.«

Kotze ballt die Hände hinterm Rücken zu Fäusten. Die Prinzessin mag vieles sein, aber enttäuscht war sie letzte

Woche im Grunewald ganz sicher nicht. Sie war genau genommen vier Mal nicht enttäuscht. Der Kaiser hebt den rechten Arm und wischt Kotze aus seinem Blickfeld hinweg.

»Geh er.«

◇

Minna geht die Treppe hinunter. Langsam. Ein persischer Läufer schluckt ihre Schritte. Ihre Hand liegt auf dem prunkvollen Holzgeländer mit den schlüpfrigen Schnitzarbeiten. Über ihr ficken Elfen und Faun in Öl und Goldrahmen. Wenn sie je eine Chance auf ein eigenes Haus hatte, hat sie sie verschenkt. Sie hat dem Rammler diese Chance zurück in den Rachen gestopft, bevor der sie überhaupt ausgespuckt hat. Wenn Minna ihre Karten richtig gespielt hätte, würde sie jetzt ihre Koffer packen, anstatt sich Gast Nummer drei für heute Abend auszusuchen. *Scheiße, Minna … Du hättest den Herzog mit den Briefen auch erpressen können. Ihn zwingen, dir eine Wohnung einzurichten. Dat wäre ein Anfang jewesen, und in einem Jahr hättest du den weit genug gehabt für ein Haus. Aber nein, du musstest ja moralisch werden. Bescheuert. Weiß doch jeder, det Erotik Geld bringt und Moral nüscht als Verderben.*

Lulu läuft mit schwingenden Titten an ihr vorbei.

»Wie läuft's bei dir heute Abend, Lulu?«

»Halt die Fresse, Minna.«

Und schon hat sie Minna auf der Treppe überholt. Lulu hat noch Ehrgeiz, Minna hingegen hat sich an all die Annehmlichkeiten gewöhnt. Jetzt will sie mehr. Und weniger ficken will sie sowieso. Die Reichen zu bedienen heißt eigentlich immer, dass du denen gehörst. In der Fabrik und im Bett.

Minna streift durch den Salon, zwinkert hier einem Gast zu und winkt einem anderen. Und während sie noch überlegt, wem sie sich an den Hals werfen soll, betritt Leberecht von Kotze den Salon. Er steht da in seinem karierten Anzug mit jadegrüner Krawatte und Blume im Knopfloch. So schön er auch ist, er gehört nirgendwo dazu. Hier nicht und bei den Hofschranzen mit ihren Uniformen auch nicht. Als Minna ihn hier unter dem Kronleuchter erblickt, begreift sie, dass er ist wie sie: allein inmitten einer überfüllten Stadt.

Sie beeilt sich, bei ihm zu sein, bevor Fanny oder Lulu ihr zuvorkommen.

»Guten Abend.«

»Guten Abend«, antwortet er. Sein Anzug ist braun. Er ist wahrscheinlich der einzige Mann, der zum Schneider geht und Tuch auswählt, das zu den eigenen Augen passt. Alle anderen gehen zum Schneider, um sich zu uniformieren. Selbst wenn du nicht in der Armee bist, willst du auf jeden Fall so aussehen. Aber nicht Kotze.

»Ich … ich weiß nicht, was ich als Nächstes tun soll«, sagt er. »Helfen Sie mir?«

»Erst mal spendierste mir wat zu trinken.«

Sie nimmt seinen Arm und sorgt dafür, dass er sie zur Bar führt. Er bestellt ihnen Punsch. Sie setzen sich nebeneinander auf eine Récamiere. Hinter ihnen liegt eine nackte Frau aus Marmor, die von einer Schlange gebissen wird. Sie dreht und wendet sich, der Schmerz steht ihr ins Gesicht geschrieben. Aber natürlich ist die Schlange um ihre Wade nur ein Vorwand, damit der Bildhauer sich an einer Frau ergötzen kann, die bimmelt wie ein Wecker.

»Haben Sie von dem Brief gehört, Minna?«, fragt Kotze jetzt.

Minna zögert. »Natürlich, ja.«

»Wer schreibt so was?«

»Jemand, der den Hof gut kennt?«

Er nippt an seinem Punsch. »Sie können sich gar nicht vorstellen, was am Hof los ist. Alle sind in heller Aufregung. Keiner will im Grunewald gewesen sein, keiner will Spaß gehabt haben.«

»Ick hatte Spaß.«

Er sieht von seinem Punschglas auf und lächelt sie an. »Ich auch.«

»Warum biste hergekommen?«

»Ich wollte mit Ihnen über den Brief sprechen.«

»Wirklich? Nur det?«

»Nein, aber …«

Minna seufzt. »Ick bin, wat ick bin, Kotze.«

Er stürzt den Punsch runter und nickt. »In einer anderen Welt …«

Sie legt eine Hand auf seine Wange und dreht seinen Kopf zu sich.

»Det hier ist eine andere Welt«, sagt sie leise.

Er lehnt seine Stirn an ihre und schließt die Augen. Ihre Nasenspitzen streifen einander, und dann küsst er sie mit geschlossenen Augen. Wie aus Liebe, denkt Minna, und dann hört das Denken auf.

KATERHAUS

Im Zug, 1935

Minna steht reglos am Fenster und starrt das Skelett an, das sie nun verlassen. Sie fühlt sich kaum lebendiger als dieses Bahnhofsgerippe. Was soll sie noch in Paris? Was soll sie in Frankreich?

»Es tut mir so leid, Minna«, sagt Emil hinter ihr, und sie dreht sich zu ihm um.

»Ick kann dir nicht ertragen.«

Sie steigt über ihre Koffer hinweg, als erklimme sie einen Berg, ihr Rock bleibt hängen, sie zerrt daran, ihr Absatz zerkratzt ihren Koffer. Ist aber egal, Minna muss hier raus.

Sie flieht auf den Gang. Den Abteilen gegenüber sind Fenster, dahinter Paris. Scheißkaff. Scheißfrankreich. Minna schiebt eins der Fenster etwas runter und öffnet ihre Handtasche. Sie holt die Zigarillos raus und zündet sich einen an.

Minna pustet Rauch aus dem Fenster. Möge die Stadt der Liebe daran ersticken. Möge die ganze Liebe daran verrecken. Wie soll sie ein Mädchen um Verzeihung bitten, von dem sie nicht weiß, wo es ist? Wie soll Minna Hedwig sagen, dass es ihr leidtut?

Die Tür hinter ihr geht auf, sie sieht weiter aus dem Fenster.

»Kann dir immer noch nicht ertragen.«

»Mich auch nicht?«

Minna dreht sich zu Gustav und muss lachen. »Det ick dich mal Emil vorziehe … hätte ick auch nie jedacht.«

»Och …«, sagt Gustav, »jedacht hab ick mir det schon … hab mir so einiges jedacht.«

»Idiot«, sagt sie, aber sie schmunzelt.

»Komm, wir gehen in den Speisewagen. Ick lad dir auf 'n Kaffee ein.«

»Dachte, du bist abjebrannt«, sagt Minna rauchend.

»Dafür reicht's noch.«

»Dann mal los, du armer Hund.« Sie nickt und hakt sich bei ihm ein.

Sie schwanken nebeneinanderher Richtung Speisewagen, als hätten sie zusammen gesoffen. Haben sie nicht, aber dann fangen sie jetzt halt mit Kaffee an. Der Speisewagen ist auch aus Kirschbaum, die Sitzpolster ebenfalls dunkelrot, und hier und da funkeln schlichte goldene Intarsien. Rechts sind Vierertische, Minna und Gustav setzen sich links an einen Tisch für zwei. Die Tischdecke ist weiß und hart. Minnas Fingerspitzen fahren über gestärktes Leinen. Fühlt sich trocken an.

»Mit Tischdecken hab ick mir nie aufjehalten. Kriegst du doch nie wieder sauber.«

»Man muss sie einweichen, bevor man sie wäscht. Mindestens nen janzen Tag.«

Minna sieht mit gerunzelter Stirn auf. »Wat muss man? Biste jetzt unter die Waschfrauen jegangen?«

»Ick *hab* mir mit Tischdecken aufjehalten.«

»Warum hieß dein Puff eigentlich ausgerechnet Hundejustav, während du mit nem billigen Kronleuchter versucht hast, einen auf feinen Pinkel zu machen?«

»Deiner hieß ja auch dann noch Ritze, als du mehr schwule Jungs im Anjebot hattest als Mädchen«, antwortet Gustav.

Ein Kellner in dunkelroter Weste bringt ihnen zwei Tassen Kaffee. Seine Knöpfe funkeln passend zu den Intarsien.

»Das hier ist jedenfalls feiner als allet, wat wir je zustande gebracht haben«, sagt Minna. »Prost.«

»Prost.«

Sie heben die Kaffeetassen an und trinken.

»Der Kronleuchter war übrigens nicht billig.«

»Doch, Justavchen, det ist genau der Punkt. Egal, wie weit wir uns pekuniär ausm Fenster lehnen, wir zwei beide können uns höchstens det Billigste leisten.«

»Wir fahren erste Klasse«, wendet er ein.

Minna sieht sich um. »Ist auch nicht mehr det, wat es mal war.«

Berlin, 1896

Lottka sitzt der Prinzessin gegenüber und rührt in ihrem Kaffee. Im Kamin knistert ein Feuer, während draußen eine Gartenlaterne auf den verschneiten Garten scheint. Das Licht tanzt über das Weiß, aber Lottka fühlt sich schwer.

»Ich bin die Stadt schon wieder schrecklich leid«, sagt die Prinzessin. »Ich denke, ich werde morgen abreisen.«

»Wie schön.«

»Wollen Sie nicht auch lieber … etwas Abstand zwischen sich und den Grunewald bringen.«

»Nein, nein«, wehrt Lottka ab. »Loloki braucht mich.«

Die Prinzessin presst die Lippen aufeinander und nimmt ihre Teetasse. Sie stellt die Tasse wieder ab und beugt sich vor. »Sie wissen, dass diese ganze unglückliche Sache Ihnen eine Chance bietet, nicht wahr, Gräfin Hohenau?«

»Chance worauf?«

»Auf Scheidung, meine Liebe.«

»Scheidung?« Lottka fasst sich ans Herz. »Von meinem Loloki?«

»Natürlich. Sehen Sie, im Grunde verstehen doch alle Ihre tragische Situation. Sie waren jung, wurden unwissend an einen Sodomiten verheiratet und sind infolgedessen etwas … unausgeglichen.«

»Unausgeglichen?«, fragt Lottka.

»Ich gebe zu, dass Ihre Eskapaden in der Vergangenheit mehr als irritierend waren, aber sie sind in Anbetracht Ihres Mannes verzeihlich. Der ganze Hof wird das so sehen.«

Lottka runzelt die Stirn, sie hat sich schon immer gern ausgezogen, schon vor ihrer Heirat. Als kleines Mädchen wäre sie am liebsten den ganzen Tag nackt rumgelaufen, damit haben Lolokis Vorlieben nun wirklich nichts zu tun.

»Sie müssen doch einsehen, dass Ihr Mann an allem schuld ist, Lottka«, sagt die Prinzessin.

»Aber das ist er nicht.«

Die Prinzessin lächelt. »Vor mir können Sie ganz offen sprechen.«

»Ja?«, fragt Lottka. »Ich kann Ihnen also offen sagen, dass mein Mann nicht der beste Liebhaber war, den ich je hatte – aber auch nicht der schlechteste? Dass er in manchen Dingen geschickter ist als Ihr Bruder, der Kaiser? Wollten Sie das hören?«

Die Prinzessin hebt die Hand und atmet durch. »Sie sind aufgebracht, der Skandal kostet Nerven, aber Sie können sich befreien. Sie sind nichts weiter als ein Opfer Ihres Mannes.«

Lottka steht auf und weicht zurück. Sie lässt mit einer kleinen Handbewegung ihren Fächer auseinanderbrausen und fächelt sich Luft zu. »Ich bin kein Opfer, und schon gar nicht Lolokis. Er ist ein herzensguter Mann. Er hat mir drei Kinder geschenkt und ist immer für mich da. In dieser Situation ist er mehr Halt für mich, als Sie sich vorstellen können.«

»Tatsächlich?«, fragt die Prinzessin. »Ich hörte, er ist recht fahrig und weinerlich, seit er aus der Armee entlassen wurde.«

»Dann bin ich eben *sein* Halt.« Lottka wirft die Hände in die Luft, auch die mit Fächer. Ist doch egal, alles egal. Es geht um was anderes. »So oder so, Königliche Hoheit: Wir kümmern uns umeinander.«

Die Prinzessin räuspert sich, stellt ihre Tasse ab und erhebt sich ebenfalls. »Lottka, wenn Sie sich nicht von ihm trennen, werden Sie beide bald ganz allein auf dieser Welt sein.«

»Ich bin lieber allein mit ihm als Teil dieser widerlichen heuchlerischen Gesellschaft.«

»Wie bitte?«

»Sie haben mich richtig verstanden. Der Hof ist ein Rattenloch, in dem es jeder mit jedem treiben will, aber keiner traut sich – und keiner ist glücklich. Sie auch nicht!«

»Lottka ...«

Lottka lässt die Fächerstreben mit einer einzigen Bewegung ineinandergleiten, tritt an das Tischchen und zeigt mit dem Fächer auf die Prinzessin.

»Nennen Sie mich nicht so – und tun Sie nicht so, als würden Sie mich nicht verachten. Denn das tun Sie. Und warum? Weil ich Ihr Spiegel bin, Königliche Hoheit. Sie und ich, wir sind genau gleich.«

»Ich bin die Tochter eines Kaisers.«

»Unwichtig. Sie wollen das Gleiche wie ich – und Sie hassen mich, weil ich mehr davon habe als Sie. Und Sie hassen sich selbst. Ich empfehle mich.«

Lottka hebt das Kinn, rafft ihre Röcke und dreht sich schwungvoll um. Sie rauscht hinaus. Und sie weiß, dass sie mehr verlässt als den Gartensaal oder dieses Palais. Sie weiß, dass sie nach diesen Worten nicht mehr zurück kann an den Hof. Eine Prinzessin beleidigst du nicht ungestraft. Lottka strahlt.

◇

Der Herzog steht an der Bar und schaut finster durch Gustav hindurch, der ihm gerade ein Glas Likör einschenkt.

»Haben Königliche Hoheit sonst noch einen Wunsch?«, fragt Gustav.

»Einen? Ich habe mehr Wünsche, als dieses Haus erfüllen kann.«

Gustav stellt das kleine Likörglas zögerlich auf den Tresen zwischen ihnen. Das Licht ist schummrig und rot im Salon Leger. Gustav beugt sich etwas vor.

»Wir freuen uns jedenfalls, dass Königliche Hoheit uns wieder beehren.«

»Hast du mich vermisst?«

Gustav poliert Gläser und schüttelt lachend den Kopf. »Wir alle haben das.«

»Jaja. Das sagst du nur, weil ich dich bezahle.«

»Wir werden Ihre schlechte Laune heute Nacht schon vertreiben …«

»Rammler.«

Der Herzog wendet den Kopf. Herbert von Bismarck steht neben ihm und grinst breit. So grinst er nur, wenn er schon oben war, der Sohn des großen Otto von Bismarck. Mitte fünfzig, die Haare schon grau und doch widerspenstig. Sie sehen aus wie ein silberner Sturm, sein Bart ist stolz. Er ist der Chef des preußischen Militärkabinetts – und er ist so nachtaktiv wie der Rammler. Viele Gemeinsamkeiten, die beiden. Nur dass Herbert einen Titel erben wird, wenn sein legendärer Vater stirbt, und der Rammler nicht.

»Wie ich las, habe ich im Grunewald ganz schön was verpasst«, sagt Bismarck.

»Was denn?«, fragt der Herzog. »Es will ja keiner mehr überhaupt dort gewesen sein.«

»Keiner außer dir.«

»Bitte?«

»Du bist der Einzige, der noch keine Stellung zu diesem unsäglichen Brief bezogen hat. Andererseits findest du darin ja auch kaum Erwähnung …«

»Worauf willst du hinaus?«

Bismarck grinst und nimmt ein Glas Rotwein von Gustav entgegen. Er prostet dem Herzog zu und trinkt.

»Hast du den Brief geschrieben, Ernst?«

»Natürlich nicht.«

»Ich bin nicht der Einzige, der sich das fragt.«

Bismarck leert sein Glas, als wäre es Wasser, klopft dem Herzog auf die Schulter und geht. Der Herzog sieht ihm nach und tippt nachdenklich mit dem Finger auf die Theke. Nicht der Einzige, der sich das fragt?

»Noch einen Wunsch, Hoheit?«

»Ein Schuldiger wäre gut«, murmelt der Rammler.

»Wie meinen?«

»Nichts, Gustav. Noch ein Likör.«

◊

Als Minna aufwacht, steht Kotze nackt am Fenster und schaut hinaus in den Hinterhof. Der Baum ist kahl, es liegt Schnee auf den blattlosen Zweigen. Der Himmel darüber ist Milch von gestern.

»Ist dir nicht kalt?«, fragt sie.

Er dreht sich um. »Guten Morgen.«

»Bist du schon mal in einem Bordell aufgewacht?«

»Es gibt für alles ein erstes Mal.«

»Bevor du fragst: Die anderen schlafen selten hier. Aber es kommt vor.«

»Ja, die anderen …«

Er war die ganze letzte Woche jeden Abend hier, gestern ist er nicht mehr gegangen. Und jetzt steht er da mit genug Falten auf der Stirn, um sich um das Überleben einer ganzen Arbeiterfamilie zu sorgen.

»Keine Angst, du hast wirklich den hübschesten Schwanz, den ick je jesehen hab.«

»Wie kannst du hier leben?«, fragt er.

»Wo soll ick sonst leben? Glaub mir, det ist der schönste Ort, an dem ick je jewohnt hab.«

»Ich kann dich nicht heiraten«, sagt er mehr zu sich selbst. »Das geht einfach nicht.«

»Ja, nein, icke … wat?«

»Aber ich kann dich auch nicht teilen. Ich bin nicht der Herzog Rammler mit all seinen Frauen und Huren. Dem ist es egal, wenn alles auf der Welt ein bunter Reigen ist. Aber ich bin ein treuer Mensch.«

Er kniet sich vor sie aufs Bett. Minna lächelt ihn an. »Treu? Det es so wat tatsächlich jibt …«

Er küsst sie. »Wenn ich nur daran denke, was du heute Abend hier in dem Bett machen wirst …«

»Dann denk nicht dran.«

»Ist dir das wirklich so egal?«

»Sich aussuchen, mit wem man schläft, Kotze, det muss man sich leisten können.«

Er wirft sich neben sie aufs Bett und schaut den Brokathimmel an. Er liegt nackt auf all den Decken, nicht darunter. »Ich kann mir das leisten.«

»Alle Männer, die mir besuchen, können det.«

»Ich kann mir dich leisten …«, murmelt er.

Minna lacht und will was erwidern, aber dann wird ihr bewusst, dass sie sich sich selbst nicht leisten kann. Sie könnte sich selbst außerhalb dieses Hauses nicht durchbringen. Nicht in der Welt da draußen. Aber dafür gibt es schließlich die Halbwelt. Für Frauen, die allein sind.

»Ich kann dir eine Wohnung mieten«, sagt er.

»Wat?«

Minna dreht den Kopf zu ihm. Sie war in Gedanken, was hat er gesagt? Er will ihr eine Wohnung mieten?

»Ich kann dich nicht heiraten.«

Minna runzelt die Stirn. »Hör auf, det immer zu betonen. Irgendwann fängt es vielleicht doch noch an wehzutun.«

»Es tut mir jetzt schon weh.«

»Det ist dir wirklich ernst?«

»Wenn es dir ernst ist.«

»Du willst mir eine Wohnung mieten?«

»Ja, damit wir beide …«

Sie hebt eine Augenbraue. »Ein Paar sein können?«

Er dreht sich auf die Seite, nimmt ihre Hand und bettet seinen Kopf darauf, als wär sie ein Kissen. »Ich war noch nie Teil eines Paares.«

»Ick auch nicht.«

Minna legt sich wieder hin. Sie liegen Nasenspitze an Nasenspitze und atmen einander die Gesichter feucht. Sein Blick ist warm. Sich in seinen Blick zu legen heißt vielleicht, nie mehr zu frieren. Kotze wühlt sich zurück unter die Bettdecke und an Minna ran und auf sie drauf und in sie hinein. Draußen vor dem Fenster ist Winter, aber sie beide sind der Sommer. Ein Sommer voller Seufzer.

◇

Edith hängt kopfüber in den Ringen in ihrem Zimmer. Sie trägt Leibchen und Unterhose und schaukelt vor und zurück. Minna schiebt die Tür weiter auf.

»Kann ick dir kurz stören, Edith?«

»Sicherlich, sicherlich. Störst nicht. Willst du turnen?«

»Nein, ick wollte dir wat sagen.«

»Sobald ich abgereist bin, könnt ihr hier jeden Tag rein. Leibesertüchtigung.«

Ediths Blick huscht so schnell über Minna hinweg, dass die nicht sicher ist, ob Edith sie überhaupt erkannt hat.

»Edith, ick wollte dir …«

»Kannst du mir bitte mein Kokain anreichen? Ist in der Nachttischschublade.«

»Ja, natürlich.«

Minna geht zwischen der schaukelnden Edith und dem Sprungbock zu dem schmalen Bett. Diese Pritsche macht unmissverständlich klar, dass Ediths Körper nicht mehr im Fleischgeschäft ist. Das Bett ist zu schmal fürs Fleischgeschäft. Minna öffnet die Schublade. Es liegt ein offenes Etui mit einer Spritze darin. Ein paar leere auseinandergefaltete Briefchen und eins, das noch voll zu sein scheint. Minna nimmt es und dreht sich zu Edith. In dem Moment schwingt sie bis zu ihr. Minna weicht zurück.

»Huch.«

Minna poltert gegen das Nachtschränkchen. Gerade als sie die Schublade zuschieben will, schwingt Edith wieder zu ihr. Sie greift sich das Briefchen aus Minnas Hand und schaukelt zurück.

»Und das Glasröhrchen«, sagt sie.

Minna nimmt das Röhrchen und schiebt die Schublade zu. Und da ist auch schon Ediths Hand und nimmt es ihr weg. Minna schiebt sich zurück auf die Seite, wo Edith sie sehen kann. Edith baumelt jetzt nur noch sanft hin und her. Sie hängt kopfüber, krümmt sich hoch und faltet das Briefchen auf ihrem Brustkorb auseinander.

Edith schnieft. Das Glasröhrchen fällt klirrend auf den Boden, das leere Briefchen segelt hinterher. Edith schüttelt sich.

»Also, was wolltest du mir sagen?«

»Ick ziehe aus, Edith.«

Edith runzelt die Stirn. »Wegen dem hübschen Herrn mit der Krawatte?«

»Ja, er will mir ne Wohnung mieten.«

Ediths Blick huscht an Minna hoch und runter.

»Er hat schon eine jefunden, Ende der Woche pack ick meine Sachen. Wirklich, er hat ne Wohnung für mich.«

»Zieh da auf keinen Fall ein.«

»Wat?«

Edith greift nach den Ringen, zieht ihre Beine heraus und

hüpft auf den Boden. Sie geht mit langen Schritten zur Sprossenwand und klettert hinauf.

»Aber …«, beginnt Minna, »aber du hast doch jesacht, det det der richtige Weg für mich ist.«

»Nein. Nicht, wenn Liebe im Spiel ist«, antwortet Edith und klettert.

»Haben deine Gönner dir nicht jeliebt?«

»Doch, aber ich sie nicht.«

Minna runzelt die Stirn. »Ick liebe ihn auch nicht.« Ist doch klar, darum geht es überhaupt nicht. Edith klammert sich an die Wand und lacht.

»Ick bin nicht in ihn verliebt«, beharrt Minna.

Edith hört abrupt auf zu lachen. Sie hängt ganz oben unter der Decke und sieht Minna ernst an.

»Das wird nicht gut gehen, Minna.«

»Doch.«

Minna dreht sich um und geht raus. Sie braucht Ediths Segen nicht. Minna ist eine freie Frau, sie kann gehen, wohin sie will – und sie will in ihre eigene Wohnung.

Es poltert laut. Minna bleibt stehen, über ihr wackelt die Lampe. Sie geht zurück zu Ediths Zimmer.

Edith liegt auf dem Rücken wie ein Käfer, der von der Blume gefallen ist.

»Alles jut jejangen?«, fragt Minna.

»Bei mir ja. Bei dir?«

Minna verdreht die Augen und geht wieder. Immer noch eine freie Frau. Freier als dieses Schneehuhn. Jawohl.

◇

Lottka steigt mit leichten Schritten aus der Kutsche. Ihre Stiefeletten berühren das Kopfsteinpflaster, der Saum ihrer

Röcke den dreckigen Boden. Reste von Schnee und Streusand, nasser Dreck und Unrat, den sie nicht sieht, denn sie läuft auf Wolken der Hoffnung zu ihrem kleinen Refugium.

Sie tritt ein. Das schummrige Licht rechts und links fällt auf Holzdielen. Sie hat einen Boden einbauen lassen. Einfache, robuste Dielen. Als Nächstes will sie … Sie bleibt unschlüssig stehen. Sie weiß nicht weiter. Was tut man als Nächstes? Will sie eine Kneipe einrichten und hier Wirtin spielen? Will sie ein Liebesnest für sich und ihre Liebhaber?

Wind pfeift durch die Ritzen der Tür. Lottka fröstelt. Bei dieser Kälte und der Zugluft will selbst sie ihre Brüste nicht zeigen – und in diesem Raum ist kein Kamin. Lottka geht hinüber in die Küche.

An der Wand steht ein Herd mit Ofenloch. Diesen Raum könnte man also heizen, aber wie geht das überhaupt? Und wie viele Bedienstete will sie an diesen Ort mitnehmen? Hier ist ja kaum Platz für sie selbst und ihre Röcke. Lottka sieht sich selbst, wie sie im Stehen Liebe macht. Wilde Leidenschaft an der kalkweißen Wand, aber mehr als das sieht sie nicht. Und in diesem Bild ist Hochsommer, es ist warm. In der Wirklichkeit ist kaum Februar. Vielleicht hatte Loloki doch recht. Sie ist nur in Samt und Seide ein erotischer Mensch, nur wenn ein Feuer im Kamin prasselt und ein Diener heiße Schokolade bringt.

Lottka geht zurück in die Gaststube und hinauf in den ersten Stock. Überall liegt schon Holzboden. Sie könnte Möbel kommen lassen, aber welche? Ihr Kleid schleift am Treppengeländer und an der Wand entlang.

Oben drei kleine Kammern und eine Stiege hinauf zum Dach. Dort oben gibt es einen kleinen Ofen. Warum denn ausgerechnet unterm Dach? Wer würde denn hier erotisch sein wollen? Lottka dreht sich schnell um und geht wieder hinunter in den ersten Stock.

Sie lehnt sich an das Geländer und hält sich fest. Sie hat darauf bestanden, allein zu kommen. Sie wollte allein sein, hier will sie sie selbst sein, sich finden, während ganz Berlin, nein, ganz Deutschland über sie lacht und sie Lottchen nennt, was Hure heißt. Sie nimmt es als Kompliment, aber Loloki nicht. Er ist nicht mehr der Gleiche, er ist Mensch gewordene Schwermut. Und hier findet Lottka auch keine Ablenkung davon, dass es ihm schlecht geht und es keine Aussicht auf gesellschaftliche Rehabilitation für ihren Mann, ihren Partner, ihren besten Freund gibt. Ihre Brust ist eng, ihr Hals ist eng … alles ist so eng. Ist ihr Leben zu groß für dieses kleine Haus?

Lottka seufzt. Sie hat mehr Fragen, als sie erträgt. Sie weiß nicht, was sie als Nächstes tun soll, aber Loloki wird Antwort wissen – wenn er ihr zuhört und nicht wie in den letzten Wochen durch sie und überhaupt alles und jeden hindurch ins Nichts sieht.

◇

Loloki sieht hinunter auf den hellbraunen Schopf in seinem Schoß. Der Bursche ist neu, er sei der Beste mit dem Mund, hat die Madam vom Katerhaus gesagt. Die Madam ist ein geschminkter Mann, eine Tante, aber das tut der Sache keinen Abbruch. Sie hat immer recht, wenn es um ihre Burschen geht. Sie weiß, was die können – bis heute. Der Bursche nimmt Lolokis Schwanz aus dem Mund und sieht zu ihm auf.

»Nichts, Herr Graf.«

Schlaff hängt der hochwohlgeborene Penis zwischen

ihnen. Loloki sieht hinunter auf das Trauerspiel. Er ist mit zitternden Händen hier angekommen, er kann nicht mehr schlafen, er hat sich Entspannung erhofft. Nichts mehr zu tun, kein Platz mehr in der Welt, in keiner Kaserne und keinem Offizierskasino. Überall isst man jetzt ohne Loloki. Selbst bei den Dinners und Soupers. Graf Hohenau ist ausgeladen. Der Bursche schaut in sein entsetztes Gesicht.

»Ich versuch es noch mal.«

Er lutscht und lutscht, und Loloki fühlt nichts. Er steht im schummrigen Licht in dem kleinen Zimmer mit dem plüschigen Bett, aber ihm ist, als habe er sich selbst verloren. Der ganze Hof schneidet ihn, verurteilt ihn, beschimpft ihn – und für was? Für etwas, das er nicht mal mehr zustande bringt – geschweige denn genießt.

Loloki nimmt den Burschen bei den Schultern und schiebt ihn weg.

»Nein … lass.«

»Willst du vielleicht lieber zusehen? Soll ich einen Kollegen holen?«

»Nein, ich will …« Loloki verstummt. Er weiß nicht weiter. Was gibt es noch zu wollen?

ABSCHIED

Im Zug, 1935

Minna und Gustav schwanken zurück zu ihrem Abteil. Sie stößt gegen die Fenster auf der einen und Gustav gegen die auf der anderen Seite. Ihnen kommen Reisende entgegen, sie nicken und zwängen sich aneinander vorbei. Hier eine Entschuldigung, da ein »Verzeihung«.

»Pardon«, sagt Gustav.

»Pardon?«, fragt Minna, während die anderen Fahrgäste in Richtung Speisewagen verschwinden.

»Wir sind doch jetzt in Frankreich«, erklärt Gustav und öffnet die Tür zu ihrem Abteil.

Emil legt sein Buch weg. »Wo wart ihr?«

»Im Speisewagen.«

»Wat dachtest du denn? Im Keller?«, fragt Gustav.

»Ick bin immer noch sauer auf dir.«

Gustav schaut streng. »Junge, det war nicht in Ordnung.«

»Du hättest mir sagen müssen, det Hedwig nicht mehr in Paris ist.«

»Aber dann wärst du nie mitgekommen.«

Minna lässt sich auf die Sitzbank plumpsen. »Stimmt auffallend.«

Gustav verschränkt die Arme. »Det ist doch nicht deine Entscheidung, wo sie hinjeht, Emil.«

»Ich wollte dich beschützen, Minna.«

»Schon wieder?«, fragt sie. »Det hab ick dir schon det letzte Mal verboten.«

»Du kannst nicht in Deutschland bleiben«, beharrt Emil, »die Nazis haben das Land verseucht. Wir mussten da weg.«

»Mal doch nicht immer gleich den Teufel anne Wand, Emil.«

»Die haben Hans ins Konzentrationslager gesperrt. Einfach so. Keine Anklage, kein Verfahren, der war ein Jahr weg.«

»Und jetzt ist er wieder da, und Hitler hat die SA entmachtet.« Minna winkt ab. »Alles halb so wild, und lange hält der sich eh nicht.«

Emil ringt die Hände. »Aber wir können den nicht mehr abwählen, weil es keine Demokratie mehr gibt.«

»Demokratie können wir Deutschen eh nicht besonders jut«, sagt Gustav.

Emil sieht ihn an. »Bist du bescheuert?«

Gustav hebt abwehrend die Hände. »Ick sach ja nur, det diese janzen Jahre seit dem Krieg allet andere als stabil waren. Du hast dir den Namen von nem Reichskanzler kaum jemerkt, war der schon wieder weg vom Fenster. Und der Reichstag hatte so viele Parteien … die kann doch kein Schwein auseinanderhalten.«

»Ich hätte aber schon gern mehr als *eine* Partei«, sagt Emil.

Gustav seufzt. »Oder wenigstens ne andere als diese Kack-NSDAP.«

Emil wendet sich wieder an Minna. »Was, wenn die SA wieder mehr Macht bekommt? Oder wenn was Schlimmeres kommt?«

»Wat denn?«

»Was weiß ich? Wir haben keine Verfassung mehr. Und SA hin oder her, die Konzentrationslager hat keiner abgeschafft, die gibt es noch, und da können die jeden hinbringen. Einfach so. Und degenerierte Homos wie mich bringen die da sehr gern hin.« Er zeigt mit dem Finger auf sie. »Du kannst in so einem Land nicht leben.«

»Du entscheidest nicht, wo ick lebe.«

»Ich konnte dich doch nicht mit den Drecksnazis alleine lassen.« Emil zeigt aus dem Zugfenster, als stünden sie gleich da, die SA und das, was noch Schlimmeres kommen könnte.

Minna schüttelt den Kopf. »Du musst mir aber doch eine Wahl lassen, Junge.«

»Und was hättest du mit dieser Wahl gemacht?«, fragt er. »Du hast doch gehört, was Hans aus dem KZ erzählt hat.«

»Wer ist eigentlich Hans?«, fragt Gustav.

»Freund von Emil aus der Clique damals«, antwortet Minna. »Hat ne Weile bei mir jearbeitet.«

»Aber er war nicht mehr derselbe nach der Zeit im Lager«, ergänzt Emil. »Das ist Terror, und wenn die jeden jederzeit da hinbringen können, dann ist der Terror überall, Minna.«

Er sieht sie an, sie schweigt und kaut auf ihrer Unterlippe. Schließlich sackt sie leicht in sich zusammen.

»Aber wat soll ick denn in Frankreich, Emil?«

Emil geht zum Fenster und schiebt es nach unten. Er zeigt raus auf die lila Felder, durch die sie fahren.

»Lavendel riechen, im Meer schwimmen, Wein trinken … Ist doch schön hier.«

»Ick hasse Lavendel«, murmelt Minna, und Gustav sagt: »Ick auch.«

Emil verdreht die Augen und schiebt das Fenster wieder

zu. Er setzt sich neben Minna. »Ich weiß, dass du nie Kinder oder eine Familie wolltest, Minna. Aber jetzt hast du mich, und du musst einfach akzeptieren, dass es mir das Herz brechen würde, wenn dir was passiert.«

Sie schweigt und sieht auf ihre Finger. »Wenn sie dir jeholt hätten, Junge … det hätte ick nicht überlebt.«

Er nickt, nimmt ihre Hand und lehnt sich zurück. Sie schauen aus dem Fenster auf den Lavendel. Auch wenn er nicht gut riecht, er ist doch verdammt hübsch anzuschauen. Lila Felder, wohin man sieht. Verschwommen im Vorbeifahren, aber schön. Und gut gegen Motten.

Der Zug rattert. Emil legt den Kopf an Minnas Schulter.

»Erzählst du noch ein bisschen?«

Berlin, 1896

Minna trägt zwei Koffer auf den Flur hinaus und schließt ihre Zimmertür. Als sie kam, hatte sie weder Koffer noch Inhalt. Jetzt besitzt sie das Collier einer Prinzessin und einen falschen Zopf, den sie Berta letzte Woche abgekauft hat. Hat sechzig Mark gekostet, mehr als ihre eigenen Haare damals. Die fallen schon wieder bis auf die Schulter, aber für eine eigene Frisur reicht es noch nicht. Frisur muss Minna sich noch kaufen. Es ist still im Haus. Sie geht hinüber zu Lulus Zimmer und steckt den Kopf durch die offene Tür.

»Auf Wiedersehen, Lulu.«

»Wohl eher nicht«, sagt Lulu. Sie steht an ihrer Kommode und faltet Strümpfe zusammen.

»Du weißt, det du den Rammler jetzt haben kannst, oder?«

»Wie großzügig von dir. Lässt mich deine Reste ficken.«

»Jeld ist Jeld.«

»Verpiss dich einfach.« Sie beugt sich zur Tür und wirft sie zu.

Die Tür knallt. Minna zuckt kurz zusammen und dreht sich um.

»Ist dir aufgefallen, dass, wenn Vollmond ist, Männer beim Sex oft weinen?«, fragt Fanny. Sie stand eben noch nicht da, aber mit Fanny muss man immer rechnen.

»Nein, ist mir nicht aufgefallen.«

Fanny nickt. »Mir auch nicht.«

»Äh, dann ist ja jut. Also, ick werd gleich abjeholt.«

»Auf dem Hof sind die Schweine abgeholt worden«, erzählt Fanny. »Und die sind nicht wiedergekommen. Und die Johanna ist auch abgeholt worden. Und die Toni. Vom Schlachter.«

»Johanna und Toni …«, wiederholt Minna. »Waren det Schweine?«

»Nein.«

»Jut, also ick muss los …«

»Das Geheimnis ist, dass du mit dem Bauern auf den Heuboden musst. Ist doch nicht so schwer, oder?«, fragt Fanny und tippt sich an die Stirn. »Aber die waren so dumm. Die Johanna und die Toni.«

»Nicht so klug wie du?«, fragt Minna.

»Nein. Leider nein.«

Minna lacht. »Ich werd dich vermissen.«

»Ich dich nicht.«

Minna zögert kurz, dann lacht sie wieder. Fanny muss sie nicht vermissen. Fanny vermisst sowieso keine Menschen. Das Einzige, was sie gern zurückhätte, ist ihr Ferkel, mit dem sie damals auf dem Hof immer gespielt hat. Ferkel sind ihrer Meinung nach das Niedlichste, was es gibt. Und auch sehr klug. Klüger wahrscheinlich als diese Johanna und diese Toni.

Minna stellt ihre Koffer ab, kniet sich über den kleineren der beiden und öffnet ihn. Unter ihrer Nachtwäsche liegt ein Samtbeutel, daneben mehrere Pappschachteln. Sie nimmt sie heraus und reicht sie Fanny.

»Hier.«

»Für mich?«

»Ja.«

Minna stapelt die Parfümschachteln auf Fannys Arm und legt den Samtbeutel obendrauf. »Du kannst den Schmuck behalten oder verkaufen, wie du magst.«

»Wenn ich ihn verkaufe, werd ich dich auf jeden Fall vergessen«, sagt Fanny.

»Wirst du sowieso.«

»Wahrscheinlich.«

Sie dreht sich um und läuft davon. Ihre Schritte sind zarte Hüpfer, grad so, dass die Schachteln nicht runterfallen und es dennoch scheint, als wäre Fanny der leichteste Mensch der Welt. Minna kniet sich wieder über den Koffer, sie hat noch zwei Samtbeutel. In dem einen ist das Collier der Prinzessin. Sie schiebt ihn ganz nach unten unter ihre guten Kleider. In dem anderen Beutel ist noch mehr Schmuck. Du bekommst hier und da mal was von einem Gast. Zeug, das seine Frau nicht wollte. Ein Silberarmband, weil du ihn an deinen Arsch gelassen hast, wovon er immer geträumt hat, was er sich aber nie zu fragen getraut hat, was du ihm vom Schwanz abgelesen hast. Brillantohrstecker, weil du Geburtstag hast … Kleinigkeiten, verglichen mit den Klunkern

Ihrer Königlichen Hoheit. Aber dennoch hübscher Plunder, über den du dich als Hure freust.

Minna nimmt den Beutel und geht zu Lulus Tür. Sie klopft, Lulu öffnet.

»Du bist immer noch da?«

Minna hält ihr die Sachen hin. »Hier, für dich.«

»Warum?«

»Weil ick Glück hatte und du auch welches verdienst.«

Sie runzelt die Stirn und verschränkt die Arme vor der Brust.

Minna hält den Beutel höher. »Ich will nichts dafür, nimm schon, Lulu.«

»Du verschenkst deine Sachen?«

»Willst du sie oder nicht?«

Lulu greift das Zeug mit beiden Händen, drückt es an ihre Brust und schüttelt den Kopf. »Jetzt hat sie den Verstand verloren«, sagt sie zu sich und schiebt die Tür mit ihrer Schulter zu. Die Schulter ist das Letzte, was Minna von der einzigen Frau sieht, die ihre Freundin hätte werden können.

»Ich bin nicht mehr sauer«, sagt Berta. Sie ist die Treppe raufgekommen, lehnt am Geländer und sieht Minna lächelnd an.

»Ich hab kein Abschiedsgeschenk oder so«, fährt sie fort. »Aber ich bin nicht mehr sauer auf dich.«

Minna beugt sich über ihren offenen Koffer, nimmt den Muff heraus und hält ihn Berta hin. »Für dich.«

Berta strahlt. »Siehste, wusste ich doch, dass es sich lohnt, dir zu verzeihen.«

»Danke, Berta. Für alles.«

Sie nickt und breitet die Arme aus. »Komm her.«

Berta drückt Minna an ihre Brust. Sie umarmen sich, danach schließt Minna ihre Koffer. Sie sind jetzt sehr leicht. Und sie selbst ist es auch.

◇

»Und was soll das beweisen?«, fragt der Kaiser.

»Dass Kotze schuldig ist«, antwortet der Rammler.

Der Kaiser beugt sich über die Löschblätter und zieht die Nase kraus.

»Lottchen steht hier … und hier steht …« Er räuspert sich. »Nun, Sie wissen ja selbst, was da steht. Bismarck.«

Er winkt Herbert von Bismarck heran und überreicht ihm die Löschblätter.

»Königliche Hoheit.«

Bismarck liest die Fragmente auf den Löschblättern und macht ein ernstes Gesicht.

»Lottchen ist der Spitzname der Gräfin Hohenau«, erklärt der Rammler. »Lottchen bedeutet …«

»Ich weiß, was es bedeutet«, unterbricht der Kaiser.

»Deine ehemalige Geliebte und dein halber Hofstaat werden in diesem Schreiben bloßgestellt, Wilhelm. Ganz zu schweigen von deiner Schwester …« Der Rammler schaut verzweifelt. »Wir müssen etwas tun.«

»Und Sie haben diese Löschblätter aus Kotzes Villa?«, fragt Bismarck.

»Seinem Schreibzimmer. Ja.«

»Ich bin nicht sicher, ob das …«, beginnt Bismarck.

»Ich habe hier auch die Expertise eines Graphologen«, unterbricht der Herzog und holt ein weiteres Papier aus seiner Weste und breitet es auf dem Schreibtisch des Kaisers aus. Der beugt sich darüber, liest und nickt.

»Von wem?«, fragt der Kaiser. »Langenbruch. Aha. Guter Mann, guter Mann.«

»Bismarck.« Der Kaiser hält ihm das Schreiben hin.

Bismarck nimmt auch dieses Schreiben und überfliegt es. »Hier steht nicht, dass Kotze der Verfasser ist.«

»Nein«, gibt der Rammler zu, »dafür reichen die wenigen Worte auf dem Löschblatt nicht. Aber Langenbruch begutachtet, dass der Verfasser des Briefs eindeutig eine ›krankhaft weibisch veranlagte Person‹ ist. Und Majestät wissen um Kotzes … um seine besondere … Veranlagung?«

»Er ist ein rechtes Klatschmaul …«

»Er ist geltungssüchtig und affig, Majestät.«

»Kotze soll es gewesen sein …?«, fragt der Kaiser mehr sich selbst.

»Er kommt in dem unsäglichen Brief nur am Rande vor, und er kennt sich gut genug am Hofe aus, um derlei Details zu verfassen. Und krankhaft weibisch … das trifft eindeutig auf Kotze zu.«

Die Berichte über die Nacht im Grunewald reißen auch Wochen nach besagtem Abend nicht ab. Der Druck auf die Monarchie steigt. Ein Schuldiger würde die Schraubzwinge, die der Kaiser um seinen Hals spürt, lockern und alsbald entfernen. Auf ihm, der Majestät, die Sonne braucht, läge nicht länger der Schatten der Verfehlungen seiner zügellosen Familie. Der Kaiser nickt und brummt. »Kotze soll es gewesen sein!«

»Selbst wenn, würde es sich …«, versucht Bismarck einzuwenden.

»Ich lasse mich doch nicht von einem fatzkenhaften Kleidernarren für dumm verkaufen«, unterbricht der Kaiser. »Diese Schmach muss ein Ende haben.«

Der Rammler reckt das Kinn. »Als Teilnehmer der Grunewaldgesellschaft möchte ich noch klarstellen: Selbstverständlich entbehrt der Inhalt des Briefes jedwedem Wahrheitsgehalt.«

»Selbstverständlich.«

Der Herzog deutet eine Verbeugung an. »Majestäts Schwester ist an Tugendhaftigkeit nicht zu übertreffen.«

»Selbstverständlich.«

»Aber der Rufmord …«, gibt der Rammler zu bedenken.

»Untragbar.«

Bismarck räuspert sich. »Majestät, die Beweise werden wohl kaum ausreichen.«

»Dann finden Sie weitere«, sagt der Rammler. »Ein bisschen Arbeit müssen Sie schon auch noch machen.«

»Majestät, ich würde gern …«

»Sicher, Bismarck, sicher.« Der Kaiser nickt. »Sie dürfen zur Tat schreiten. Sie müssen. Verhaften Sie Kotze.«

Bismarck runzelt die Stirn. »Aufgrund einer zivilrechtlichen Anklage wegen Rufmord?«

Der Kaiser wischt mit der Hand durch die Luft. »Nennen Sie es, wie Sie wollen.«

»Majestät verstehen nicht. Ich kann als Vertreter des Militärkabinetts doch keine zivilrechtliche Anklage verfolgen.«

Der Kaiser sieht ihn fassungslos an. »Dann denken Sie sich was anderes aus.«

»Mit Verlaub, Kotze steht als Rittmeister außer Dienst nicht länger unter meiner Gewalt«, erklärt Bismarck. »Ich kann doch keinen inaktiven Offizier vors Kriegsgericht stellen.«

Der Kaiser presst die Lippen aufeinander und sieht Bismarck an, während die Zwinge um seinen Hals enger wird.

Diese Enge … Er kann sie nicht ertragen, er kann so nicht regieren. Er donnert seine rechte Faust auf den Schreibtisch.

»Wie oft soll ich noch in der Zeitung davon lesen, dass an meinem Hof Sodom und Gomorrha herrscht, Bismarck? Das Volk verliert den Respekt vor meinem Hofstaat und bald auch vor mir – wenn ich nicht für Zucht und Ordnung sorge. Und er will doch auch Zucht und Ordnung, oder, Bismarck?«

Bismarck schluckt. »Selbstverständlich.«

»Dann mach er aus Kotze einen zur Disposition gestellten Rittmeister und verhafte ihn.«

»Einen zur Disposition …«, wiederholt Bismarck und nickt. »Gut, so stünde Kotze wenigstens wieder unter meiner Gewalt. Die Beweislage hingegen …«

»Die wird er klären«, sagt der Kaiser entschieden. »Oder ist mein Militär nun ebenfalls verweichlicht?«

»Nein, Majestät.«

»Gut. Er ist entlassen.«

Bismarck verbeugt sich und geht.

»Das hast du vortrefflich gelöst«, sagt der Rammler.

»Selbstverständlich«, antwortet der Kaiser und atmet auf. »Du darfst die kleine Rosalinde von Spitzenberg dennoch nicht heiraten.«

»Verzeihung?«

Der Kaiser wendet sich weiteren Unterlagen auf seinem Schreibtisch zu und sieht nicht mehr auf.

»Sie ist noch immer unter deinem Stand – und du bist nicht gut genug für sie.«

»Verzeihung?«

»Keiner kann dich leiden, Rammler. Und im Gegensatz zu Lottkas Mann kannst du das nicht mal darauf schieben, dass du homosexuell bist.«

»Ich … aber …«

»Nicht mal Bismarck kann dich ausstehen. Er tut nur so, weil du mein Schwager bist.« Der Kaiser liest etwas und murmelt abwesend: »Überhaupt ist es das größte Glück deines Lebens, dass ich deine Schwester geheiratet habe.«

Der Herzog steht wie angewurzelt im Raum. Der Kaiser blickt immer noch nicht auf. Er wedelt mit der Rechten, als wolle er eine Fliege verscheuchen.

»Du bist entlassen.«

◇

Die Kutsche hält vor einem fünfstöckigen Haus mit cremefarbener Fassade. Die Fenstersimse und Säulen sind blutrot. Kotze steigt aus und öffnet Minna. Sie gehen gemeinsam durch die Haustür. Von jetzt an wird Minna immer den Vordereingang nehmen. Auf der Treppe liegt ein Läufer, der ihre Schritte dämpft, auf jedem Absatz hängt eine hübsche Gaslampe, die leicht zu schaukeln beginnt, sobald unten die Haustür aufgeht. Der Kutscher trägt Minnas Koffer, sie trägt nur sich selbst. Im dritten Stock steht ein Dienstmädchen in einer schmalen Flügeltür. Ihr Kleid ist schwarz, die Schürze weiß gestärkt. Als Minna und Kotze den Treppenabsatz hochkommen, knickst sie. Im Schwan haben die Mädchen nie geknickst.

»Das ist Ida«, sagt Kotze.

»Guten Tag, gnädige Frau.«

»Juten Tach«, antwortet Minna, und Kotze lächelt sie an.

»Willkommen zu Hause.«

Zu Hause … In dem Moment, da sie über die Schwelle treten, wird Minna klar, dass sie noch nie zu Hause war. Klar sagst du, dass du nach Hause gehst, wenn die Schicht in der

Fabrik vorbei ist, aber du gehst in ein Proletarierloch, in dem niemand Wurzeln schlägt. Hier, wo ihre Stiefeletten die Holzdielen berühren und auf dem Läufer einsinken, da schlägt man Wurzeln. Nicht in dem feuchten Zimmer im fünften Stock im Hinterhof in Prenzlauer Berg, wo die Rußwolken die Häuser an sich drücken, als glaubten sie an Liebe. Und die Häuser verkaufen sich zu billig. Huren, die ihren Preis nicht kennen. Ist immer schlecht. Als Hure musst du den Preis vorher festmachen. Und niemals Wurzeln schlagen.

Der Flur ist nicht besonders breit, links steht eine kleine Kommode mit einem Spiegel, rechts geht eine gedrungene Tür ab. Kotze öffnet sie.

»Hier ist die Abstellkammer.«

Es gibt ein Regal mit Vorräten, Büchsen und Säcken, Körbe mit Kartoffeln und Zwiebeln. Ganz am Rand liegen Küchentücher und Putzlappen, fein säuberlich gefaltet. Neben dem Regal lehnen ein Besen, ein Teppichklopfer und ein Mopp. Eine kleine Leiter führt zu einem Zwischenboden.

»Wat ist da oben?«, fragt Minna.

»Da schläft Ida. Sie putzt, wäscht und kocht. Sie besorgt auch deine Näh- oder Flickarbeiten, und einen Nachmittag in der Woche hat sie frei.«

Minna schaut das Mädchen an. »Det ist aber janz schön viel zu tun.«

»Ich schlafe nur fünf Stunden. Ich mach es gern, gnädige Frau.«

Minna betrachtet sie. Ihre Nase ist blass, jede ihrer Sommersprossen ist bescheidener Eifer. Im Schwan hätte sie als Dienstmädchen weder kochen noch flicken müssen und einen ganzen Tag frei gehabt. Als Hure hätte sie nichts tun müssen, außer Konversation und Ficken, und hätte zehn Stunden schlafen können. Aber sie ist stolz auf das hier. Nun, jeder, wie er mag. Wenn du nicht mehr willst im Leben, dann machst du dir dein Bett eben über den Zwiebeln.

Nach der Abstellkammer kommt die Küche, dann gerade durch ein Bad mit Wanne und Lokus. Das war Minnas Bedingung. Lokus in der Wohnung, hat sie gesagt, sonst kann der feine Herr Kotze sie gernhaben. Aber er hat Minna eh gern, also hat sie einen Lokus gekriegt. Links zur Straße hin ein großer Salon mit Balkon. Rechts geht es in ein Berliner Zimmer, ebenfalls ein Salon, dahinter das Schlafzimmer mit einem schweren Himmelbett. Im Winter schläft es sich wärmer, wenn du die Vorhänge um das Bett rum schließt. Ein Himmelbett ist eine Hundehütte für Reiche, Minna will es nicht mehr missen. Das nicht, und den Lokus in der Wohnung. Drei Zimmer nur für sie, anstatt für sie und drei weitere Menschen, mit denen sie zusammen in der Küche schläft, weil die anderen Räume an andere vermietet sind. Ist am wärmsten in der Küche, und wer sich nachts an seine Geschwister drückt, braucht auch kein Himmelbett. Aber wenn du die Wahl hast, was nimmst du dann? Eben.

Minna legt ihre Handschuhe und ihren Hut auf die Kommode im Schlafzimmer. Kotze steht strahlend in der Tür.

»Gefällt es dir?«

»Natürlich. Es ist himmlisch.«

Sie betrachtet sich selbst im Spiegel. Minna trägt einen nachtblauen Rock mit passender Jacke und über der Jacke ein kleines Cape aus cremefarbener Spitze. Sie gefällt sich in dieser Wohnung. In diesem Kleid. In diesem Leben.

»Hier ist der Schlüssel für den Brotkasten«, sagt Kotze und hält ihr einen kleinen Schlüssel hin.

»Wat soll ick damit?«

»Das Brot wegschließen. Es ist Aufgabe der Hausherrin, das Brot wegzuschließen.«

»Warum?«

Kotze sieht unsicher zu Ida.

»Brot ist teuer, gnädige Frau.« Sie macht einen Knicks.

Minna nickt, ja, sie weiß, dass Brot teuer ist. Sonst hätte sie in Prenzlauer Berg nicht immer nur Grütze gegessen. Aber dass du das Brot wegschließt und den Kaffee nicht, das erschließt sich ihr nun doch nicht. Aber sie kann sich jetzt nicht weiter mit diesen Details beschäftigen. Kotze nimmt Minna bei der Hand und führt sie ins Schlafzimmer.

»Es ist alles für die erste Woche bezahlt, aber ich habe dir ein Konto eingerichtet, damit du ab nächste Woche alles selbst bezahlen kannst. Die Miete, das Mädchen und die Rechnungen von den Lieferanten.«

»Lieferanten?«, fragt Minna.

»Die Lieferanten der Lebensmittel, von der Heißmangel oder der Kokerei«, erklärt Kotze.

»Ach so, ja natürlich …«, antwortet Minna schnell. »Wat für 'n Konto?«

»Ein Konto bei meiner Bank«, sagt er und lacht. »Du kannst das Geld ja schlecht in deinen Strumpf stopfen.«

Minna lacht mit. Aber sie weiß nicht, wieso. Sie kann Geld sehr gut in ihren Strumpf stopfen. Oder ihre Unterwäsche. Oder zwischen ihre Titten. Sie stopft das hin, wo Platz ist – und für Geld ist immer Platz.

»Es ist einfacher bei meiner Bank«, erklärt Kotze, »aber ich kann natürlich auch anweisen, dass die monatliche Summe an deine Bank geht, wenn du kein neues Konto möchtest.«

»Nein, nein. Neu ist jut …« Minna ringt sich ein Lächeln ab. »Geben die det Jeld denn auch raus? Inner Bank?«

»Selbstverständlich.«

Stille.

»Minna, weißt du, was ein Konto ist?«, fragt Kotze.

Sie atmet aus. »Nicht so richtig … Warum kann ick det Jeld denn nicht einfach hier haben? Bei mir?«

»Weil es dann geklaut wird. Und weil das keine Zinsen gibt.«

Sie nickt schnell. »Zinsen, klar.«

»Minna, du wirst das alles lernen. Ich fahr kurz nach Hause und hol all deine Vollmachten und Papiere, und dann gehen wir das durch. Du kannst doch rechnen, oder?«

»Natürlich kann ick det! Ick rechne sehr jut!«

Er weicht zurück, Minna hat nach ihm geschnappt wie ein Hund. Außerdem hat sie gelogen, sie ist nicht gut mit Zahlen, aber sein Blick sagt ihr, dass er das schon weiß.

»Es ist alles nicht so schwer«, sagt Kotze beschwichtigend. »Ich schick dir meinen Buchhalter vorbei. Aber jetzt musst du erst mal die Vollmachten bekommen. Ich werde das schnell unterschreiben und bin in spätestens zwei Stunden zurück.«

Mit einem Haufen Zahlen. Muss das sein? Im Schwan musste Minna sich um nichts kümmern, da hat sie nach jeder Nacht ihr Geld gekriegt und sich davon einen Muff gekauft. Und dieses Kleid. Und dieses Cape. Und alle anderen Capes und Kleider auch. Wie viel kostet eine Lieferung aus der Kokerei überhaupt? Minna kriegt schon von der Frage Kopfschmerzen, sie will gar nicht wissen, was die Antwort mit ihr macht.

»Aber wir sind doch jerade erst anjekommen.« Sie zeigt

auf ihre samtene Hundehütte für Reiche, von denen sie jetzt eine ist. »Wollen wir nicht erst mal det Bett einweihen?«

»Heute Abend, die Papiere sind wichtiger.«

»Die Papiere sind wichtiger als meine Titten?«

»Ja, nein … doch jetzt schon, Minna.«

»Aber du hast mir die Wohnung hier doch besorgt, damit wir ficken. Det ist doch unsere kleine Fickwohnung. Komm …«

Sie küsst ihn, er schließt die Augen und folgt ihr Schritt für Schritt Richtung Bett – und macht sich los. Er atmet tief durch, nimmt sie bei den Schultern und schaut sie an.

»Ich hab dir die Wohnung gemietet, damit du dich nur um dich allein kümmern musst.«

»Det klingt auf einmal furchtbar anstrengend.«

»Es ist halb so schlimm, glaub mir.«

»Nein.«

»Schmollst du?«

»Nein.«

Er beugt sich zu ihr und flüstert: »Ich verspreche dir, für jede Unterlage, die ich mitbringe, küsse ich dich heute Nacht in den Himmel.«

Ein schneller Kuss auf ihre Wange, dann dreht er sich um und geht.

◇

Kotze nimmt zwei Stufen auf einmal und stürmt sein eigenes Haus wie ein Eroberer, der keinen Widerstand erwartet. Sein Diener schließt die Haustür hinter ihm und schaut unglücklich drein.

»Gnädiger Herr haben Besuch.«

»So, wer denn?«

»Bismarck wartet im Schreibzimmer.«

Kotze runzelt die Stirn und geht durch seine Eingangshalle hinüber in das kleine Schreibzimmer mit Erker und Schreibtisch. Bismarck wendet sich ihm zu und schaut noch unglücklicher drein als der Diener. Sturm auf dem Kopf und irgendwie auch im Gesicht.

»Bismarck, was führt Sie zu mir?«, fragt Kotze.

»Herr von Kotze, Sie sind verhaftet.«

»Von Ihnen? Vom Militärgericht?«

»Seine Majestät ernannte Sie eben zum Rittmeister z. D., es liegt eine Anzeige wegen Rufschädigung gegen Sie vor. Ich muss Sie bitten, mit mir zu kommen.«

»Wohin?«

»In die Lindenstraße. Zu Vater Philipp.«

»In die Kaserne?«, fragt Kotze verdattert.

»Sie sind, wie gesagt, bis auf Weiteres festgenommen.«

»Bis auf Weiteres?«

»Meine Männer werden sich bemühen, das alles schnellstmöglich aufzuklären.«

»Ja, aber was wird mir denn vorgeworfen?«

»Rufmord und Verleumdung«, antwortet Bismarck.

»Ich soll … Aber wen denn?«

»Sie werden verdächtigt, den anonymen Grunewaldbrief verfasst, vervielfältigt und versendet zu haben.«

»Aber das ist doch lächerlich.«

»Kotze, Sie werden in diesem Schreiben kaum erwähnt, das ist verdächtig.«

Kotze starrt ihn an. »Das heißt nicht, dass ich den Brief geschrieben habe. Und warum ist das überhaupt Sache des Militärs?«

»Seine Majestät wünscht es so.«

»Unsinn. Seine Majestät hält große Stücke auf mich. Lassen Sie uns gemeinsam zu ihm gehen und diese Sache klären.«

»Ich bin im Auftrag Seiner Majestät hier, Kotze. Der Kaiser hat Ihre Verhaftung ausdrücklich angeordnet.«

»Der Kaiser hat Ihnen meinen Namen genannt?«

»Mit Nachdruck«, antwortet Bismarck. »Er wünscht, dass Sie sofort festgenommen werden.«

»Aber der Kaiser … und ich … Ich dachte …«

Bismarck versucht ein Lächeln. »Nehmen Sie es nicht persönlich, Kotze.«

»Wie bitte? Ich soll meine Verhaftung nicht persönlich nehmen?«

Kotze fällt in ein Loch aus Fassungslosigkeit. Wer auch immer die gelbgoldkarierte Weste mit der lila Krawatte trägt, Kotze ist es nicht. Er befindet sich in einer Welt aus Watte.

»Ich werde selbstverständlich auf Handschellen und jegliche Schmach verzichten«, sagt Bismarck.

»Zu gütig.«

»Können wir? Das Anliegen entbehrt nicht einer gewissen Dringlichkeit.«

Kotze bekommt kaum mit, dass Bismarck ihn am Arm fasst und sanft aus dem Schreibzimmer schiebt. Vor seinem inneren Auge sieht er den Kaiser, der den Befehl zur Verhaftung gibt. Wie er seinen Namen mit Abscheu in den Mund nimmt. Kotze wird schlecht. Er stolpert an Bismarcks Arm in die Eingangshalle.

»Mit Verlaub, soll ich Ihren Anwalt informieren, gnädiger Herr?«, fragt der Diener.

»Wie bitte?«

Kotze sieht verwirrt zu seinem Diener, noch immer schreit der Kaiser in seinem Kopf und kündigt ihm die Freundschaft. Aber eine Freundschaft war es wohl eh nicht. Warum sollte der große Kaiser im kleinen Kotze einen Freund sehen? Er hat keinen Titel und keinen besonders guten Namen. Sicher, er ist gut genug für Klatschgeschichten und eine verdammte Orgie im Grunewald, aber nicht gut genug für das Vertrauen Seiner Majestät. Den Brief geschrieben … lächerlich. Alles, was Kotze wollte, war eine gute Stelle als Zeremonienmeister. Er hat absolut nichts davon, die Schwester des Kaisers bloßzustellen.

»Ja, tun Sie das, guter Mann«, wendet Bismarck sich an den Diener. »Schicken Sie Kotzes Anwalt zu Vater Philipp.«

Der Diener verbeugt sich knapp und verschwindet. Kotze weiß nicht, wie er in die Kutsche gekommen ist, in der er wenig später sitzt. Hufe trappeln, er schaukelt auf der Sitzbank hin und her.

»Wer war es?«, fragt Kotze. »Wer hat mich angezeigt?

»Seine Königliche Hoheit Herzog Ernst Günther von Schleswig-Holstein-Sonderburg-Augustenburg.«

»Der Rammler. War ja klar.«

»Verzeihung?«

»Nichts.«

Nichts. So wie er selbst: Nichts ist er mehr. Wenn du das Vertrauen des Kaisers verloren hast, hast du alles verloren.

◇

»Loloki? Loloki?«, ruft Lottka, läuft durch den Pferdestall und schaut sich suchend um. »Loloki, wo bist du denn?«

Die Burschen sind längst in ihren Kammern, es ist ein dunkler Winterabend, der bald Nacht werden will. Die

Pferde dampfen, vor ihren Nüstern bilden sich Wölkchen, und Lottka läuft mit gerafften Röcken an den stolzen Tieren vorbei. Sie war schon in jedem Zimmer ihres Hauses, der Diener im Keller, eins der Mädchen auf dem Dach … Loloki ist weg.

»Sie haben Kotze verhaftet, Loloki«, ruft sie den Pferden entgegen. »Es stand in der Abendausgabe. Er soll den Brief geschrieben haben. Glaubst du das?«

Sie bleibt stehen und schaut nach rechts und links. Wo zur Hölle ist dieser Mann? Der Diener war sogar in den einschlägigen Salons, in denen man Loloki gern antrifft, aber Fehlanzeige. Er wird doch nicht mit einem dieser Burschen mitgegangen sein? Lottka mahlt mit den Zähnen. Das ist zu gefährlich, man darf nicht mit diesen Burschen mitgehen. Und überhaupt, der feine Graf Hohenau kriegt doch genauso wenig einen hoch, wenn er nicht in Seide liegt. Oder doch?

Lottkas Herz rast, sie ist nicht mehr sicher. Vielleicht kennt sie ihren Mann doch nicht so gut. Rechts von ihr steht ihr Lieblingspferd. Es hat einen Namen vom Züchter. Länger als ihr eigener. Aber sie nennt das Tier einfach nur Hengst.

»Ich glaube nicht, dass Kotze den Brief geschrieben hat, Loloki. Das würde er dir niemals antun. Aber dennoch sind das gute Nachrichten, oder? Der Herzog Rammler hat wegen Rufmord und Verleumdung geklagt, und vielleicht sind wir dann fein raus. Wenn öffentlich bekannt wird, dass der Brief eine Lüge war. Wenn er zurückgezogen wird. Oder, Loloki?«

Stille.

»Das sind doch gute Nachrichten, oder? Loloki?« Wieder keine Antwort. »Verdammt.«

Sie durchquert die Sattelkammer, betritt den zweiten Flügel des Stalls – und bleibt abrupt stehen.

»Was zur Hölle …?«

Mitten im Gang zwischen den Boxen steht Lolokis Lieblingspferd Cassandra. Sie äppelt auf den Steinboden, steckt ihren Kopf in die Box eines der Kutschpferde und frisst ihm das Futter weg.

Lottka eilt zu der Stute, macht einen großen Schritt über die Pferdeäpfel hinweg und greift in das Halfter. Sie zieht Cassandra von dem fremden Futter weg ein paar Schritte in Richtung ihrer Box – und lässt das Halfter abrupt wieder los.

»Loloki?«

Er hängt von der Decke, still und schwer. Mit gesengtem Kopf und einem dicken Seil um den Hals. Im Stroh auf dem Boden liegt ein umgestoßener Hocker.

»Loloki? O Gott. Loloki …«, schreit sie. »Hilfe! Hilfe!«

Sie eilt durch Stroh und Mist zu ihm, rüttelt an ihm und schlingt die Arme um seine Beine. »Loloki, o Gott. Loloki.«

Sie hebt ihn an, damit das Seil vielleicht nicht mehr würgt, damit er wieder atmen kann … Aber es ist zu spät. Lottka kann ihn und seine inneren Rüschen nicht mehr retten. Sie kann ihn nicht mehr tragen, das hat der Balken übernommen.

VATER PHILIPP

Im Zug, 1935

Es gibt Cassoulet. Das ist ein feiner Ausdruck für Bohneneintopf. Französische Bohnen halten sich für was Besseres, das merkst du schon an ihrem Namen. Haricots. Ein Cassoulet mit Haricots. Das will was sein. Ist aber alles eine Kulör, wenn du Minna fragst. Sie, Emil und Gustav löffeln an einem Vierertisch mit Tischdecke.

»Lecker«, sagt Emil.

Minna schüttelt den Kopf. »Dir schmeckt auch alles.«

Er grinst sie an. »Ja.«

»Ick find's auch schwer in Ordnung«, sagt Gustav.

»Ist halt 'n Eintopf.« Minna seufzt. »Ob det in Frankreich auch Buletten und Soleier jibt?«

»Wenn nicht, machen wir halt welche«, schlägt Emil vor. »Wie inner Ritze.«

»Die Ritze …«

»Fehlt dir sehr, wat?«, fragt Gustav.

»Nicht, wie sie am Ende war«, antwortet Minna. »Kurz vorm Verkauf war sie leer und kalt. Det war nicht mehr meine Ritze, det war 'n Kadaver von unseren wilden Nächten. Alles Erotische war schon tot. Det kannste nicht wieder zum Leben erwecken … Ick könnte det jedenfalls nicht, die Kraft hab ick nicht mehr.«

»Wem sachst du det«, stimmt Gustav zu. »Als die Nazis meinen Kronleuchter vonne Decke jerissen haben, da wusste ick, det ick det nicht mehr aufbauen kann. Ick bin dreiundsechzig Jahre alt. Ick kann det nicht mehr.«

Minna nickt und isst.

»Es lief nicht mehr jut«, sagt sie nach einer Weile. »In letzter Zeit. Hab am Ende fast draufjezahlt, um überhaupt aufmachen zu können.«

»Was hast du?«, fragt Emil.

»Ist dir nicht aufjefallen, det es leerer war? Haben auch nicht mehr so viel jesoffen, die Leute. Oder ick bin nicht mit dem Zapfen hinterherjekommen.«

»Warum hast du nichts gesagt?«

»Weil du dann noch mehr Kunden pro Abend jemacht hättest, und so viel Schwänze, wie die Ritze jebraucht hätte, kannst auch du nicht lutschen.«

Die Gespräche um sie herum verstummen. Die Nachbartische schauen geschlossen zu ihnen. Nur ein französisches Pärchen am Zweiertisch schlürft ungestört weiter sein Cassoulet. Ein Kellner passiert sie eilig mit roten Ohren. Emil beugt sich in seine Richtung.

»Moral ist, wenn man's trotzdem macht!«, ruft er ihm nach.

Gustav und Minna lachen.

»Ick kann det Wort nicht ausstehen«, sagt Minna.

»Moral?«, fragt Gustav. »Sitten ist schlimmer.«

»Darauf trink ick.«

Sie heben ihre Weingläser und stoßen an, Gläser klirren.

»Wenn ihr euch zusammengetan hättet«, überlegt Emil, »ihr hättet die Berliner Halbwelt regieren können.«

Minna brummt. »Wollte immer lieber alleine regieren.«

»Und?«, fragt Emil. »Hast du?«

»Nein. Ick hab nicht mal meine Kammer regiert, seit Hedwig da jewohnt hat.«

»Ick hab dir mal jefragt, ob du dich mit mir zusammentun willst«, erinnert sie Gustav.

Minna runzelt die Stirn. »Du wolltest die Ritze inne Finger kriegen.«

»Was, wenn er *dich* kriegen wollte?«, fragt Emil.

Minna schüttelt den Kopf. »Wollte er nicht. Er wollte sich davor schützen, det ihm sein Pachtvertrag jekündigt wird und er auffe Straße steht.«

Gustav zeigt mit seinem Löffel auf sie. »Wat, wie wir nun wissen, eine reale Jefahr war.«

»Nur det es nicht mein Bier ist, dir vor irgendwat zu retten.«

»Aber heute Morgen hast du ihn trotzdem versteckt«, sagt Emil.

»Weil ick ein Menschenfreund bin.«

»Seit wann?«

Gustav grinst. »Ja, Minna. Seit wann eigentlich?«

»Wollt ihr jetzt wissen, wie es weiterging, oder nicht?«

»Unbedingt.«

»Und ich will mehr Casse-dings«, sagt Emil.

Minna schaut auf ihren Suppenteller. »Ick auch.«

Emil und Gustav heben gleichzeitig eine Augenbraue.

Minna verdreht die Augen. »Jut, ick jeb zu, ist lecker.«

Berlin, 1896

Minna steht auf der breiten Steintreppe, hinter ihr das Haus, in dem sie wohnt. Mit ihrem Dienstmädchen. Es hat ihr Eier zum Frühstück gemacht und Marmelade aufs Brot geschmiert. Jetzt räumt es Minnas Schlafzimmer auf und macht ihr Bett. Im Schwan musst du das Bett immer selbst machen, aber in Minnas Haus nicht. Andererseits wartest du im Schwan auch nicht die ganze Nacht, bis der Mann kommt. Der Mann ist schon weg, wenn du schläfst, er ist mehrfach gekommen und sein Vorgänger auch, und du hast Ruhe im Kissen.

Es ist anders, wenn du auf jemanden wartest. Es stellt sich raus, dass Minna nicht nur schlecht im Rechnen ist, sondern auch im Warten. Und was fällt diesem Knilch überhaupt ein, ihr zu sagen, dass er mit Papieren kommt, vor denen ihr die Knie schlottern, um dann gar nicht aufzutauchen?! So nicht. Nicht mit Minna. Sie nimmt sich jetzt eine Droschke und fährt nach Lichterfelde in die Drakestraße. Sie kennt Kotzes Hausnummer zwar nicht, aber das Haus wird sie schon finden. Kutscher kennen sich aus.

Minna rafft ihre Röcke und stapft los.

»Minna?«, fragt eine verwunderte Männerstimme hinter ihr.

Der Herr holt sie an der Kreuzung ein und lächelt sie an. Wahrscheinlich ist er nie hier und kennt nur Menschen in Charlottenburg. Sonst würde er sie nicht ansprechen, er würde so tun, als kenne er sie nicht. Minna lächelt zurück.

»Major.«

»Was treibst du denn in der Gegend?«, fragt er.

»Ick wohne hier.«

»Ach?«

Er sieht sich um und schaut die Straße entlang. Im Sommer blühen hier Kirschbäume vor den bürgerlichen Wohnungen.

»Ick arbeite nicht mehr«, sagt sie.

»Tatsächlich. Wie schade ...«

Minna lächelt. »Eine Frau muss im Leben auch vorankommen, Major.«

»Selbstverständlich. Eine hübsche Gegend.«

»Ja.«

»Genau das Richtige für dich. Eine hübsche Frau in einer hübschen Gegend ... Darf ich dich einmal besuchen?«

»Bei mir zu Hause?«, fragt sie.

»Ja, für ein Stündchen?«

»Ick arbeite nicht mehr«, sagt sie erneut.

»Selbstverständlich nicht. Ich würde auch keine Umstände machen. Es soll dein Schaden nicht sein.«

Minna starrt ihn an. Sie lebt zwischen Ärzten und Anwälten. Sie schaut beim Frühstück auf einen Kirschbaum. Sie könnte im Stadtschloss wohnen, für die Männer bist du auf ewig im Fleischgeschäft. Der Major zeigt hinter sich die Querstraße runter.

»Ich habe dort jeden Dienstag einen Arzttermin.«

»Arzttermin?«

»Psychoanalyse. Ich wäre also eh in der Gegend ...«

»Ick muss los, Major.«

Sie nickt ihm zu, hebt das Kinn und überquert die Straße, ohne sich noch einmal umzusehen. Sie will nicht mehr zurücksehen, sie will voran. Aber natürlich denkt der Herr Major, dass er gar keine Arbeit ist, sondern ein Gottesgeschenk. Das hast du nun davon, dass du jedem deiner Freier gesagt hast, er wäre im Bett eine Offenbarung.

Minna geht bis zur nächsten Kreuzung und hält nach einer Droschke Ausschau. Sie hebt die Hand, um einer Kutsche zu winken.

»Verfasser des Grunewaldbriefs verhaftet«, ruft ein Zeitungsjunge über die Kreuzung. »Angeblich alles nur Lüge. Lesen Sie nur das Neuste. Nur fünf Pfennige.«

Minna lässt den Arm sinken und dreht sich zu dem Zeitungsjungen, der über die ganze Kreuzung brüllt. Er steht auf einer Holzkiste, einen Stapel Zeitungen in der einen Hand, ein einzelnes Blatt in der anderen. Damit winkt er in der Luft herum. Minna geht zu ihm.

»Die Berlinische«, brüllt er. »Nur fünf Pfennige. Es gab keine Orgie im Grunewald. Zeremonienmeister des Kaisers wegen Rufmord verhaftet. Lesen Sie alles über die Kotze-Affäre.«

»Wer ist verhaftet worden?«, fragt Minna.

»Leberecht von Kotze, gnädige Frau.«

Minna liest keine Zeitung mehr, seit sie sich damit nicht mehr den Arsch abwischt. Sie liest die *Gartenlaube* und benutzt Rollenpapier. Der Junge drückt ihr das Blatt an die Brust und hält die Hand auf.

»Nur fünf Pfennige.«

Minna öffnet ihren Samtbeutel und sucht nach einer Münze.

»Es sind auch Auszüge des Briefes im Blatt«, verrät der Junge jetzt leiser. »Eine große Schweinerei, gnädige Frau.«

»Ja, ja«, sagt sie, legt ihm den Fünfer in die Hand und öffnet die Zeitung im Gehen. Die Orgie sei eine Lüge von Leberecht von Kotze … Anzeige des Herzogs von Schleswig-Holstein … Kotze-Affäre kurz vor der Aufklärung. Rittmeister Kotze vorerst in Haft in Kreuzberg …

»Scheiße.«

Minna knüllt die Zeitung zusammen. Sie hat nicht gemerkt, dass sie stehen geblieben und gegen eine Hauswand gesunken ist.

»Verdammte Scheiße!«

◇

Minna steht vor Kotzes Villa in der Drakestraße in Lichterfelde. Sie ist hellgelb mit leuchtend rotem Dach und groß, wenn auch nicht ganz so imposant wie die vom Rammler. Aber Herr von Kotze lebt nicht schlecht vom Verdienst seiner Güter im Riesengebirge und der Stellung beim Kaiser. Wenn er nicht gerade im Gefängnis wäre.

Die Tür öffnet sich.

»Ja, bitte.«

»Guten Tag, ick bin Minna.«

Der Diener hat einen silbernen Haarkranz und kein Kinn. Dennoch reckt er es bis zum Himmel und schaut auf Minna herab, als wär sie zu klein, um überhaupt gesehen zu werden.

»Ick bin …« Sie sucht nach Worten und einem Lächeln. »… die Freundin von Herrn von Kotze.«

»Ich weiß, wer Sie sind.«

»Ick bräuchte dringend 'n paar Papiere, die er mir versprochen hat.«

»Was für Papiere?«

»Äh … Vollmachten?«

»Worüber?«

»Weiß ick nicht so jenau.«

»Wie soll ich Ihnen dann helfen?«

»Haben Sie ne Möglichkeit, ihm zu schreiben? Ick glaub, meine Briefe werden ihm nicht vorgelegt.«

Er hebt eine Augenbraue. »Sie glauben?«

»Ick weiß es nicht. Ick weiß nicht mal, wie es ihm jeht. Wissen *Sie* det? Ick muss dringend mit ihm sprechen.«

»Das müssen wir alle, Fräulein. Guten Tag.«

Er lässt die schwere Eichentür los, und sie fällt vor Minnas Nase langsam zu, wie ein Mühlstein, der sich über sie wälzt.

◇

Lottka kommt ganz in Schwarz die Treppe herunter.

»Minna … Wie schön, dass Sie gekommen sind.«

Sie streckt beide Hände nach Minna aus, zieht ihre Finger zu sich und drückt sie an ihre Brust. Nun, da sie keinen lustigen Erotik-Wein mehr trinken, siezen sie sich also wieder. Minna auch recht, Hauptsache, Lottka kann ihr helfen.

Lottka seufzt. »Ich wollte eigentlich gar nicht aufstehen. Aber ich kann mein Leben wohl kaum im Bett verbringen, nicht wahr?«

»Äh … im Bett? Wieso nicht?«, fragt Minna und lacht, aber Lottka hört ihr nicht zu und nimmt sie bei der Hand, als wären sie zwei Schulmädchen, die sich kennen, seit sie laufen können. Sie zieht Minna in einen Salon, und bevor sich die Tür hinter ihnen schließt, sieht Minna aus dem Augenwinkel Berge von Blumen, die in der Eingangshalle neben der Freitreppe stehen.

»Ich kann das alles immer noch nicht … in Worte fassen«, sagt Lottka, sinkt in eins der Sesselchen und holt ein besticktes Taschentuch aus ihrem Ärmel. Minna setzt sich ihr gegenüber. Es ist, als würde sie etwas niederdrücken. An den Wänden blühen französische Lilien, aber auf dem ganzen Haus liegt eine schwere Last. Minna sucht nach Anzeichen, was passiert sein könnte, aber sie findet nur goldgerahmte Bilder von griechischen Jünglingen.

»Lenken Sie mich ein bisschen ab, ja?«, bittet Lottka.

»Jut, natürlich … Ick hab eh ne Frage an dich. Äh Sie …«

Ein Dienstmädchen bringt Tee in chinesischem Porzellan.

»Danke«, sagt Lottka und gießt zwei Tassen halb voll. Sie steht auf und geht zu einer Anrichte. Sie kommt mit einer Kristallflasche zurück, füllt die hauchdünnen Tassen mit Rum auf und setzt sich wieder.

»Was kann ich für Sie tun?«

»Wie Sie vielleicht wissen, hat Kotze mir ne Wohnung besorgt«, antwortet Minna,

»Nein, das wusste ich nicht.«

»Doch, doch. Ick lebe jetzt mit nem Dienstmädchen in Steglitz.«

»Wie schön«, sagt Lottka und trinkt Tee. Minna greift nach ihrer Tasse und tut es ihr nach. Sie hält sich an der Untertasse fest. Wie zerbrechlich sie ist.

»Jedenfalls sitzt Kotze nun im Jefängnis, und ick …«, nimmt Minna den Faden wieder auf. Ist kein leichter Faden. »Ick hab mein letztes Geld ausjejeben, um det Dienstmädchen zu bezahlen und die Kokerei und die Wäscherei … und wussten Sie, det ein Kilo Kaffee vier Mark kostet?«

»Nein«, antwortet Lottka. »Ist das viel?«

»Kotze wollte mir Vollmachten jeben und ein Konto, aber jetzt kann ick ihn nicht erreichen. Sie lassen mich als fremde Frau nicht zu ihm, und sein Diener zu Hause will mir nicht helfen …«

Lottka schaut in ihren Tee und lächelt. »Loloki wollte auch immer lieber Kaffee trinken.«

»Wat soll ick denn jetzt tun?«, fragt Minna. »Ick kann die Miete nicht noch ne Woche schuldig bleiben. Wissen Sie, wie ick in die Kaserne komme?«

»Welche Kaserne?«

»Vater Philipp in der Lindenstraße.«

»Loloki hatte da manchmal zu tun«, erzählt Lottka. Sie

stellt ihre Tasse ab, beißt sich auf die Unterlippe und schaut aus dem Fenster.

Minna räuspert sich. »Vielleicht, wenn Loloki mit mir hinjeht, dann …?«

»Bitte?«

»Wenn Ihr Mann mit mir kommt, dann …«

»Er ist tot, Minna!«, unterbricht Lottka sie.

»Wat?«

»Er hat sich umgebracht …«, antwortet Lottka unter Tränen. »Ich hab ihn gefunden … im Stall … Er hing im Stall … von der Decke …«

»Scheiße! Det tut mir leid.«

Lottka krümmt sich in ihrem Sesselchen und zieht die Beine an. Sie wird mehr und mehr zu einem Schulmädchen, einem verlassenen Kind. Sie presst ihr Taschentuch vors Gesicht.

Minna beugt sich vor und streckt unsicher die Hand nach ihr aus. Darf Minna sie berühren? Soll sie? Ihre Finger streifen Lottkas Rock. Lottka greift nach Minnas Hand und hält sie fest. Sie drückt sie zusammen.

»Alles nur wegen dem Brief«, schluchzt sie, »dem ›Scheißbrief‹, wie Sie sagen würden.«

Minna zieht ihre Hand zurück.

»Wie meinen?«

»Der anonyme Brief über die Nacht im Grunewald …«, erklärt Lottka weinend. »Loloki ist aus der Armee entlassen worden … Wir werden nicht mehr eingeladen, was mir egal ist, aber … ihm nicht … und gesellschaftlich ist das … es hat uns ruiniert … und … alle nennen ihn jetzt Kellermeister … oder Kniescheibe … Sie haben sich vor ihm geekelt, Minna.«

»Wegen dem Brief?«

»Vorher war es nur ein Gerücht, und als seine Frau hab ich ihn vor dem Schlimmsten bewahrt, aber jetzt … Es lässt sich nicht mehr leugnen.«

»Scheiße.«

»Ja. Scheiße«, stimmt Lottka zu.

Stille.

Lottka seufzt. »Es tut gut, das zu sagen. Scheiße! Scheiße! Wenn ich nur wüsste, wer den Scheiß verfasst hat. Scheiß-Scheiß.«

Stille.

Minna beißt sich auf die Unterlippe. Es ist wahrscheinlich wirklich besser, wenn Lottka es weiß. Es ist besser, wenn alle das wissen. Die Wahrheit muss ans Licht und Kotze aus dem Gefängnis, und Minna ist niemandem was schuldig, dem Verfasser des Briefs schon gar nicht.

»Det war Herzog Rammler, Lottka.«

»Wie bitte? Woher wissen Sie das?«

»Weil ick ihm jeholfen hab«, antwortet Minna kleinlaut.

»Was haben Sie?«

»In der Nacht nach der Feier im Grunewald hat er mich jefragt, wie man Schwule nennt, und ick hab ihm 'n paar deftige Bezeichnungen serviert. Er hat sich alles aufjeschrieben, und am nächsten Tag hatte der janze Hof diesen Brief.«

»Sie haben meinen Loloki Kellermeister genannt?«

»Nein, ja … Aber ick wusste nicht, wat der Rammler damit macht. Oder wat det anrichtet.«

»Es hat meinen Mann umgebracht, Minna!«

»Es tut mir so leid. Wenn ick jewusst hätte, wo det hinführt, ick hätte nie …«

»Können Sie sich das nicht denken?«, unterbricht Lottka. Sie ist aufgesprungen und steht über Minna wie eine Furie.

»Sie können doch nicht einfach einen Mann als homosexuell bezichtigen. Darauf stehen schwere Strafen. So bescheuert kannst du doch nicht sein.«

»Ick hatte keine Ahnung, wie schlimm …«

»Ganz genau!«, unterbricht Lottka wieder. »Keine Ahnung hast du!«

»Lottka, icke …«

»Du gehörst einfach nicht zu uns.« Sie schüttelt den Kopf und wendet sich ab. Sie duzen sich also wieder? Oder Lottka zumindest Minna? Wie man seine Küchenmagd eben duzen würde … oder den Hund.

»Wie gesagt, es tut mir unendlich leid.«

»Raus!«

»Lottka …«

»Raus!«

Minna nickt und steht auf. In der Eingangshalle kommt sie an dem Blumenmeer vorbei und einem Gemälde von Loloki mit schwarzem Band am goldenen Rahmen. Alles in dieser Welt ist gold gerahmt und fällt trotzdem auseinander …

◇

Der Innenhof ist braun. Brauner Kies, der knirscht, wenn Kotze und die anderen ihre täglichen Rundgänge machen, umgeben von einer braunen Mauer. Vom Sims ragen Stahlspitzen in den Winterhimmel. Die gleichen Spitzen umkränzen auch die Regenrinne. Wie Dornenkronen.

»Herr von Kotze.«

Kotze wendet sich von dem einen Gitterfenster ab und geht zum anderen, dem kleinen, das zum Gang führt.

»Meierberg, da sind Sie ja endlich.«

»Man hat mich nicht durchgelassen. Der Kaiser hat seinen

Daumen auf Ihnen. Sie sind besser bewacht als die Kronjuwelen.«

Kotze umfasst die Gitterstäbe an seinem Fenster und krallt sich fest. »Es kann doch nicht sein, dass ich zehn Tage auf meinen Anwalt warten muss.«

»Nein«, stimmt Meierberg zu, »aber das wird uns helfen, Sie hier rauszubekommen.«

»Gut, gut. Sie müssen etwas für mich tun, Meierberg. Sie müssen zu Minna nach Steglitz fahren und ihr sagen, was passiert ist.«

»Selbstverständlich.«

»Haben Sie die Vollmachten dabei?«

»Die …?«

»Ja, die Papiere, über die wir vor zwei Wochen gesprochen haben. Minna braucht sie. Warum haben Sie denn nicht daran gedacht, sie mitzubringen?«

»Ich dachte, Ihre Freiheit hat eine höhere Priorität als Ihre Mätresse, Herr von Kotze.«

»Meine …?«

Kotze stutzt, weil er nie darüber nachgedacht hat, dass Minna jetzt genau das ist. Er will widersprechen, sie anders nennen, aber hinter ihm steht ein Blecheimer in einem brüchigen Holzgestell, der nur einmal die Woche geleert wird. Angesichts dieser Zustände kommt es auf das Wort »Mätresse« nicht an.

»Herr Meierberg«, beginnt Kotze, »Sie fahren sofort zurück und bringen mir die verdammten Vollmachten zur Unterschrift!«

»Selbstverständlich. Es wird Sie auch freuen zu hören, dass Ihr Verfahren vor einem Militärgericht tatsächlich wenig Bestand haben wird.«

»Ja, ja. Und sorgen Sie dafür, dass ich Briefe schreiben kann. Ich höre immer nur, dass ich als Gefangener erst registriert werden muss.«

»Ja, es kann ein paar Wochen dauern, bis Ihre Akte hier in der Kaserne bearbeitet ist und Sie alle Ihre Rechte bekommen.«

»Ich hab keine Wochen. Minna muss versorgt sein, hören Sie?«

»Natürlich. Wir müssen noch über Ihre Aussage sprechen, Herr von Kotze.«

»Ja. Nein, nein. Erst bringen Sie mir die Vollmachten!«

Meierberg räuspert sich. »Mit Verlaub, Herr von Kotze, die Mühlen der Gerichte mahlen langsam … Jede Stunde zählt.«

Kotze seufzt. »Meine Aussage ist, dass ich den verdammten Brief nicht geschrieben hab.«

◇

Minna sitzt in ihrem kleinen Erker am Fenster, wo alles wunderschön sein könnte. Sie könnte handarbeiten oder in einer *Gartenlaube* lesen. Aber wahrscheinlich kann sie sich nicht mal mehr diese leisten. Ida steht vor ihr mitten im Raum unter dem kleinen Kronleuchter, den sie erst heute mit dem Wedel von Staub befreit hat.

»Beim Bäcker kann ich anschreiben lassen, auf dem Markt eigentlich auch. Zumindest noch ein oder zwei Wochen, wenn Sie auf Fleisch und Kaffee verzichten.«

»Von mir aus.«

»Der Kohlenhändler hingegen war sehr aufgebracht, gnädige Frau. Er sagt, dass alle es warm haben wollen, aber keiner will zahlen, und warum alle denken, man kann im Winter heizen, aber erst im Sommer blechen. Wovon er

Brot kaufen soll, will er wissen. Wie Sie sich das vorstellen. Ob er seine Briketts essen soll?«

»Von mir aus«, sagt Minna erneut.

»Und der Vermieter war wieder hier.«

Minna stöhnt auf. »Lass mir raten, da ist nüscht mehr mit anschreiben.«

»Nein. Sie haben bis nächste Woche. Dann wirft er Sie raus.«

»Und nichts von Kotze? Kein Brief?«

»Nein, gnädige Frau. Aber da wär noch was …«

»Ja?«

»Mein Lohn. Sie schulden mir ebenfalls zwei Wochen Lohn.«

Minnas Kopf sinkt auf die Tischplatte, als trüge sie noch immer ein Heer von Bertas Zöpfen. Dabei steckt dort nur noch einer, und das auch nur, wenn sie rausgeht. Das gehäkelte Tischdeckchen drückt sich in ihre Stirn. Aus dem Augenwinkel sieht Minna, wie Ida ihre Finger vor der weißen Schürze knetet.

»Ich mache gute Arbeit. Sie ist es wert, bezahlt zu werden. Ich habe mit dem Bäcker hart verhandelt, um weiter anschreiben lassen zu können. Ohne mich hätten Sie gar nichts zu essen.«

»Da haben wir uns beide vom selben Mann abhängig jemacht, wat?«, murmelt Minna ins Häkeldeckchen.

»Bitte?«

Minna hebt den Kopf, das Deckchen klebt an ihrer Stirn. Sie zieht es runter. »Det hier ist det Letzte, wat ick wollte. Warten auf 'n Mann, warten auf sein Jeld. Ick ertrach det nicht. Würdest du det ertragen?«

»Ohne mich hätten Sie nichts zu essen, gnädige Frau.«

Sie sagt es einfach noch mal, mit gestrafften Schultern. Als wär Minna zu blöd, Dinge beim ersten Mal zu verstehen. Dabei versteht sie eine Frau, die Geld braucht. Immer. Absolut nachvollziehbar. Hätte sie gar nichts sagen müssen. In dieser Hinsicht ist Minna klug. Was ihre Lage im Allgemeinen angeht … da sieht es schon wieder anders aus. *Ick dumme Kuh*, denkt sie.

»Dann ess ick halt weniger«, überlegt Minna. »Ick hab lieber Hunger als dieses Jefühl hier.«

Sie zeigt auf ihren Brustkorb. Jede Stunde, in der sie keine Nachricht von Kotze hat, wird der Druck dort größer. Sie weiß schon gar nicht mehr, was sie abgesehen von diesem Kloß noch für ihn fühlt. Warten, immer nur warten und nichts sein ohne seine Scheißvollmachten.

»Selbst als Hure biste freier. Und hast mehr Kohle.«

»Wenn Sie mich nächste Woche nicht bezahlen, dann gehe ich, gnädige Frau.«

Minna nickt. »Du solltest ins Bordell jehen, Ida. Det ist 'n besseres Leben als det hier.«

Ida schweigt.

»Du könntest det allet anlassen, die Schürze und det Häubchen …«, sagt Minna und zeigt auf Idas Arbeitskleidung. »Und wenn du mit'm Staubwedel einigermaßen jut umjehen kannst, musste die Kerle wahrscheinlich nicht mal anfassen.«

Ida wird rot und presst die Lippen aufeinander.

»Zu viel Scham?«

»Ich habe einen Kavalier«, antwortet Ida. »Wir werden uns nächstes Jahr verloben und heiraten. Er ist noch in der Lehre, aber wenn er erst Schustergeselle ist, mieten wir uns eine Wohnung, und ich muss nicht mehr arbeiten.«

Minna sieht sie an und schüttelt den Kopf. Sie hat nichts verstanden. Wenn du ne Frau bist, fängt die Arbeit nach der Hochzeit doch erst an. Aber wer ist Minna schon, Ida zu verurteilen? Sie sitzt hier am Fenster mit Blick auf den kahlen Kirschbaum und zerknüllt ein Häkeldeckchen, das nicht ihr gehört, sondern zur Wohnung. Möbliert vermietet. Und seit zwei Wochen nicht bezahlt.

Lulu müsste man diese Scheiße hier erzählen, das würde sie glücklicher machen als alles Geld der Welt. Dass Minna, kaum raus aus dem Bordell, schon auf der Fresse liegt. Vielleicht hat sie das auch einfach verdient. Vielleicht hat Minna ihr Schicksal in dem Moment besiegelt, als sie Lulu den Orden geklaut hat.

»Mach dir wat zu essen, Ida. Für mich heute Abend nüscht.«

»Von mir aus.«

Sie geht, und Minna legt ihren Kopf wieder auf das Häkeldeckchen.

»Hulda wart't jetzt öfter«, singt sie liegend, »seltner kommt der Schnefter. Ach, das macht sie janz bekümmert. Und sie jammert und sie wimmert. Sollt er untreu werden mir? Endlich springt sie auf, die Tür. Siehste wohl, da kimmt er, jroße Schritte nimmt er. Doch nu wird er kälter schon, der geliebte Kronensohn.«

HALBWELTJESCHICHTE

Im Zug, 1935

»Emil, hörste mir überhaupt noch zu?«, fragt Minna.

»Ja, klar.«

Er steht auf und zupft an seinem Hemd und dem Pullunder. Er setzt sich wieder hin und lehnt sich zurück. Dann wieder vor. »Könnt ihr schon was sehen?«

»Dich«, antwortet Gustav, »wie du dir verrückt machst.«

Emil schaut weiter aus dem Fenster und wedelt mit der Hand. »Ihr versteht mich nicht.«

»Doch, du freust dir auf Magnus, aber ...«

»Er ist es einfach«, unterbricht Emil. »Der Eine ... Und ich bin froh, dass ich jetzt bei ihm bleiben werde.«

»Ick dachte, du willst dein eigener Herr sein«, sagt Gustav.

»Ja, aber das will ich jetzt in seiner Nähe. Er kann ja immer noch Vortragsreisen machen, und ich warte dann zu Hause in Nizza auf ihn. Zu Hause. Unser Zuhause.«

Gustav setzt seine Brille auf und holt den gefalteten Fahrplan aus seiner Brusttasche.

»Wir haben noch fast eine Stunde.«

»Weißt du noch, wie du mir jesacht hast, det ich ruhig bleiben soll, Junge?«, fragt Minna.

»Ja, das war dumm von mir.«

»Janz jenau.«

»Hätte ich noch mal zum Friseur gehen sollen?«

Sie hebt eine Augenbraue. »Warste doch.«

»Ja, letzte Woche, aber vielleicht wär es besser gewesen, das erst kurz vor der Abfahrt zu machen.«

Gustav klopft ihm auf die Schulter. »Siehst knorke aus, Junge.«

Emil schüttelt den Kopf. »Ich zieh doch lieber das andere Hemd an.«

Er springt auf, zieht sich den Pullunder über den Kopf und wirft ihn hinter sich. Der Pullunder landet auf Gustavs Gesicht. Der zieht ihn runter und runzelt die Stirn.

»Also jetzt siehste wirklich aus, als hättest du keine Frisur.«

Emil steht neben Minna auf der Bank und hält sich an der Gepäckablage fest. Seine blonden Haare stehen in alle Richtungen. Er schiebt Koffer hin und her und zieht den kleinen schwarzen raus. Er hüpft wieder runter zwischen sie, wirft den Koffer auf die Bank, wo er gesessen hat, und öffnet ihn.

»Ich will lieber das gestreifte Hemd anziehen.«

Minna und Gustav tauschen einen Blick. Emil schiebt seine Hosenträger nach unten und knöpft sein Hemd auf. Er zieht es aus, stopft es in den Koffer und zieht eins mit blauen Streifen raus. Mit einem Schütteln entfaltet er das Hemd.

»Das muss aber gebügelt werden.«

»Hat der Koffer det nicht für dich jemacht?«, fragt Gustav.

»Ha ha.« Emil lässt das Hemd sinken. »Haben die hier einen Kammerdiener?«

»Bestimmt«, antwortet Minna. »Gleich neben dem Tanzsaal.«

»Ich frag mal nach«, sagt Emil. Und weg ist er. Raus in den

Gang der ersten Klasse. In Unterhemd und mit baumelnden Hosenträgern.

»Vielleicht haben sie ein Bügeleisen«, überlegt Minna.

»Kann er denn bügeln?«, fragt Gustav.

»Besser als icke.«

»Wo jehst du hin, wenn du in Nizza bist?«

»Wo ick wohnen werde? Da soll der Junge sich mal wat überlegen. Er hat mir schließlich herjeschleift. Du?«

»Ick such mir ne billige Pension.«

»Und dann?«

»Arbeit.« Gustav zuckt mit den Schultern. »Wird schon schiefgehen.«

Emil ist zurück. Er hält das ungebügelte Hemd in der Hand. »Man muss den eigenen Kammerdiener mitbringen.«

»Dumm jelaufen«, sagt Minna, und Gustav lächelt. »Det Hemd ist jar nicht so zerknittert.«

»Außerdem hast du doch Pullunder und Jacke drüber«, wendet Minna ein.

»Ja … aber ich wollte …«

»Ick weiß, Junge. Komm setz dir, ick erzähl weiter.«

»Det lenkt ab«, sagt Gustav, »dann verjeht die Zeit schneller.«

Emil schlüpft in den ersten Hemdsärmel wie ein geschlagener Mann, während der Zug weiter auf Nizza zusteuert.

Berlin, 1896

Der Diener verbeugt sich und schließt die Tür hinter Herbert von Bismarck. Der Sohn des großen Bundeskanzlers hat Lottkas Vater viel zu verdanken, darauf zählt sie jetzt.

»Bismarck, setzen Sie sich.«

»Noch einmal mein herzlichstes Beileid.«

»Danke. Es sind schwere Zeiten.«

Bismarck nickt. Er sitzt ihr gegenüber im Ledersessel und schlägt die Beine übereinander. Sein Schnauzer sieht stärker aus als er selbst, und seine Haare wirken wie immer, als hätten sie einem Sturm getrotzt.

»Ich habe ein Anliegen«, beginnt Lottka, »eine Bitte.«

»Alles, was Ihnen die schwere Zeit erleichtert.«

Hoffentlich, denkt Lottka und lächelt. Sie steht auf, kommt um den Schreibtisch herum und setzt sich in den Ledersessel neben ihm.

»Ich weiß, wer den Brief geschrieben hat, Herbert.«

»Natürlich, alle wissen das. Es war Kotze.«

»Herbert, ich bitte Sie. Was hätte der denn davon, uns alle bloßzustellen?«

»Vielleicht wollte er sich rächen.«

»An wem? An mir nicht. An Ihnen? Was haben Sie ihm denn getan?«

»Nichts«, sagt er verdattert.

»Sehen Sie … Und Kotze hat auch nichts davon, dass die Abendgesellschaft ein Skandal geworden ist. Für Kotze hätte diese Nacht im Grunewald ein stiller Erfolg sein müssen.« Lottka lächelt traurig. »Nein, der Verfasser ist jemand, der sich vom Kaiser und der Prinzessin verschmäht fühlt. Jemand der großmannssüchtig ist und schnell beleidigt. Der Rammler hat den Brief geschrieben.«

»Der Rammler? Unmöglich.«

Lottka hebt erneut eine Augenbraue und betrachtet den jungen Bismarck, der so lange jung sein wird, bis sein Vater stirbt.

»Andererseits …«, überlegt Bismarck. »Er ist ein arroganter Schwerenöter, und ich dachte zu Beginn auch einmal kurz … Haben Sie Beweise?«

»Nein, das wohl nicht. Aber das wird nicht nötig sein. Ich werde ihn dennoch zum Duell fordern.«

»Sie … Verzeihung?«

»Er ist für den Tod meines Mannes verantwortlich. Er hat Loloki seine Ehre genommen und mir gleich mit.«

»Ihnen?«

»Ich brauche einen Sekundanten. Wollen Sie mir die Ehre erweisen?«

»Ich … Ihr Sek…? Sie wollen Herzog Rammler zum Duell fordern?«

»Ja.«

»Aber Sie sind eine Frau«, wendet Bismarck ein.

»Ja, und ich wurde um meinen Mann gebracht.«

»Das kann doch nicht Ihr Ernst sein.«

»Ich kann ein wenig mit einer Pistole umgehen«, erklärt Lottka. »Loloki hat mich manchmal mit zum Schießstand genommen.«

»Aber es geht doch nicht darum, ob Sie schießen können, sondern darum, ob Sie ein Mann sind.«

»Das ist doch lächerlich. Ganz England wird von einer Frau regiert, und Sie lassen mich nicht mal einen Mann zum Duell fordern, der es verdient hat?«

»Aber ich mache die Regeln doch nicht.«

»Duelle sind in dem Sinne gar nicht geregelt.«

»Nein, sie sind verboten.«

»Männern wie Frauen gleichermaßen. Dann kann ich genauso gut gegen das Gesetz verstoßen wie Ihr alle … Wie Ihr Vater damals.«

»Und wie seh ich dabei aus?«, fragt Bismarck. »Wie steh ich denn da, wenn Ihnen etwas zustößt. Ich kann doch nicht sehenden Auges eine Frau in den Tod schicken. Das können Sie nun wirklich nicht von mir verlangen.«

»Es geht hier nicht um Sie, Herbert. Ich habe meinen Mann verloren.«

Bismarck wischt ihre Worte achtlos weg. »Ach, das war doch nie wirklich *Ihr* Mann.«

Er steht auf, stemmt die Hände in die Hüften und sieht sie mit unruhigen Augen an. »Er hat Sie nicht geliebt, Lottka.«

»Natürlich hat er das«, widerspricht sie. »Nur weil Sie meine Ehe nicht verstehen, heißt das nicht, dass wir kein glückliches Paar waren.«

»Wenn Loloki glücklich gewesen wäre, hätte er sich nicht umgebracht.«

Lottka schluckt. Sie spürt die Tränen kommen. Sie hat sich so fest vorgenommen, nicht zu weinen. »Er hätte sich nicht umgebracht, wenn dieser Brief nicht gewesen wäre«, sagt sie mit brüchiger Stimme.

»Sie sind ja völlig außer sich. Das ist genau der Grund, warum Frauen keine Duelle ausfechten, ihnen kommen immer die Gefühle dazwischen.«

»Bitte?«, fragt sie weinend.

»Sie würden doch schon beim ersten Schuss in Ohnmacht fallen, Lottka«, sagt Bismarck. »Haben Sie schon einmal darüber nachgedacht, für eine Weile ins Sanatorium zurückzukehren? Bis sich das alles gelegt hat?«

Lottka schluckt ihre Tränen runter und sieht ihn unbeirrt an. »Bis sich was gelegt hat? Mein Mann ist tot. Er steht nicht wieder auf, nur weil ich im Sanatorium für einen elektronischen Hammer die Beine breit mache!«

»Natürlich nicht, aber Ihre Verfassung …«

»Meine Verfassung war nie besser!«, unterbricht sie ihn schreiend. Sie atmet durch. »Sie gehen jetzt besser.«

◇

Kotze eilt zum Fenster und schaut erwartungsvoll durch die Gitter hinaus auf den Gang.

»Ich habe gute Nachrichten, Herr von Kotze«, sagt Meierberg noch im Gehen.

»Hat Minna alle Unterlagen bekommen? Hat sie Zugriff auf das Konto?«

»Nein, leider nicht, aber …«

»Wieso nicht?«, unterbricht Kotze.

»Sie war nicht zu Hause.«

»Wie oft waren Sie da?«

»Zwei Mal. Ich habe beim letzten Mal ihr Dienstmädchen angetroffen, aber ich habe davon abgesehen, dem Mädchen die Vollmacht über ein Bankkonto auszuhändigen. Ich bin davon ausgegangen, dass Sie eine persönliche Übergabe wünschen.«

»Natürlich wünsche ich das. Das Mädchen ist noch nicht lange genug in Anstellung bei uns.«

Meierberg macht eine verständnisvolle Miene. »Gutes Personal muss sich erst bewähren.«

»Gehen Sie wieder hin. Jeden Tag.«

»Das wird kaum noch nötig sein, Herr von Kotze.«

»Doch, es ist bitter nötig. Diese Wohnung ist teuer, wie soll Minna sie denn allein bezahlen? Von dem Dienstmädchen und den Rechnungen mal abgesehen?«

»Sie kommen frei, Herr von Kotze.«

»Wie bitte?«

»Morgen sind Sie ein freier Mann.«

»Wirklich?«

»Trotz zweifacher Durchsuchung Ihres Hauses hat man keine Beweise für Ihre Schuld gefunden.«

Kotze strahlt. »Weil ich es nicht war.«

»Außerdem hat die Staatsanwaltschaft gegen Ihre Festnahme durch das Militärgericht protestiert. Und es gab noch einen anonymen Brief. Jemand hat dem Kaiser gedroht.«

»Dem Kaiser?«

»Ich kenne die Details des Schreibens nicht, aber wenn Sie nicht freikommen, würde der Verfasser dieses zweiten Briefes einen Skandal entfachen, der den Thron mit all seinen morschen Stützen arg ins Wanken bringt.«

»Was denn für einen Skandal?«

»Wie gesagt, ich kenne keine Details, aber es muss Andeutungen gegeben haben, die den Kaiser doch sehr eingeschüchtert haben.«

»Morgen bin ich frei?«, fragt Kotze.

Meierberg nickt. »Spätestens übermorgen.«

»Ein Brief, der meine Freilassung fordert? Wer schreibt denn so etwas?«

»Ein Freund vielleicht?«

»Ich dachte, ich hätte keine mehr.«

◇

Minna ist nicht fürs Warten gemacht. Andererseits ist das Warten immer noch besser als die Fabriken im Osten Berlins. Da geht sie nicht wieder hin, sie kackt nicht wieder im dritten Hinterhof in einem Holzverschlag auf einen Berg gefrorener Scheiße, während das halbe Haus Schlange steht und ihren Fürzen lauscht. Sie ist jetzt eine Dame. Sie scheißt allein.

Minna öffnet ihre Wohnungstür.

»Ida, ich hab noch zwanzig Mark für das Jäckchen bekommen.«

Keine Antwort.

»Ida?«

Minna betritt die Wohnung, dreht das Licht an und knöpft ihren Mantel auf. Ida müsste bereits im Flur stehen, um Minna Hut und Handschuhe abzunehmen, aber keine Spur von ihr. Vielleicht wollte sie noch etwas einkaufen.

Minna zieht die oberste Schublade ihrer Kommode auf und legt die Handschuhe neben ihre kleine Auswahl an Tüchern. Es ist nicht das teuerste Zeug, man würde nichts mehr dafür bekommen. Aber es ist ihrs, ihre Auswahl. Und Minna hat Auswahl verdient. Und diese Wohnung.

Das Holz ist hübsch. Mahagoni. Minna mag Mahagoni, es sieht aus wie ihre Haare. Draußen wird es dunkel, über ihr schimmert die Gaslampe. Sie ist schlicht, aber sie begrüßt Minna jeden Tag, wenn sie nach Hause kommt. Minna legt den Hut auf die Ablage und hängt den Mantel an den Haken. Sie geht hier nicht weg, und wenn sie alles verkaufen muss, um zu bleiben. Nicht dass sie noch viel verkaufen kann, aber eine Sache ist da noch. Eine Sache, die sie kaum einen Monat besitzt, mit der sie alt werden wollte, weil sie sie verdient hat und darin wundervoll aussieht … Wieso ist denn der Brotkasten offen?

Minna geht in die Küche. Der weiße Porzellankasten mit den kleinen Blümchen ist hübscher als alles, was jemals in der Wohnung ihrer Familie stand, und er ist leer. Ida hat doch erst gestern Brot geholt. Minna klappt den Deckel zu und sieht sich um. Die Wanduhr in der Küche ist auch verschwunden.

Minna fährt herum und eilt in den Flur. »O nein. Bitte nicht. Scheiße, scheiße.«

Sie schneidet die Kurve, hechtet durch den kleinen Salon und stößt die Tür zum Schlafzimmer auf. Alle Schubladen der Kommode stehen offen, Minnas Kleidung liegt auf dem Boden verteilt.

»Scheiße!«

Minna geht zur mittleren Schublade und tastet sich durch das Strumpfchaos. Sie zieht alle Strümpfe und Schlüpfer raus. Seide segelt um sie herum und auf den Boden.

»Bitte nicht … bitte nicht … Scheiße.«

Die Schublade ist leer. Vielleicht hat sie es doch in eine andere getan? Sie schiebt sie zu und durchsucht die obere. Nichts. Minna fällt auf die Knie, reißt die untere Schublade raus.

Sie wirft die Korsetts in die Luft und die Hemdchen hinterher. Auch leer. Minna schiebt die Schubladen von ihrem Schoß und krabbelt über den Boden. Sie sucht auf allen vieren in dem Meer aus Wäsche, aber da ist nichts. Sie gräbt sich durch Negligés und Spitze. Aber wem will sie was vormachen? Lange bevor sie das letzte Strumpfband anhebt, weiß sie: Ida hat das Collier geklaut. Sie ist mit dem Collier von Prinzessin Charlotte, einer Ochsenaugenuhr und einem halben Brot auf und davon.

»Scheiße.«

Hoffentlich verschluckt sie sich an dem Brot und erstickt.

»Verdammte Pestkackscheiße!«

◇

Eins muss man Ida lassen. Sie ist einfallsreicher, als Minna dachte. Minna hat sie unterschätzt, die Drecksschlampe!

Menschenkenntnis? Von wegen. Männerkenntnis hat Minna vielleicht, aber damit kommst du bei Frauen nicht weit. Frauen sind komplizierter. Mehr Ebenen der Hinterfotzigkeit. Siehst du im Grunde ja schon an Minna selbst. Das ist vielleicht diese Hysterie, von der die Leute immer reden. Sollen ihre Schnauze halten.

Minna geht die Straße runter bis zur Ecke, streicht über ihren Mantel und drückt den falschen Zopf noch einmal fest. Sie muss ihn sich jetzt ganz allein anstecken. Sie schlendert die Querstraße runter und wieder rauf, beim dritten Mal tritt er aus dem Haus, auf das er neulich gezeigt hat.

»Major?«, tut Minna überrascht. »Ick mach jerade ’n kleinen Winterspaziergang.«

»Allein?«

»Det hängt janz von dir ab, mein Jroßer.«

Er strahlt, zupft an seinen Ärmeln und eilt die Steinstufen herunter. Er reicht Minna den Arm, und sie hakt sich ein.

»Bei Tageslicht bist du noch schöner.«

Minna lacht. »Schmeichler …«

»Ohne dich ist es im Schwan nicht mehr das Gleiche.«

»Ick bin ja nicht vom Erdboden verschwunden.« Sie lächelt ihn von der Seite an.

»Nein, bist du nicht.«

»Hier wohne ick.«

»Ach?«

»Ick muss mir aufwärmen, vielleicht möchteste auch ’n Tee. Du siehst janz durchjefroren aus.«

»Das bin ich.«

»Ick krieg dir schon wieder warm.«

Er wird rot und schaut auf seine Schuhe. »Wir können nicht einfach zusammen hinaufgehen, Minna.«

»Wer denkste, det ick bin?«, fragt sie empört. »Dir mit raufnehmen … Det ist ein anständiges Haus.« Sie streicht sich über ihren Mantel. »Andererseits kann ick nem Herrn, der mir beispielsweise in ein paar Minuten Blumen vorbeibringt, nicht die Tür vor der Nase zuschlagen, nicht wahr?«

»Ja, das wäre gar unhöflich.«

»Und ick bin sehr höflich. Und Major?«

»Ja?«

»Mein Haus ist nicht der Schwan. Ick teile meine Zeit nicht mehr, ick jehe nur noch nach meinem Herzen.« Sie fasst sich an die Brust. »Und mein Herz, det steht nicht zum Verkauf. Es … ist ein anspruchsvolles Herz.«

Der Major nickt. »Selbstverständlich ist es das.«

Er eilt davon, um ihr Blumen zu kaufen, und Minna geht hinauf in ihre Wohnung. Es ist bitterkalt. Sie hätte heizen sollen. Aber womit? Sie geht in die Abstellkammer, der Kohleeimer ist leer. In der Küche ist noch etwas Brennholz, Minna öffnet die Ofentür, wirft die Scheite hinein und zündet ein Streichholz an. Sie findet einen letzten Rest Zeitung, das Blatt, auf dem steht, dass Kotze im Gefängnis sitzt, und zündet es an. Zeitung in das Ofenloch und Vorhänge zu. Muss der Herr Major eben gleich in der Küche ficken, wenn er nicht will, dass ihm der Schwanz abfriert. Aber das wird Minna ihm schon verkaufen.

Sie zieht den Mantel aus und betrachtet sich im Spiegel. Den Hut lässt sie auf, aber eigentlich könnte sie das Kleid schon ausziehen und eins der Negligés über das Korsett ziehen. Sie eilt ins Schlafzimmer, und als sie im seidenen Negligé über ihren eng geschnürten Titten zurück in den Flur kommt, klingelt es bereits an der Tür.

◇

»Ich kann nicht glauben, dass Minna die Vollmachten immer noch nicht hat«, sagt Kotze.

Meierberg seufzt bedauernd. »Ich hab gestern noch einmal das Mädchen angetroffen, ihr meine Karte gegeben und ihr gesagt, die gnädige Frau möge bitte umgehend in meine Kanzlei kommen.«

Die Kutsche wackelt, der Kutscher und die Pferde geben alles, nachdem Kotze ihnen ein stattliches Trinkgeld in Aussicht gestellt hat. Kotze und sein Anwalt werden in den schwarzen Ledersitzen hin und her geworfen.

»Aber das Mädchen ist nicht in die Kanzlei gekommen?«, fragt Kotze.

»Nein.«

»Aber ich muss sagen, dass dieses Mädchen vielleicht nicht die beste Wahl ist. Es wirkte äußerst fahrig. Gehetzt.«

Kotze schaut aus dem Fenster. »Dann werden wir es entlassen.«

»Jetzt sind *Sie* jedenfalls erst einmal entlassen.« Meierberg strahlt stolz. »Sie sind wieder frei. Es hat einiges an Verhandlungsgeschick gekostet, aber ich habe selbstverständlich nicht nachgelassen.«

»Danke.«

Der Anwalt presst die Lippen aufeinander, hat wahrscheinlich auf ausschweifendere Worte des Lobes gehofft, aber bevor irgendjemand noch etwas sagen kann, nimmt der Kutscher eine scharfe Kurve. Kotze fliegt durch den Innenraum seinem Anwalt in die Arme. Der Anwalt verzieht das Gesicht.

»Verzeihung, ich hab seit Wochen nicht gebadet.«

Meierberg lächelt säuerlich. »In der Tat.«

»Wir sind da!«, ruft der Kutscher draußen und klopft aufs Dach.

Kotze rappelt sich auf und hält inne. Er schaut seinen Anwalt aus nächster Nähe und mit gerunzelter Stirn an.

»Warum haben Sie eigentlich nicht gleich Ihre Karte mit einer Notiz in Minnas Briefkasten geworfen? Bei Ihrem ersten Besuch?«

»Ihr Kasten war noch nicht beschriftet.«

»Aber er war doch sicher der einzige ohne Namen«, wendet Kotze ein. »Und überhaupt, Sie hätten doch den Hauswart fragen können.«

»Herr von Kotze, meine Priorität in dieser Sache war eindeutig, Sie aus dem Gefängnis zu holen.«

Kotze schlägt mit der flachen Hand auf die Kabinenwand neben Meierbergs Kopf.

»Aber meine nicht!«

Meierberg räuspert sich. »Mit Verlaub, in der Zeitung wird über meine Kanzlei nicht stehen, dass wir eine Dirne mit einem Bankkonto versorgt haben, während mein namhafter Mandant unschuldig und zu Unrecht bei Vater Philipp versauert.«

Der Kutscher öffnet die Tür, Kotze richtet seine Jacke und seine Krawatte und steigt aus. Er dreht sich noch einmal zum schwarzledernen Innenraum.

»Sie sind auch entlassen.«

◇

Minna stemmt sich gegen das Küchenbüfett und streckt dem Major ihren Arsch entgegen. Natürlich ist er hin und weg davon, es hier zu treiben. Das ist undenkbar bei ihm zu Hause, und es ist undenkbar im Schwan. Was soll denn die Köchin sagen, wenn du neben ihren Töpfen bumst. Du musst schon das ganze Bordell mieten, um darin jeden

Raum zu beficken. Denn die anderen Gäste sollen ja nicht denken, dass es kein anständiges Haus ist. Minna aber kann so was hier in jedem Raum anbieten, die Herren werden Schlange stehen. Minna hat kein anständiges Haus, aber sie hat ein Haus. Oder so was wie ein Haus. Hier gelten ihre Regeln, und sie kassiert.

»Härter, mein Großer. Härter!«

»Ja … Jawohl!«

Minna trägt nichts als ihr Korsett, es wäre vielleicht Zeit gewesen, es auszuziehen, aber der Major mag es so. Er selbst hat seine Strümpfe noch an und fühlt sich ganz schmutzig. Er krallt sich an ihren Hüften fest und hechelt sich vergnügt durch die Stehpartie.

»Ja, so …«, stöhnt sie.

»Minna?«, fragt Kotze.

Minna dreht den Kopf zur Tür, während der Major sich in ihr in Wohlgefallen auflöst. Er spritzt sie voll, und Kotze steht in der Küchentür. Unrasiert und ungekämmt. Blass wie der Schnee im Grunewald damals. Der Major zuckt noch. Kotze sieht von seinem nackten Arsch zu Minna. Ihr sind die Titten aus dem Korsett gefallen.

EHRENSÄBEL

Nizza, 1935

Der Bahnhof von Nizza ist auch so ein feines Gerippe wie der von Paris, nur kleiner. Alles so luftig in Frankreich. Minna ist es gewöhnt, sich durch eine schwere Stadt zu kämpfen. Durch das Glasdach scheint ihnen die Abendsonne auf die Hüte. In ihrem Licht schimmert der helle Stahlbau golden. Gustav trägt Minnas sämtliche Koffer, sie selbst nur ihre Gobelintasche. Emil ist mit seinen zwei schweren Koffern vorangeprescht, als würden die nichts wiegen. Minna sieht nur noch seinen Hinterkopf unter seinem erwachsenen Filzhut.

»Man kommt ja kaum hinterher«, beschwert sie sich.

»Vielleicht hat er Magnus schon jesehen«, überlegt Gustav.

»Heiß hier.«

»Ja, det macht sich. Frankreich macht sich.«

Minna brummt.

Emil ist endlich stehen geblieben. Minna und Gustav holen auf zu dem Jungen und einer Frau mit breitem Kinn und breiten Schultern. Sie steht etwas steif, während Emil sie umarmt.

»Det ist nicht Magnus.«

Minna schüttelt den Kopf. »Det ist Hannah, Magnus' Sekretärin.«

»Det ist ne Frau?«, fragt Gustav.

»Unter anderem«, antwortet Minna, stellt ihre Tasche ab und schüttelt Hannah die Hand.

»Tach, Hannah. Det ist der Justav.«

»Anjenehm«, sagt Gustav.

»Wo ist Magnus, Hannah?«, fragt Emil. »Konnte er nicht kommen?«

»Nein, leider nicht«, antwortet Hannah. »Emil, ich hab gestern noch nach Berlin telegrafiert.«

»Sind ganz früh los«, erklärt er.

»Wat ist denn passiert?«, fragt Minna.

»Es ging Magnus die letzten Tage schon sehr schlecht«, beginnt Hannah.

»Ach, Quatsch«, winkt Emil ab. »Mir hat er geschrieben, ihm geht es blendend.«

»Er wollte nicht, dass du Mitleid mit ihm hast. Aber ...« Sie sieht ihn eindringlich an. »Emil, es ging doch seit Monaten bergab. Ich hab dir schon in Zürich gesagt, dass er nicht mehr der Alte ist.«

»Aber wenn er krank ist, dann muss ich sofort zu ihm.«

»Emil, er ...« Hannah schluckt. »Magnus ist heute Morgen gestorben.«

Stille.

»Was?«, fragt Emil leise.

»Es ist von einem Herzinfarkt die Rede. Spätfolgen seiner Malaria. Dann die Diabetes ...«, erklärt Hannah.

»Aber er hat doch heute Geburtstag.«

»Ja.«

»Aber da kann er doch nicht sterben.«

»Emil …«, beginnt Minna und greift nach seiner Hand.

»Nein, das geht nicht.« Emil macht sich los. »Man stirbt doch nicht an seinem Geburtstag. Ich bin doch extra …« Ihm kommen die Tränen. »Ich bin doch extra zum Geburtstag gekommen.«

»Emil, komm her …«

Minna streckt ihre Hand wieder nach ihm aus, aber er ignoriert sie und sinkt auf seinen Koffer.

»Tot?«

Züge fahren ein und quietschen, als wären sie die Antwort auf seine Frage. Dabei gibt es keine Antwort, nur noch Tränen.

Berlin, 1896

Der Rammler holt einen Schein aus seiner Brieftasche und legt ihn auf den Schreibtisch am Empfang, ohne ihn loszulassen. Das Papier knistert warm in seiner Hand, er hält es fest. Am Ende ist es vielleicht alles, was er hat.

»Vielen Dank, Königliche Hoheit.« Gustav legt seine Hand ebenfalls auf den Schein, der Herzog lässt schnell los.

»Sie hat mich verlassen.«

»Wer?«, fragt Gustav.

»Rosalinde. Sie wird jemanden heiraten, den sie heiraten darf.«

»Det tut mir sehr leid.«

Der Rammler nickt. »Weil ich dich dafür bezahle.«

»Wie bitte?«

»Ist schon gut.«

Der Rammler setzt ein Lächeln auf und verlässt das kleine

Schreibzimmer des Salon Leger. Ihm ist, als wäre er nicht mehr er selbst. Der Kaiser hält ihn klein, und alle wissen es. Er wird weniger um seine Manneskraft beneidet, seit der ganze Hof – und das ganze Land – sich das Maul über die Nacht im Grunewald zerreißt. Der Rammler hat damals auch etwas verloren.

Als er das letzte Mal etwas verloren hatte, hat Minna es ihm zurückgebracht. Aber so ein Glück hast du nicht alle Tage.

◇

Die Tür fällt hinter dem Major ins Schloss, und Minna stopft nervös ihre Titten zurück ins Korsett. Kotze hat sich keinen Zentimeter bewegt.

»Tut mir leid«, sagt sie. »Det hätteste nicht sehen müssen.«

»Sehen? Das hätte gar nicht passieren sollen.«

»Ja, ick hab mir det auch anders vorjestellt, aber ick hatte kein Jeld mehr.«

Minna nimmt den Stapel Scheine von der Kommode und rollt ihn zusammen. Die Taxe immer vorher, eine kluge Dirne kassiert immer vorher. Sie steckt die Scheine zwischen ihre Brüste. Kotze hält eine Ledermappe hoch.

»Ich hab alles hier, alles. Dein Konto, Schecks …«, listet er auf, aber er ist kaum er selbst, redet nur, sagt, was gesagt werden muss, um nicht zu verstehen, was er eben gesehen hat. Um es nicht zu fühlen.

»Danke«, sagt Minna und schaut auf den Boden vor sich, »aber det hätte ick letzte Woche jebraucht. Vor zwei Wochen eigentlich …«

»Da saß ich im Gefängnis, Minna.«

»Ick muss doch trotzdem essen.«

»Ich kann nicht glauben, dass du wieder anschaffst.«

»Ick auch nicht, aber det Drecksmädchen hat mir beklaut, und ick hab nüscht mehr. Wie haste dir det denn vorjestellt? Soll ick die Häkeldeckchen essen?«

»Ich habe meinem Anwalt gesagt, er soll dir das hier bringen«, sagt Kotze und legt die Mappe auf die Kommode.

»Ick hab nüscht jekriegt.«

Kotze seufzt. »Er ist eine Pfeife.«

Minna versucht ein Lächeln. »Ick hab es ja auch so jeschafft.«

»Du hast dich von einem alten Sack …«, beginnt er, aber er kann den Satz nicht zu Ende bringen.

»Weil ick det sehr gut kann. Und weil's jenuch Jeld bringt, um die Mietschulden zu zahlen. Oder 'n Teil davon, ick hab det noch nicht janz ausge…«

»Aber du bist doch *meine* Frau«, unterbricht er verzweifelt.

»Ick bin niemandes Frau. Oder siehst du hier 'n Ring?«, fragt sie und hält ihm ihre nackte Hand vors Gesicht.

»Es tut mir leid, dass ich nicht zurückgekommen bin, aber du kannst deinen Körper doch nicht verkaufen.«

Sie verschränkt die Arme. »Außer ick verkauf ihn an dich?«

»Was? Nein? Ich …«

Minna nimmt die Ledermappe und hält sie ihm vors Gesicht. »Doch, und du bezahlst *damit.* Du willst mir ficken, und du willst der Einzige sein.«

Sie wirft die Mappe zurück.

»Weil ich dich liebe«, erklärt er.

»Det heizt meine Wohnung aber nicht!«, schreit Minna, stürmt in die Abstellkammer und holt den Kohleeimer. Sie hält Kotze den Eimer hin.

»Leer!«

Sie drückt ihm das dreckige Teil an die Brust und geht in die Küche, sie zieht den Korb fürs Brennholz neben dem Ofen hervor und zeigt darauf.

»Leer!«

Minna dreht sich zum Eisschrank unterm Fenster und öffnet die Tür.

»Leer, verdammt noch mal!«

Minna schlägt die Tür wieder zu. Kotze steht da und umarmt den rußschwarzen Eimer.

»Es tut mir so leid.«

»Ick hab die janze Zeit jewartet, immer nur jewartet.«

Er greift wieder nach seiner Ledermappe und kommt damit in die Küche. Er legt sie neben den Brotkorb und schlägt sie auf. Er zeigt auf eine Tabelle voller Zahlen.

»Hier ist deine Kontonummer, und da ist dein Haben.«

»Mein wat?« Sie sieht ihn fassungslos an.

»Dein Guthaben, dein Geld«, erklärt er. »Das hier sind die Eingänge von mir. Jede Woche überweise ich dir Geld.«

Die Zahlen verschwimmen vor Minnas Augen. Er blättert weiter und zeigt auf die nächste Unterlage.

»Und hier ist der Mietvertrag, ich werde ihn auf deinen Namen ändern und …«

Minna schlägt die Mappe zu, der Deckel landet auf seinen Fingern.

»Ick kann det nicht, det jeht so nicht.«

»Doch, doch«, beteuert er, zieht seine Finger aus der Mappe und schüttelt sie. »Du wirst alle Freiheiten haben, die du brauchst.« Er schaut sie an. »Oder brauchst du mehr Geld? Kein Problem. Was glaubst du, wie viel du brauchst?«

Er will die Mappe wieder aufschlagen, Minna nimmt seine Hand und hält sie fest. »Ick kann in so 'ner Abhängigkeit nicht leben, Kotze. Meine Seele krepiert mir wech.«

»Aber du hast doch jetzt Zugriff auf alles. Du hast alle Vollmachten, die du brauchst. Wir gehen zusammen zur Bank, zum Anwalt … Ich zeig dir, wie du Geld abholst und Schecks schreibst. Es ist ein Kinderspiel, wirklich.«

Minna wird ganz flau, wenn sie diesen Ordner nur aus dem Augenwinkel sieht. Sie atmet durch.

»Und wat ist, wenn dir wat passiert? Wenn du wieder ins Jefängnis kommst?«

»Weshalb sollte ich denn wieder verhaftet werden?«

»Oder wenn du krank wirst?«, fragt sie weiter. »Wenn du stirbst? Wat ist, wenn der Wind sich dreht und die Dreckstuberkulose aus den Arbeitervierteln hierherweht?«

»Dann gehe ich in Kur.«

»Det Leben ist nicht jarantiert, Kotze! Und selbst wenn: Wat ist, wenn du heiratest?«

»Wenn ich …?«

»Willste wirklich unverheiratet bleiben? Bis ans Ende deines Lebens? Keine rechtmäßigen Kinder?«

Stille.

Minna wirft ihm seine eigene Hand gegen die Brust. »Siehste, det kannste mir nicht versprechen. Und würdest du's tun, ick würd's nicht glauben, weil immer jemand anders kommen kann. Oder der Kaiser dir mit irgendeiner schlesischen Gräfin kommt. Dann musste die nehmen. Und dann erfährt sie von mir, und wat dann?«

»Eine Ehefrau kann doch nicht über meine Finanzen bestimmen.«

Minna lacht auf. »Unterschätz die Frauen nicht. Die haben Druckmittel.«

»So wie du mit deinem Freier gerade?«

»Det war kein Druckmittel. Det war meine Arbeit.«

»Du musst nicht mehr arbeiten, Minna.«

»Doch. Genau det versuch ick dir zu sagen.«

»Du *willst* weiter anschaffen?«

»Ja.«

»Du kriegst mehr Geld. Wie viel brauchst du in der Woche?«

»Es jeht nicht ums Jeld! Ick will Unabhängigkeit.«

»Die gibt es nicht. Du bist nur einfach lieber von deren Geld abhängig als von meinem.«

»Ja, weil's viele sind.«

»Viele?! Geht es dir darum? Dass du *viele* Männer haben willst?«

Sie ringt die Hände. »Es jeht ums Jeschäft, Kotze.«

Er schüttelt den Kopf. »Ich bin dir einfach nicht genug im Bett.«

»Doch, aber du bist keine Absicherung.«

»Natürlich bin ich das«, widerspricht er und nimmt die Mappe auf. »Hier! Hier steht drin, wie gut du abgesichert bist.«

Minna schlägt ihm den Ordner aus der Hand. »Hör mir auf mit der Scheißkackmappe da. Ick versteh nicht, wat da drinsteht.«

»Dann musst du es lernen!«

»Ick kann so wat nicht. Ick hab die Volksschule kaum überstanden. Ick versteh so Dreckszahlen nicht.«

»Wenn du es lernen *willst*, dann lernst du es auch.«

»Ick bin nicht wie du, ick hab nicht studiert.«

»Du willst es einfach nicht lernen. Du willst lieber deinen Körper verkaufen.«

»Wenn du det so eklig findest«, beginnt Minna, nimmt die Mappe wieder auf und drückt sie ihm an die Brust, »warum bezahlst *du* dann dafür?«

Sie schiebt ihn aus der Küche. »Solange du mich nicht heiratest, bin ich immer noch eine Hure.«

Kotze stößt mit dem Rücken an die Wohnungstür.

»Komm wieder, wenn du det respektierst«, schnappt sie nach ihm.

»Ich kann dich nicht heiraten.«

»Du sollst mir nicht heiraten, du sollst mir verstehen.«

»Warum bin ich dir nicht genug?«

»Raus!«

Er geht mit gesenktem Kopf, und als sie endlich keine Schritte mehr im Treppenhaus hört, als er wirklich weg ist, kommen die Tränen.

◇

Der Vermieter hat Minna gesagt, dass die Wohnung dreihundert im Monat kostet und er noch zweihundert von ihr bekommt. Jetzt nur noch hundertfünfzig. Der Major hat fünfzig gezahlt. Wenn Minna also eine Nummer für fünfzig Mark anbietet, dann … Minna rechnet, teilt dreihundert durch fünfzig, das ist sechs. Sechs Nummern in der Woche. Nein. Moment. Im Monat.

Das ist machbar. So viel hat Minna im Schwan ja in einer Nacht gemacht. Sie legt den Bleistift weg und lehnt sich zufrieden zurück. Sie greift nach ihrer Teetasse, führt sie an die Lippen und setz sie wieder ab.

»Scheiße, ick muss ja auch noch essen. Und Holz und Kohle brauch ick auch … Wie viel kostet det denn jetze …«

Es klingelt. Das auch noch … Wäre schön, wenn sich ein

Dienstmädchen darum kümmern würde. Aber weiß der Geier, was die dann wieder kostet. Minna steht auf und geht zur Tür.

Minna schaut einem toten Fuchs ins Gesicht. Er liegt auf Lottkas Schultern, an ihm hängen mehr Schwänze, als er zu Lebzeiten gehabt haben kann. Fuchsschwänze baumeln Lottka bis zum Knie hinunter.

»Guten Tag, Minna.«

»Lottka?«

»Darf ich reinkommen?«

»Ist aber kalt.«

Lottka hört Minna nicht, ist schon an ihr vorbei und steht im Flur. Sie mustert Minna.

»Wieso trägst du einen Mantel?«

Minna seufzt. »Leg besser nicht ab. Tee?«

»Ein Kaffee wäre schön.«

»Jibt Tee«, antwortet Minna.

»Eine hübsche Wohnung.«

»Eine teure Wohnung.«

Minna führt Lottka ins Wohnzimmer, nimmt eine zweite Tasse aus der Anrichte und gießt ihr den restlichen Tee aus der Kanne ein. Sie setzt sich ihr gegenüber.

»Es tut mir immer noch sehr leid, weißt du«, beginnt Minna.

»Ich weiß.« Lottka legt die Hände ineinander. »Ich … ich will nicht sagen, dass du unschuldig bist. Aber ich habe dir verziehen.«

»Wieso?«

»Du wolltest niemandem schaden«, antwortet Lottka, »und du kannst nichts dafür, dass Loloki schwache Nerven hatte.«

»Ick wusste det nicht mal.«

»Aber Herzog Rammler wusste es.«

»Willst du ihn anzeigen?«

Lottka schüttelt den Kopf. »Nein, ich will ihn erschießen.«

»Wat willste?«

»Ich will ihn umbringen. In einem Duell.«

»Aber Lottka, ein Mord …«

»Ein Duell ist kein Mord.«

»Nicht?«

»Nicht im engeren Sinne«, erklärt Lottka. »Aber es macht keinen Unterschied, ich kann ihn nicht herausfordern. Es stellt sich heraus, dass du deine Ehre in einem Duell nur verteidigen kannst, wenn du Ehre hast.«

»Und du hast keine mehr?«, fragt Minna.

»Ich hatte nie welche. Frauen haben keine Ehre.«

»Wat?«

Lottka seufzt. »Wir haben nur Jungfräulichkeit und Treue.«

»Ick nicht.«

»Ich auch nicht.«

Sie schweigen, dann lachen sie beide.

»Ich habe vier Männer gefragt, ob sie meine Sekundanten sein wollen und den Rammler in meinem Namen herausfordern«, erzählt Lottka. »Vier. Weißt du, was der Letzte gesagt hat, nachdem er mich ausgelacht hat? Er hat gesagt, dass, wenn mein Ehrgefühl verletzt sei, mein Mann für mich ein Duell austragen müsste.«

Minna runzelt die Stirn. »Aber der ist tot.«

»Eben.«

»Scheißwelt.«

»Ich will den Rammler nicht anzeigen, Minna. Der ist

doch nach ein paar Monaten und ein bisschen Papierkram wieder frei. Ich will ihn bestrafen. Wirklich bestrafen. Ich hasse ihn.«

Minna nickt. »Ick versteh dir. Aber ist der im Grunde nicht ’n dummes Kind? Det Leben bestraft den jeden Tach, so unglücklich wie der ist.«

»Der Rammler ist doch nicht unglücklich«, sagt Lottka. »Der macht sich doch mit all den Frauen mehr als glücklich.«

Minna schüttelt den Kopf. »Nee. Der will sich glücklich ficken, aber det funktioniert nicht. Glücklich musste schon vorher sein.«

Lottka schaut nachdenklich drein, dann atmet sie durch. »Dieser unsägliche Brief beschreibt jedenfalls nicht nur Lolokis Schweinereien, sondern auch, wie ich meinen Mann betrüge. Der Brief hat mich auch beleidigt. Wenn ich mich umgebracht hätte und nicht er, könnte Loloki sich jetzt durch ganz Berlin schießen, um meine Ehre wiederherzustellen.«

»Die du gar nicht hast.«

»Richtig«, sagt Lottka, nippt an dem Tee und stellt die Tasse erschöpft wieder ab.

»Hast du was Richtiges zu trinken da?«

»Ick hab nicht mal wat zum Heizen da.«

»Nicht? Aber … Kotze ist doch wieder frei.«

»Weißt du, wie viel ’n Dienstmädchen kostet?«

»Hat er dich fallengelassen?«, fragt Lottka.

»Nein, im Jejenteil. Aber ick kann det nicht. Abhängig davon sein, det er mir liebt, det er lebt, det er keine eifersüchtige Ehefrau kriegt …«

Lottka betrachtet Minna und schaut auf die beschriebenen Blätter und Papiere vor ihr auf dem Tisch.

»Was ist das?«

»Meine Buchhaltung«, antwortet Minna. »Ick versteh det allet nicht, ick kann nicht so jut rechnen, und von Zahlen wird mir schlecht.«

»Mir auch.«

»Warum können Männer det allet?«

»Können sie doch gar nicht«, widerspricht Lottka. »Die meisten von ihnen haben Buchhalter. Kotze auch ...«

»Ick hab det Warten nicht ertragen«, sagt Minna und sieht aus dem Fenster.

»Ja, aber jetzt siehst du auch nicht glücklich aus.«

◇

Diesmal hat der Diener Minna reingelassen. Er führt sie durch einen Salon in Kotzes Schreibzimmer. Auf der Tapete sind Hunderte kleiner Käfige, die Vögel darin sind so lila wie Kotzes Krawatte. Er erwartet Minna unsicher zwischen zwei goldgerahmten Spiegeln an der Wand. Sie steht ihm schweigend gegenüber, bis der Diener sie beide allein gelassen hat.

»Minna ...«, beginnt Kotze.

»Kotze, es tut mir leid. Ick wollte dir nicht verletzen ...«

»Ich weiß«, sagt er.

»Du erträgst nicht, wenn es andere Männer jibt, und ick ertrage keine Abhängigkeit.«

»Aber wir sind alle abhängig, Minna.«

»Det ist anders, wenn man kein Geld hat.«

»Und wenn man welches hat, muss man sich kümmern«, sagt er leise. »Geld kümmert sich nicht um sich selbst. Eigentum verpflichtet. Es reicht nicht, Geld zu haben, du musst es auch verstehen.«

»Ick hab's versucht, aber det Geld spricht einfach nicht meine Sprache.«

Kotze lacht. Minnas Spiegelbild steht neben ihm an dieser Wand voller goldener Käfige.

»Dann musst du seine Sprache lernen«, sagt er.

»Ick vermisse dir.«

Er strahlt sie an und kommt zu ihr, er nimmt ihre Hände.

»Ich dich auch.«

Er will sie küssen, aber Minna weicht zurück. Ihre Hände sind feucht, sie wischt sie an ihrem Rock ab. Feine Dame kann sie nachher wieder spielen.

»Ick muss dir noch wat sagen.«

»Noch was?«

»Wenn wir uns vertragen und neu anfangen, dann soll nüscht mehr zwischen uns stehen.«

»In Ordnung …?«, sagt er zögerlich.

»Ick … der Brief, der dir ins Jefängnis gebracht hat … Det waren meine Worte.«

»Wie bitte?« Kotze sinkt in einen der goldgelben Sessel. Er ist blass.

»Ick war todmüde nach der Gesellschaft im Grunewald, eigentlich hab ick schon geschlafen, und der Rammler hat mir gefragt, wie ick diese oder jene Spielerei nennen würde, und sich allet notiert. Und als ick aufjewacht bin, war er wech, er hatte den Brief jeschrieben, kopieren lassen und diese albernen Fotografien jekauft. Es tut mir so leid.«

»Warum sagst du das erst jetzt?«

Sie senkt den Kopf. »Ick wollte nicht, det du Schlechtes von mir denkst, ick wollte dir jefallen. Es tut mir leid.«

»Wusstest du, dass er den Brief schreibt?«

»Ick wusste jar nicht, wat der sich jenau notiert hat oder

warum. Aber ohne mich hätte er det allet nie schreiben können.«

»Der Rammler hat den Brief geschrieben?«

Minna seufzt, warum leugnen. »Mit meiner Hilfe, ja.«

Kotze sitzt da und schweigt. Er sieht an Minna vorbei ins Nichts. Sie sieht sich selbst in einem der Spiegel, geknickt und gebeugt wie ein geprügelter Hund.

»Ich war im Gefängnis wegen diesem Brief«, sagt Kotze nach einer Weile, die ihr vorkommt wie eine Ewigkeit.

»Ja.«

»Du hast wegen diesem Brief wieder angeschafft.«

»Ja.«

»Ohne den Brief hättest du längst das Konto und alle Vollmachten, und wir wären glücklich.«

Sie schaut ihn vorsichtig von unten an. »Es tut mir so, so leid, Kotze.«

Er ballt die Hände zu Fäusten. Minna sieht sie schon durch den Raum fliegen. *Der rastet gleich aus*, denkt sie, und dass es das wirklich war. Aber sie hat es versucht. Und er hat jetzt mehr Gründe als genug, um sie zu hassen. Ist besser für ihn. So fällt es ihm leichter, über Minna hinwegzukommen. Und sie kommt schon klar ohne ihn. Oder? Sicherlich, ist ja nur das Herz.

»Ich war im Gefängnis wegen diesem Brief!« Kotze springt auf. Sein Hals ist gerötet, sein Blick noch immer nach innen gekehrt.

»Ick verstehe, wenn du mir jetzt nicht mehr willst.«

»Das wird er büßen!«

»Wat? Wer?«

»Dir das anzutun … Mir …« Kotze ringt die Fäuste. »Uns das anzutun. Das wird der Rammler büßen.«

»Aber …?«, beginnt Minna. Vergeblich. Kotze hat sie nicht gehört.

»So kommt der nicht davon! Diesmal nicht …«

Er stürmt an Minna vorbei aus dem Schreibzimmer hinaus. Sie bleibt allein zurück mit Tausenden lila Vögeln in Tausenden goldenen Käfigen und betrachtet ihren ratlosen Ausdruck im Spiegel.

◇

»Rammler!«, ruft Kotze und stürmt dessen Schreibzimmer. Der Diener folgt ihm atemlos.

»Verzeihen Sie, Königliche Hoheit, er hat mich einfach überholt.«

Der Herzog sitzt unter seinem Kostümporträt und erhebt sich langsam. Er schickt den Diener weg und runzelt die Stirn. »Wieder auf freiem Fuß, Kotze?«

»Sie haben mich für etwas angezeigt, das Sie selbst getan haben. Ich habe niemanden beleidigt. *Sie* haben die Briefe geschrieben. Das war *Ihr* Rufmord, nicht meiner!«

Der Rammler schmunzelt. »Das können Sie doch gar nicht beweisen.«

Kotze stemmt die Hände in die Hüften. »Ich weiß, dass Sie es waren.«

»Aber Ihr Wissen ist niemandem mehr etwas wert. Auch dem Kaiser nicht.«

»Sie haben mich ruiniert«, brüllt Kotze und zeigt mit dem ausgestreckten Finger auf den Herzog. »Sie haben meine Karriere zunichtegemacht und meine gesellschaftliche Stellung zerstört.«

Der Herzog winkt ab. »Ich bitte Sie, die war doch kaum der Rede wert.«

»Sie werden für all das bezahlen.«

»Und wie?«

Kotze sammelt sich, nimmt die Schultern zurück und sieht den Herzog an. »Ich fordere Sie zum Duell.«

Stille.

Der Herzog lacht dünn. »Das können Sie doch gar nicht persönlich tun.«

Kotze nickt und tritt ganz nah an den Herzog heran.

»Sie werden noch von meinem Sekundanten hören.«

»Ich …«

»Sie haben sich den Falschen für Ihre dummen Spiele ausgesucht, Hoheit. Stellen Sie sich auf Pistolen ein.«

◇

Die Tür fällt ins Schloss. Minnas Kopf fährt hoch. Wo ist sie? Sie ist auf dem Sessel in Kotzes Schreibzimmer eingeschlafen. Kotze ist rausgestürmt und hat sie allein gelassen. Und sie hat wieder gewartet. Hat sie inzwischen Übung drin. Sie liegt halb verdreht über der Lehne. Auf dem goldgelben Samt unter ihrem Kopf ist ein Sabberfleck. Sie blinzelt in den Raum, ihr Korsett drückt. Sie setzt sich vorsichtig gerade hin.

»Minna. Du bist noch da?«, fragt Kotze.

Lottka und er stehen vor ihr und riechen nach Winter. Ihre Wangen sind gerötet von einer eiligen Kutschfahrt.

»Hätt ick jehen sollen?«, fragt Minna verschlafen.

»Nein, ich hatte dich nur vergessen.«

»Wie schön.«

»Stell dir vor, Minna«, beginnt Lottka und beugt sich mit glühenden Augen zu ihr hinunter. »Kotze wird den Rammler zur Rechenschaft ziehen. Und ich bin sein Sekundant.«

»Sekundant der Rechenschaft?«, fragt Minna.

Sie nickt mit leuchtenden Wangen. Sie steht schon wieder in Flammen. Wahrscheinlich das erste Mal nach Lolokis Tod. Gut für sie.

»So in etwa«, sagt Kotze. »Das ist etwas unkonventionell, aber da wir eh schnell und im Geheimen agieren müssen, ist kein Widerstand zu befürchten.«

»Wie schön«, wiederholt Minna und gähnt. Sie steht auf und dreht sich, soweit sie das in ihrem Korsett kann. Die Stangen jucken und scheuern. Am liebsten würde sie sich hier sofort ausziehen und überall kratzen. Kein Wunder, dass Lottka sich immer ausziehen will. Minna versucht, das Korsett etwas zu bewegen.

»Minna, du darfst niemandem davon erzählen, hörst du?«, sagt Lottka.

»Mhm … ja«, murmelt Minna und hält inne. »Wovon denn?«

»Dem Duell.«

Minna lässt das Korsett los und schaut zu Kotze. »Dem wat?«

»Kotze hat den Rammler zum Duell gefordert«, erklärt Lottka.

Minna blinzelt langsam. »Wat?«

Lottka nickt und geht eifrig auf und ab. »Es ist das einzig Richtige. Nur so kann er seine Ehre retten. Der Herzog hat ihn beleidigt und um seine Stellung gebracht.«

»Und 'n Duell bedeutet wat?«, fragt Minna.

»Wir werden im Morgengrauen aufeinander schießen«, antwortet Kotze.

»Ich werde die Entfernung und die Schussmenge verhandeln, und dann wird der Herzog seine Lektion lernen«, ergänzt Lottka. »Nur weil niemand einer Frau sekundieren will, heißt das nicht, dass ich nicht selbst Sekundantin sein kann. Und dann wird geschossen.«

»Mit Pistolen?«, fragt Minna.

»Ja.« Kotze nickt. »Ich bin nicht gut am Säbel.«

Lottka strahlt. »Aber er ist sehr gut an der Schusswaffe.«

Minna schluckt. »Wie schön.« Langsam begreift sie, was bevorsteht, betrachtet Lottka und Kotze und runzelt die Stirn. »Macht ihr so wat öfter?«

»Es ist mein erstes Mal«, erklärt Kotze nicht ohne Stolz.

»Meins auch, aber mein Vater hat in seinem Leben zwei Duelle ausgetragen.«

»Und Bismarck musste sich gegen Vincke verteidigen, als der ihn beleidigt hat«, erzählt Kotze und wendet sich an Lottka. »Erinnerst du dich?«

»Aber det ist doch jefährlich«, wendet Minna ein.

»Der Herzog ist gefährlich«, wischt Lottka ihre Bedenken beiseite. »Er bringt Menschen ins Gefängnis und ruiniert sie. Loloki hat sich seinetwegen umgebracht, Minna.«

»Ick bin dagegen«, sagt Minna und verschränkt die Arme.

»Ja, ich auch«, stimmt Kotze zu, »deshalb will ich ihm doch Einhalt gebieten.«

»Gegen det Duell bin ick. Mach det nicht.«

»Es gibt wirklich keinen anderen Weg, Kotzes Ehre wiederherzustellen«, bedauert Lottka, und Kotze fügt an: »Der Kaiser redet nicht mehr mit mir.«

»Mit mir hat der noch nie jeredet«, wendet Minna ein, »und ick will auch niemanden erschießen.«

Lottka lächelt. »Minna, das verstehst du einfach nicht.«

»Nee, und det will ick auch nicht. Im Morgengrauen aufeinander schießen …« Sie tippt sich an die Stirn. »Wann soll dieser Zirkus stattfinden?«

»Bald«, antwortet Kotze. »Vielleicht schon übermorgen. Es muss schnell gehen, damit niemand Wind davon bekommt.«

»Warum darf det keiner wissen?«, fragt Minna.

»Weil es doch verboten ist«, antwortet Lottka

»Det ist verboten, aufeinander zu ballern? Schau einer an. Wer hätte det jedacht?«

»Minna«, sagt Kotze besänftigend, »vielleicht möchtest du dich erst einmal ausruhen, und dann besprechen wir das in Ruhe.«

»Der Rammler muss sowieso erst einen Sekundanten finden und Antwort schicken«, erklärt Lottka. »Es wird bestimmt nicht vor übermorgen passieren.«

Minna runzelt die Stirn und sieht von einem glühenden Augenpaar zum anderen. Kotze weicht ihrem Blick aus und geht zum Schreibtisch. Er setzt sich, schlägt ein ledernes Büchlein auf und nimmt seine Feder. Er schreibt schneller, als Minna gucken kann. Er reißt das Blättchen aus seinem Buch und fächelt es durch die Luft, während er wieder aufsteht und zu Minna geht. Er hält ihr das Papier hin.

»Hier ist ein Scheck für deine Mietschulden und die offenen Rechnungen. Mein Kutscher fährt dich zu einer Bank mit Nachtschalter, dann bist du morgen wieder solvent.«

»Wat bin ick morgen?«, fragt sie.

»Du hast wieder Geld.«

»Minna, du solltest dich wirklich etwas ausruhen, nach den letzten Wochen«, sagt jetzt auch Lottka. »Hier können wir jetzt nichts mehr machen.«

»Außer auf den Sekundanten des Herzogs zu warten.«

»Aber der kommt doch heute nicht mehr.«

Minna mustert beide noch einmal, schnappt sich den

Scheck und rafft ihren Rock. Sie dreht sich kopfschüttelnd um und geht zur Tür.

»Ihr solltet auch schlafen. Dann könnt ihr morgen vielleicht wieder klar denken. Duell …« Sie tippt sich an die Stirn. »Ihr seid ja nicht recht bei Jroschen.«

◇

Der Rammler öffnet die Flügeltüren des Leger, bevor ihm die Diener zuvorkommen können. Er stürmt vorbei am Zimmer der Wirtschafterin, dem Pianisten im Salon und Gustavs Bar.

»Königliche Hoheit«, sagt Gustav, aber der Rammler ignoriert ihn und stürmt die Treppe hinauf. Dann bleibt er auf dem Absatz stehen und beugt sich über das Treppengeländer.

»Ist er bei Jenny?«

»Wer?«, ruft ihm Gustav entgegen und kommt hinter der Bar hervor.

»Na, Bismarck natürlich.«

»Königliche Hoheit können da jetzt nicht einfach …«

»Also ja«, schließt der Rammler und stürmt in den ersten Stock. Er läuft vorbei an goldgerahmten Porträts aller Dirnen, die länger als ein Jahr hier im Haus sind oder waren.

Bismarck liegt nackt und mit ausgebreiteten Armen auf dem Teppich, während die schöne Jenny zu seinen Füßen auf dem Bauch liegt und Bismarck mit ihren schwarzen Locken über die Füße streicht. Bismarck erschaudert wohlig, als die Tür auffliegt. Er reißt den Kopf hoch und sieht den Rammler ins Zimmer eilen. Sein Blick ist gehetzt, seine Wangen sind blass.

»Ernst?«

»Ich brauche dich als Sekundanten«, sprudelt es aus dem

Rammler heraus. »Kotze hat mich zum Duell gefordert wegen meiner Anzeige. Dabei musste ich ihn doch anzeigen, allein um meine Haut zu retten. Es sah doch wirklich so aus, als wäre er es gewesen. Ich kann nicht ablehnen, oder? Kann ich ablehnen?«

Gustav erscheint atemlos in der Tür. »Durchlaucht, bitte verzeihen Sie, er ist einfach an mir vorbei, ich …«

Bismarck steht auf und greift nach Jennys Kimono. Er betrachtet den Rammler, während er sich den Kimono umbindet. Der Herzog kommt ihm vor wie ein anderer Mensch. Angst verändert einen.

»Schon gut«, sagt Bismarck und wendet sich an Jenny. »Können wir für einen Moment dein Zimmer haben?«

Sie nickt, sie weiß, dass das mehr Trinkgeld und weniger Arbeit bedeutet. Sie geht und zieht Gustav mit sich. Die Tür fällt hinter ihnen ins Schloss, und der Rammler starrt ins Leere.

»Es sah doch wirklich so aus, als wäre es Kotze gewesen«, sagt er wieder.

»Wirklich?«, fragt Bismarck, der nun die Kirschblüten seiner Lieblingsdirne trägt. »Sah es nicht eher so aus, als werde ganz dringend ein Sündenbock gebraucht?«

»Besser als gar kein Schuldiger. Ich habe Seine Majestät beruhigt, ich habe ganz Deutschland beruhigt, und dafür werde ich jetzt herausgefordert? Ich kann doch gar nicht schießen, Herbert.«

Bismarck schluckt. Ja, das kann der Rammler nicht. Es sieht nicht gut aus für ihn.

»Und das alles nur, weil ich Ermittlungen eingeleitet habe?«

»Hat Kotze dich wirklich deshalb zum Duell gefordert?«,

fragt Bismarck. »Oder weil du den Brief tatsächlich geschrieben hast, Ernst?«

Der Rammler lehnt sich an die Wand neben dem Waschtisch. »Es war doch nur ein Witz. Es war doch lustig gemeint«, sagt er mit dünner Stimme. Er gleitet an der Stofftapete nach unten und umschlingt seine Knie wie ein Kind. »Ich wollte doch nichts Böses.«

Bismarck schließt die Augen. Vielleicht wollte er das wirklich nicht, aber Gutes sollte dieser Brief auch nicht anrichten. Und der Rammler trägt Verantwortung, nicht Kotze. Und deshalb hat Bismarck Seiner Majestät anonym gedroht, einen Skandal zu entfachen, sollte Kotze nicht freikommen. Bismarck war sicher, das Richtige getan zu haben. Aber nun sitzt dieses Häufchen Elend vor ihm auf dem Boden und fürchtet um sein Leben, und das hat Bismarck auch nicht beabsichtigt. Von einem Duell ganz zu schweigen.

»Wollen Sie?«, fragt der Rammler leise.

»Bitte?«

»Mein Sekundant sein?«

Nein, Bismarck will nicht. Aber Bismarck trägt eben auch Verantwortung, also sagt er Ja.

◇

Kotze spürt die Schulterblätter des Herzogs im Rücken und dessen Hinterkopf an seinem eigenen. Ihm ist, als rieche er Angst. Seine eigene, aber auch die vom Rammler. Zu guter Letzt fürchtet das Karnickel, dass es geschossen wird. Am Ende ist ein Kaninchen immer die Beute, so viel ist sicher. Aber ist Kotze ein Jäger?

Lottka und Bismarck stehen einige Meter entfernt nebeneinander. Sie sind kaum mehr als Schatten mit Atemwolken vor den Gesichtern. Über ihnen wird der Winterhimmel nur langsam heller. Die Nacht liegt noch schwer über dem schwarzen Wald und seiner graugrünen Lichtung. Der Tag will nicht recht anbrechen. Die Pistole in Kotzes Hand kümmert das nicht. Er hält sie wie jede andere Waffe auch. Als wär das ein Tag auf dem Schießstand mit Loloki. Aber Loloki ist tot. Er hat sich erhängt. Kotzes engster Freund hat sich das Leben genommen, weil der Rammler ihn ruiniert hat. Kotzes Hand schließt sich enger um den Griff der Pistole. Sie ist bereit, keine Kimme, kein Korn. Lottka hat bei ihrem Anblick gesagt, dass die Waffe aussieht wie der Hammer aus dem Sanatorium. Und dann hat sie was von Befriedigung gefaselt. Sie ist sehr aufgeregt. Sie sprudelt über. Sie liebe den Hammer und vermisse ihn. Und der Hammer habe auch weder Kimme noch Korn.

Die Duellpistolen sind nicht zum Zielen gemacht. Es geht nun nicht mehr darum, wer besser schießt. Es geht um höhere Mächte. Es kommt nicht mehr darauf an, wer wen wie gut ins Visier nimmt.

Was jetzt geschieht, wird in Gottes Hand liegen.

◇

Ausruhen am Arsch. Minna hat kein Auge zugedrückt in ihrer kalten Wohnung, für die sie heute wieder Kohlen kaufen könnte, aber wer denkt an Kohlen in Zeiten wie diesen. Sie hatte ein mulmiges Gefühl. Gefühle sind für eine Hure nie gut, aber das war so eins, da weißt du, dass du handeln musst. Also ist Minna um fünf wieder aufgestanden, zurück zu Kotze gefahren – und siehe da: Weg waren sie. Weil der blöde Karnickel-Herzog nämlich doch schon jemand gefunden hat als Sekundings. Und natürlich findet das Duell heute schon statt. Musst du hinter dich bringen. Peng, peng. Der Diener, hilfsbereit wie eine tote Nonne, wollte Minna nicht sagen, wo sie sich treffen. Aber diesmal hat sie ihn einfach zur Seite geschoben, ist rein ins Haus und durch die Seitentür raus zum Stall, wo du immer Burschen findest. Und die wissen Bescheid, sobald du ihnen ein paar Mark gibst. Jetzt läuft Minna durch den Grunewald, während die Spätwintersonne langsam aufgeht. Äste knacken unter ihren Stiefeln. Es wird heller und heller. Hoffentlich ist es nicht zu spät. Es kann nicht mehr weit sein. *Vielleicht komm ich ja noch recht…*

Ein Schuss reißt ihre Gedanken in Fetzen. Minna rennt durch den Wald. Nackte Zweige peitschen ihr ins Gesicht und greifen nach dem falschen Zopf. Er bleibt hängen, sie reißt ihn sich vom Kopf und lässt ihn aufgespießt zurück. Sie stolpert auf eine Lichtung. Da sind sie.

Kotze wirft seine Pistole ins Laub vom letzten Jahr. Lottka steht ein paar Schritte entfernt und hält sich die Hände vor den Mund. Sie starrt auf den Boden ein paar Meter weiter. Bismarck kniet über jemandem. Minna geht langsam hinüber. Mit roter Brust liegt der blonde Herzog zwischen braunen Blättern. Er sieht den milchigen Himmel an, als könne er durch ihn hindurchsehen.

»Er ist tot.«

»Wat?«, haucht Minna.

Sie schaut Kotze an, dann Lottka. Beide sind sie leichenblass – und doch am Leben.

»Tot?«, fragt Kotze zaghaft.

Bismarck räuspert sich. »Es sieht aus, als hätten Sie ihn gleich mit dem ersten Schuss mitten ins Herz getroffen, Kotze.«

Stille.

»Habt ihr alle Tinte jesoffen?«, brüllt Minna plötzlich. »Ihr seid doch komplett bescheuert! Du kannst doch nicht einfach 'n Mann erschießen, Kotze! Du hast den umjebracht! Du hast den Schwager des Kaisers umjebracht!«

»Die meisten Duelle enden nicht tödlich«, wimmert Lottka leise.

»Aber der ist tot, Lottka!«, schreit Minna und zeigt ins Laub. »Ihr habt ihn umjebracht!«

Lottka schüttelt den Kopf und hält sich die Hand vor den Mund. »Es ist wirklich nicht wahrscheinlich, dass ein Duellant stirbt.«

Bismarck nickt. »Mein Vater hat sein Duell überlebt.«

»Meiner auch«, sagt Lottka. »Und sein Gegner auch.«

»Na, dann is ja allet in Butter!«, sagt Minna. Sie schaut auf den Herzog im Laub und geht zu ihm. Er war noch nie so friedlich. Und nicht mal Rosalinde ist da und weint um den. Keiner weint um den. Ist doch auch nicht richtig. Da denkst du, dass das Leben in Prenzlauer Berg nichts wert ist, weil du da schneller in eine Maschine fällst, als du gucken kannst, und wenn du doch mal hinguckst und dich grad noch abgefangen hast, dann kriegste am nächsten Tag Bronchitis und krepierst daran. Aber dass du an deiner Ehre krepierst … Nee!

»Wofür jeht ihr denn alle auf eure Akademien und Pensionate?«, fragt Minna den Toten. »Ick dachte, die machen euch klug. Ick dachte … Scheiße.«

KRONENSOHN

Nizza, 1935

Emil steht mit dem Rücken zu Minna am Fenster und schaut aufs Meer. Sie sitzt zwischen Topfpalmen und schaut ihrem Tee dabei zu, wie er kalt wird. Magnus hat eine hübsche weiße Villa an der Strandpromenade. Geld hatte der wirklich immer. Aber egal, wo das am Ende herkam, es macht wohl nicht gesund. Und auch nicht wirklich jung. Das hat Minna nur gehofft. Hoffen kannst du ja, bis du schwarz wirst.

»Vielleicht ist meine Jeschichte von damals nicht mehr det Richtige für dich, Junge. So viel Tod …«

Er zuckt mit den Schultern. »Ist doch Teil des Lebens.«

»Aber du musst dir ja nicht jetze damit beschäftigen.«

»Womit soll ich mich sonst beschäftigen?«, fragt er leise, ohne sich umzudrehen.

»Ick weiß nicht.«

»Dann erzähl weiter.«

Berlin, 1896

Minna und Lottka stehen am Fenster und schauen durch die

Zweige des Kirschbaums hinunter auf die Straße. Lottka kommt einmal die Woche zu Minna, das andere Mal besucht Minna Lottka.

In der Küche klappert Geschirr. Minna hat wieder ein Dienstmädchen und Kaffee – und sogar Likör und Wein. Diesmal hat Kotze noch alles regeln können. Vollmachten, Konto und den ganzen Kram. Es gibt jetzt immer zu essen, aber nichts zu tun.

»Ich bin gern bei dir«, sagt Lottka. »Es ist alles so übersichtlich.«

»Du hättest mal die Wohnung von meiner Familie in Prenzlauer Berg sehen sollen …«

Lottka lacht leise, rührt in ihrer Kaffeetasse und schaut weiterhin durch das Netzwerk aus grünen Knospen und knöchrigen Zweigen.

»Siehst du die Dame mit dem Hut da unten? Ich sag dir, je größer der Putz auf dem Kopf, desto langweiliger die Frau! Andererseits hat die bestimmt niemanden zu einem Duell angestiftet und ins Gefängnis gebracht …«

»Kotze hat sich selbst ins Jefängnis jebracht«, sagt Minna.

»Ich hätte ihm das Duell aus-, nicht einreden sollen.«

»Ja.«

»Duelle …« Lottka schüttelt den Kopf. »Lächerlich. Ich dachte, dass es mir Genugtuung gibt, ein Gefühl von Gerechtigkeit. Aber der Rammler liegt auf dem Friedhof, und es hat gar nichts geändert.«

Minna nickt. »Loloki ist immer noch tot.«

»Ich vermisse ihn so.« Lottka trinkt Kaffee. »Aber so oder so: Ich hätte Kotze nicht unterstützen sollen.«

»Und ick hätte den Rammler mit seinem Dreckbrief nicht unterstützen sollen.«

»Und jetzt stehen wir beide hier wie je ein Fehler auf zwei Beinen.«

Minna lacht. »Ick bin bestimmt mehr als nur *ein* Fehler.«

»Deshalb brauchst du auch nicht so ein schreckliches Ungetüm auf dem Kopf wie die Tante da unten.«

»Guck mal, sie hat ein paar Freundinnen getroffen.«

Sie sehen hinunter auf drei Hüte, die sich angeregt auf der Straße unterhalten. Federn tanzen voreinander, Stoffblumen beobachten sich. Was sie alles zu bereden haben. Jetzt lacht eine.

»Wenn *ich* Bekannte auf der Straße treffe, dann wechseln die inzwischen die Straßenseite«, sagt Lottka.

»Ick kenne niemanden, den ick treffen könnte.«

Sie schweigen und rühren in ihren Tassen.

»Du solltest wirklich anfangen, Bücher zu lesen«, rät Lottka.

»Liest du?«, fragt Minna.

»Nein.«

Wieder Schweigen.

»Komm, wir spielen ne Runde Poker«, schlägt Minna vor.

Lottka seufzt. »Da verlier ich doch nur wieder …«

»Wir können ja Knöpfe setzen statt Jeld.«

»Auf keinen Fall«, sagt Lottka und setzt sich an den Tisch. »Wer gibt?«

Minna setzt sich dazu, mischt die Karten und klingelt nach dem Dienstmädchen. Sie teilt aus, das Mädchen bringt Likör und Kuchen, aber bevor Minnas Teller leer ist, hat sie die erste Runde schon gewonnen.

»Du machst mich arm«, jammert Lottka.

»Ick glaub nicht, det det möglich ist.«

»Weil du keine Ahnung von Geld hast.«

Minna grinst. »Ick versteh mehr von Jeld als du von diesem Spiel.«

»Das werden wir noch sehen …«

Lottka mischt und teilt aus. Sie schieben die Zeit mit Spielkarten aus dem Raum, der Nachmittag wird zum Abend.

Das Mädchen bringt Wein und Stullen. Lottka will bei Minna immer Stullen essen. Ihre Wangen glühen vom Wein, und Minna lacht und denkt an nichts außer ihre Karten.

Sie vergisst, dass sie morgen wieder nicht weiß, wohin mit sich. Nach dem Essen lässt sie Lottka einmal gewinnen, und um zehn sagt Minna dem Mädchen, dass es sich zurückziehen kann. Während es in der Abstellkammer auf den Zwischenboden kriecht, nimmt Minna Lottka das letzte Bargeld ab, das sie dabeihat. Vielleicht setzt sie ja auch diesmal wieder ein Schmuckstück. Käme Minna gerade recht, wo sie doch nichts mehr hat, um sich herauszuputzen. Aber Lottka gähnt.

»Ich überlege auszuwandern, Minna.«

Minna nickt. »Und ick überlege, stricken zu lernen.«

»Ich mein es ernst.«

»Ick nicht.«

»Wirklich, Minna«, beharrt Lottka. »Ich kann nicht mehr. All diese steifen Pickelhauben und absurden Paragrafen, die meinen Mann unglücklich gemacht haben. Ich gehe fort.«

»Wohin?«

»Nach Amerika.«

»Haben die keine Paragrafen?«

»Doch«, antwortet Lottka, »aber wenigstens keine Pickelhauben. Ich gehöre nirgendwo mehr dazu. Es ist nicht, dass ich die Gesellschaft vom Hof vermisse, die steifen Heuchler können mir gestohlen bleiben. Aber es muss doch noch andere Menschen geben, mit denen eine Dame sich die Zeit vertreiben kann … Ich fühle mich wie eine Insel in dieser Stadt.«

»Da sind wir schon zu zweit.«

»Aber ich mag Menschen, ich mag Feste …«, schwärmt Lottka. »Doch wenn ich jetzt eins geben würde, es würde keiner kommen außer dir.«

»Ich könnte det neue Mädchen mitbringen. Sie ist zwar langweilig, aber zuverlässig«, schlägt Minna vor.

»Ich brauche einen Neuanfang.«

»Du willst Deutschland wirklich verlassen?«, fragt Minna.

»In Amerika spielen sie doch überall Poker, das kann also so schlecht nicht sein …«

»Aber …« Mehr weiß Minna nicht. Lottka lächelt sie an, als hätte sie nie eine andere Freundin gehabt als Minna. Und … das hatte sie doch auch nicht. Sie wartet darauf, was Minna sagen will, weil sie höflich ist, aber was will Minna denn überhaupt sagen? Draußen ist es Nacht, und ihre Nächte sind so einsam wie nie zuvor in ihrem Leben. In ihrem Zimmer röchelt keine Mutter, es schnarcht kein Bruder, es ist kein Freier mehr an ihr dran, und Kotze kann sich selbst in seiner Zelle kaum warm halten, geschweige denn, dass der Minna hier in ihrem Himmelbett wärmt. Da wärmt nichts. Und deshalb braucht man auch diese Kackbettvorhänge. Weil du nämlich allein bist, je mehr Geld du hast. Lottka sagt, sie hat auch immer allein geschlafen, auch als Loloki noch gelebt hat. Je reicher, desto einsamer.

Und jetzt will Lottka weg? Und was macht Minna dann? Muss sie dann wirklich stricken lernen?

◇

Minna geht durch das schmiedeeiserne Tor in den Hinterhof und die Treppe hinunter zur Küchentür vom Schwan. Alles ist dunkel, dabei müsste Berta Lulu die Haare machen und Vollmond-Fanny noch immer vorm Frühstück sitzen, bis sie aufgegessen hat. Aber vielleicht war die Nacht besonders lang. Minna klopft.

Nichts.

Warum ist denn keiner da? Der Ofen sieht kalt aus. Der müsste längst an sein …

Minna klopft lauter.

»Hallo? Hallo!«

Berta erscheint mit gerunzelter Stirn in der Küche, sie sieht Minna und macht auf.

»Berta, endlich.« Minna fällt ihr in die Arme, sie drückt zögerlich zurück.

»Na, kommste wieder angekrochen?«

»Nein, ick dachte nur, wir könnten vielleicht einen Kaffee zusammen trinken«, antwortet Minna und löst sich von ihr.

Berta sieht sie mit skeptischem Blick an. »Nen Kaffee?«

»Oder nen Punsch, der zu wenig Arrak intus hat?«

Minna sieht sich um, an den Wänden hängen nur noch die Hälfte der Töpfe und Pfannen, im Küchenbüfett ist gar kein Geschirr mehr. Alle Postkarten von Edith sind weg. Keine Blumen am Fenster.

»Wat ist passiert?«, fragt Minna.

Berta lächelt traurig. »Edith ist tot.«

»Wat …? Aber …?«

Berta nickt und führt Minna in den kahlen Gemeinschaftsraum. Sie holt von irgendwo zwei Gläser und eine

Flasche Schnaps. Sie gießt Minna und sich ein. Minna sitzt an dem Tisch, alles hier erscheint ihr tot.

»Sie war bergsteigen in den Anden«, erzählt Berta. »Es gab einen Unfall. Prost.«

»Prost.«

Die Gläser klirren aneinander. Berta und Minna trinken.

»Sie konnte wohl nicht so gut klettern, wie sie dachte. Ich bin mir sicher, dass das am Kokain lag.«

»Daran stirbt man doch nicht, det ist Medizin.«

Berta runzelt die Stirn. »Fragt sich nur wofür. Das Zeug ist teuer, und es hat sie nachlässig gemacht. Hat keine Rechnungen bezahlt. Sie war am Ende komplett verschuldet.«

»Und det lag nur am Kokain?«

»Ich weiß nicht, wovon du redest«, antwortet Berta schnell und greift nach der Schnapsflasche.

»Davon, det du diese Kokainsache ausgenutzt hast, Berta.«

Berta lacht bitter. »Ja, da hab ich mir nen Bärendienst erwiesen. Das Haus gehört der Bank, wir müssen alle heute Nachmittag raus sein. Ich bin die Letzte.«

Sie schenkt nach. »Auf Edith, die alte Giftnatter.«

Minna hebt ihr Glas. »Auf Edith.«

Sie stoßen an und trinken. Minna stellt das leere Pinnchen auf den leeren Tisch. Alles leer, hier.

»Und wo gehst du jetzt hin?«, fragt sie.

»Nach Hause.«

»Nach Polen?«

»Natürlich«, antwortet Berta, »ist doch schön da.«

»Wenn du meinst.«

»Komm doch da mal zum Kaffee vorbei.«

»In Polen?« Minna lacht. »Nee, ick mag es in Berlin. Ick jehe hier nich wech.«

»Ja, schlecht ist das hier nicht ...«

»Nein.«

◇

Kutsche fahren ist auch interessanter, wenn man dabei bumsen kann. Es ist gar nicht so bequem, wie Minna immer dachte. Früher war sie neidisch, wenn eine Kutsche an ihr vorbeigefahren ist, und wollte unbedingt hinein in das Gefährt. Aber man sieht wenig, das Fenster ist klein und verhangen. Es rumpelt und holpert.

Lottka hat den Vorhang beiseitegeschoben und schaut mit glänzenden Augen hinaus. Zum einen, weil immer etwas an ihr glänzt wie wundgescheuert, zum anderen, weil sie wohl nicht mehr oft durch diese Straßen fahren wird.

»Wat wollen wir denn im Osten? Ick hab dir schon zwei Mal jesacht, det ick dir nicht zeige, wo ick vorher jewohnt hab. Det ist ’n Arbeiterviertel, kein Zoo für gelangweilte Gräfinnen.«

»Jaja. Und ich habe dich verstanden. Wir sind gleich da.«

Minna schaut aus dem Fenster. »Im Scheunenviertel?«

Die Kutsche bleibt in einer schmalen Straße stehen. Als Minna und Lottka aussteigen, ist es schon dunkel. Gaslaternen erhellen das Kopfsteinpflaster. Aus drei Kneipen fallen Licht und Betrunkene auf den Bürgersteig. Lottka zeigt auf ein schmales Haus, das sich zwischen zwei andere quetscht, als hätte es niemand gewollt.

»Wat ist det?«

»Ein Haus, Minna.«

»Det seh ick. Aber wat wollen wir hier?«

»Komm schon, Minna.«

Sie heben ihre Röcke, damit sie nicht die Straße kehren.

Wenn du mal eine Weile durch saubere Straßen gegangen bist, dann sticht dir der Dreck hier im Osten plötzlich deutlich ins Auge.

Lottka schließt eine schmale Tür auf, und Minna folgt ihr über die Straße hinein in das winzige Haus und einen kleinen Raum. Er ist größer als die Abstellkammer, in der Minnas Mädchen schläft, aber nicht viel. Lottka lässt sich vom Kutscher eine Laterne geben und leuchtet weißgetünchte Wände entlang. Sie zeigt auf die Holzdielen.

»Es gibt schon einen Boden und Spülsteine. Hier und in der Küche. Außerdem ist da ein Herd und oben unterm Dach ein Ofen. Weiß der Teufel warum.«

Die Decke ist niedrig. An den Balken hätte sich der Rammler den Kopf stoßen können.

»Ich fahre in einer Woche nach Bremerhaven«, erzählt Lottka weiter, »aber ich bin nicht die Einzige, die einen Neuanfang braucht.«

Sie hält Minna den Schlüsselbund hin.

»Hier.«

Minna streckt die Hand aus, ihre Finger berühren die Schlüssel. Sie sind kalt und schwer.

»Wat soll ick damit?«

»Im Gegensatz zu mir wird dir sicher was einfallen, was du mit dieser Hütte machen kannst.«

»Mit deinem Haus?«

Lottka lächelt. »Es ist jetzt deins, Minna.«

»Wat?«

»Ich kann es ja schlecht mitnehmen.«

»Du schenkst mir ein Haus?«

Lottka hält die Laterne höher, um den Raum komplett auszuleuchten, und winkt ab.

»Es ist eigentlich mehr eine Besenkammer.«

»Warst du schon mal in ner Besenkammer?«

»Nein.«

Sie lachen.

»Det jehört jetzt mir?«, fragt Minna. »Ick kann ... ick weiß jar nicht ... Ein Haus für mich alleine?«

Lottka nickt.

»Wie viele Räume hat det denn?«

»Den hier und die Küche. Und oben vier, aber es sind mehr Kammern.«

»Für mich alleine ... Det sind mehr Räume, als meine Wohnung in Steglitz hat ... Icke ... aber ... Vielen Dank, Lottka.«

»Ich sehe doch, wie gelangweilt du bist. Und das wird nicht besser, wenn du auf mich verzichten musst.«

Minna lächelt traurig. »Ick werde dir vermissen.«

»Ich weiß, ich bin sehr unterhaltsam.«

»Ick dachte, du bist auch jelangweilt.«

»Natürlich, aber für andere bin ich sehr unterhaltsam.« Lottka zwinkert ihr zu. »Ich bin eine Bereicherung für jede Gesellschaft.«

Minna lacht. »Ja, det biste.«

»Du auch.«

Sie umarmt Minna und küsst sie auf die Wange.

»Ich werde dich auch vermissen. Leb wohl.«

»Leb wohl.«

Sie tritt hinaus auf die Straße. Dann dreht sie sich noch mal um. »Und wenn du hier ein Geschäft eröffnen möchtest, dann nimm dir einen Buchhalter.«

»Und wer bezahlt den?«, ruft Minna Lottka nach. »Weißt du, wat det kostet?«

Lottka hört sie nicht mehr, die Tür fällt hinter ihr ins Schloss. Sie stellt sich das natürlich sehr einfach vor. Einen Buchhalter einstellen, bevor du überhaupt was verdient hast. Aber womit will Minna hier denn Geld verdienen? Sie sieht sich in ihrem Haus um, die weißen Wände und die niedrige Decke.

Was kann man aus dieser Häuserritze bloß machen?

◇

Kotze sitzt Minna in blauer Gefängnisuniform an einem kargen Holztisch gegenüber. Sieht aus wie ausgekotzt, der arme Kotze. Diesmal darf er Besuch empfangen, aber diesmal ist er eben auch wirklich schuldig. Es ist keine übereilte Festnahme vom Militärgericht, weil der Kaiser die Muffen gekriegt hat. Leberecht von Kotze hat den Rammler erschossen. Seine Schultern sind gebeugt, aber Minna ist heute leicht wie eine Feder, mit eigenem Haus im Scheunenviertel. Sie strahlt ihn an. Zum ersten Mal seit Wochen kann sie strahlen.

»Lottka hat mir ein Haus geschenkt.«

»Wie bitte?«

»Ja, 'n janz kleines im Scheunenviertel. Sie will, det ick mir nicht mehr langweile.«

»Du langweilst dich?«, fragt er. Seine Wangen sind eingefallen. Er muss sich hier drin selbst rasieren. Kein Barbier mehr und keine türkisen Krawatten. Nun steckt er doch in einer Uniform, nur dass diese aus billiger Baumwolle ist und keine goldenen Knöpfe hat.

»Natürlich«, antwortet Minna. »Ick hab nüscht zu tun in dieser Wohnung, ick kenne niemanden, ick hasse Stricken … Ick hab det versucht, aber da kann ick mir jenauso jut 'n Knoten in die Finger machen.«

»Der Kaiser wird mich wahrscheinlich begnadigen. Es war nur ein Duell.«

»Nur …?« Minna hebt eine Augenbraue.

»Darauf stehen andere Strafen als auf Mord.«

Minna schüttelt den Kopf. »Und mir sagen sie, *ick* lebe in der Halbwelt.«

Kotzes Kopf hängt schwer auf seinen blaugrauen Schultern. Er ist nicht er selbst ohne all seine Farben. »Ich bin wahrscheinlich schon in fünf Jahren raus.«

Minna schluckt. »Fünf Jahre?«

»Ja, dann verreisen wir, sehen uns die Welt an. Dann hast du was zu tun.«

»Jut, und bis dahin mach ick ne Kneipe auf.«

»Wie bitte?«

»Ick hab lange überlegt, wat ick mit dieser Häuserritze in der Mulackstraße mache. Ick kann nicht viel, aber ick kann Wirtin sein und Bier und Buletten verteilen und Zimmer vermieten.«

Kotzes Augen werden kleiner. »Zimmer vermieten? An wen?«

Stille.

»An Huren …«, sagt Minna vorsichtig.

»An Dirnen?«

»Keine Sorge, ick will nicht unbedingt selbst anschaffen.«

Kotze weicht zurück. »Nicht unbedingt?«

»Ja, nein, also … Wenn du det nicht willst, dann mach ick det auf keinen Fall.«

»Ich will das nicht.«

»Jedenfalls wird det so ne richtig schöne Kneipe mit Solei, Schnaps und Molle. Ick hab sogar schon 'n Hungerturm im Poker gewonnen.«

»Was hast du?«

»Stühle hab ick gekauft, ick weiß nicht jenau, wer mir 'n Tresen da reinbaut. Aber oben sieht's schon janz jut aus. Betten hatte Lottka schon bestellt.«

»Willst du eine Kneipe haben oder ein Bordell, Minna?«

»Beides.«

»Beides?« Er wird immer blasser. »Ein Haus ist entweder ein Bordell oder nicht.«

Minna zögert, dann nickt sie. »Jut. Dann will ick ein Bordell aufmachen.«

»Aber warum?«

»Dat bringt Freude inne Welt, Kotze. Und weil ick det kann. Weil ick *nur* det kann.«

»Aber du musst doch nicht arbeiten.«

»Doch, Kotze, ick muss«, widerspricht sie. »Ick muss irgendwat tun. Ick jeh ein in Steglitz ohne dir.«

»Ich bin doch bald wieder frei.«

Sie seufzt. »In fünf Jahren.«

»Kannst du die nicht noch warten?«

Minna greift nach seiner Hand. »Ick warte doch auf dir.«

»Nein, ich meine … Warum verkaufst du das Haus in der Mulackstraße nicht?«

»Aber ick brauch kein Jeld, ick brauch wat zu tun.«

»Aber doch nicht mit Huren, Minna.«

»Warum denn nicht?«, fragt sie. »Selbstständige Frauen, die wat vom Leben verstehen und mir jute Miete zahlen.«

»Ich dachte, du wolltest raus aus der Halbwelt«, sagt er.

Sie lächelt nachsichtig. »Es jibt für mich keinen Weg raus ausse Halbwelt. Deine Mätresse zu sein macht mir nicht zum Teil vonne Jesellschaft. Oder willst du mir heiraten?«

»Ich weiß noch nicht, ob der Kaiser mich rehabilitiert …«

Sie lässt seine Hand los. »Es hängt vom verdammten Kaiser ab, ob du mir heiraten kannst, aber ick soll fünf Jahre in Steglitz Däumchen drehen?«

Sein Blick wird finster. »Besser als Frauen verkaufen.«

»Ick verkaufe keine Frauen. Die verkaufen Sex. *Die*, nicht icke.«

»Und was, wenn es doch irgendwie anders kommt und dir jemand viel Geld bietet, spätnachts, und du hast getrunken …?«

»Vertraust du mir nicht?«

»Es ist schon mal passiert.«

»Ick dachte, det hätteste mir verziehen.«

»Ja, hab ich, aber …«

»Nee«, unterbricht sie, »haste nicht. Sonst würdeste mir det jetzt nicht schon wieder aufs Brot schmieren.«

»Was kommen denn für Männer in dein Haus, wenn du da Erotik verkaufst?«

»Wat weiß ick? Aber die Mulackstraße ist ’n wilder Ort. Langweilig wird det da nicht.«

Kotze schüttelt den Kopf. »Ich ertrag das nicht, Minna. Ich kann nicht hier einsitzen und mir jede Nacht vorstellen, wie du all diese Männer in dein Haus lockst. Das sind doch Tiere …«

»Weil sie Sex kaufen?«, fragt Minna. »Hast du doch auch schon gemacht.«

»Das war mit dir. Nur mit dir.«

»Und deshalb biste besser als alle anderen Freier?«

»Nein, ich bin besser, weil ich dich liebe.«

»Willste denn nicht, det ick glücklich bin?«

»Will ich. Aber das kannst du mir nicht antun.«

»Wat antun?«, fragt Minna. »Ick hab dir doch hier nicht

einjesperrt. Ick hab dir jesacht, du sollst det Drecksduell sein lassen.«

»Minna, ich kann nicht mit einer Puffmutter zusammen sein, ich … Ich kann das nicht.«

»Puffmutter?« Sie mustert ihn. »Du bist 'n Sträfling, det ist auch nicht besser.«

»Bitte verkauf dieses gottverdammte Loch«, fleht er.

»Nein.«

»Ich ertrag das nicht, ich …« Er presst die Lippen aufeinander. Sein Gesicht ist voller Schatten. Er schluckt. »Du musst dich entscheiden, Minna. Ich oder deine komische Ritze.«

»Weißt du, wat du da von mir verlangst?«

»Weißt du, was du von mir verlangst?«, fragt er zurück.

Minna nickt und steht auf. Sie nimmt ihre Handtasche. Er sieht zu ihr hoch. Sitzt da und denkt, er ist der einzige Mann, der kein Freier ist. Er glaubt, dass er sie freigekauft hat. Aber er sperrt sie ein, er hat ihr ein Gefängnis aus seinem Geld gebaut. Sie sitzen beide ein. Aber der Unterschied ist, dass Minna gehen kann.

»Wenn du mich lieben würdest …«, beginnt er, und sie lächelt traurig.

»Ick liebe dir.«

Es ist wahr. Minna weiß es, in dem Moment, als sie es sagt. Und dass Edith recht hatte. Du kannst dich von einem Mann aushalten lassen, aber deine Liebe kann das nicht. Weil sie stolzer ist als du. Minna würde Kotze unrasiert nehmen und ohne all seine Farben, aber sie ist, wer sie ist, und so will er sie nicht nehmen.

»Ick liebe dir«, sagt sie wieder, »aber ick bin mir selbst mehr wert als dir.«

»Minna …«

»Leb wohl, Kotze«, sagt sie leise, und ihre Stimme bricht. Mehr noch: Die ganze Frau bricht. Nichts hat Minna brechen können, die Armut nicht, die Angst nicht, all die Männer nicht – nur dieser, der so allein ist wie sie. Und jetzt werden sie beide wieder allein sein. Jeder für sich, weil die Gesellschaft sie alle sortiert hat wie Waren im Krämerladen. Und weil die Rüben eben nicht in eine Kiste mit den Trüffeln kommen. Und Trüffel musst du dir außerdem leisten können. Kannst du nicht, konntest du nie.

◇

Minna hält die Gaslaterne an ihre Unterhose. Nichts.

»Mist.«

Sie hängt die Laterne wieder an den Haken und setzt sich auf den Lokus. Der rote Vorhang hätte schon längst fallen müssen. Im Februar hat Minna das alles auf die Nerven geschoben, das Warten auf Kotzes Geld, das Duell, im März dann auf den Liebeskummer … Du kannst noch so erhobenen Hauptes aus dem Gefängnis kommen, tut trotzdem weh. Schmerz und Leid. Du hörst ja dieser Tage so viel vom Einfluss der Nerven auf alles Mögliche. Aber Nerven sind wohl tatsächlich nur was für feine Damen in teuren Sanatorien. Hier in der Mulackstraße kannst du dir keine Nerven leisten. Ob du dir allerdings stattdessen ein Kind leisten kannst … Fragwürdig.

Minna ist tatsächlich schon wieder schwanger. Und wie es aussieht, hat sie auch nicht das gleiche Glück wie letzten Herbst. Das hier will nicht abgehen. Sie sollte es wegmachen lassen. Sie hat jetzt keine Zeit für ein Blag, sie muss ein Geschäft aufbauen. Schlimm genug, dass sie wieder im Hinterhof auf nem Lokus sitzt, der kaum mehr als ein Holzverschlag ist. Vorbei mit Porzellan und Wasserspülung. Minna dachte, das mit ihnen, der Porzellanschüssel und ihr, das wäre ein Bund fürs Leben. Hat sie sich geirrt. Sie ist quasi da, wo sie angefangen hat, nur dass das hier *ihr* Lokus ist. Ihrer allein! Wie das Kind. Ist auch ihrs allein. Sie will es nicht haben. Sie wollte zum ersten Mal in ihrem Leben einen Mann. Sie wollte Kotze behalten, aber er hat sie nicht gesehen. Er hat sie nicht erkannt. Als hätte er immer einen halben Meter an ihr vorbeigeguckt, wenn er sie angesehen hat.

Sie hat alles in der Wohnung in Steglitz gelassen, außer ein paar Kleidern. Sie wollte Kotze nichts mehr schuldig sein, also hat sie nichts von ihm mitgenommen – dachte sie. Sie sieht auf ihre saubere Unterhose.

Hat aber doch was von ihm mitgenommen.

Und was machst du mit einem Erinnerungsstück, das leben will? Ist kein Souvenir wie jedes andere. Was machst du damit?

Vielleicht kannst du ihm beibringen, wer du wirklich bist und dass man Liebe nicht kaufen kann. Dann machst du ihm in ein paar Jahren klar, dass Geld unglücklich macht. Und während du das alles unterrichtest wie die klügste Lehrerin der Welt, zu der das Leben dich gemacht hat, bist du wenigstens nicht allein.

Nizza, 1935

Gestern war die Beerdigung. Minna läuft über den weißen Friedhof. Frankreich ist wirklich ein weißes Land, die Franzosen mögen helle Farben. Minna trägt einen Sonnenschirm, ihre Berliner Natur erträgt all die Hitze und das helle Licht nicht. Abgesehen davon: Sie hat schon immer eher Mondschein vorgezogen.

Grabsteine, Blumen, noch mehr Grabsteine und noch mehr Blumen. Hier sogar ein Korb voll Blumen aus Marmor. Irgendwann ist egal, ob Sonne oder Mond, dann ist Marmor. Natalias Grabstein in Berlin ist schwarz, Colettes weiß. Da liegen sie nun allein in der kalten Erde, während die Nazis das Land übernehmen.

Emil sitzt schweigend vor einem schlichten Holzkreuz. Magnus' Stein ist noch nicht da.

»Emil.«

Er rührt sich nicht. Minna setzt sich neben ihn auf eine Bank aus Stein. Ihr neuer Sonnenschirm wirft Schatten auf sie beide.

»Es tut mir so leid, det du ihn nicht mehr sehen konntest.«

»Ich hätte eher kommen sollen«, sagt Emil.

»Hätte, hätte ... Du wusstest doch nicht, wie schlecht es ihm jeht.«

»Ich hätte es ahnen können. Du hast selbst gesagt, dass er doch Diabetes hat. Und Malaria. Ich hätte nur einen Tag eher hier sein müssen ...«

»Emil ...«

»Warum bin ich nicht letzte Woche gekommen? Oder letztes Jahr?«

»Du wolltest an seinem Jeburtstach ankommen und quasi selbst det Jeschenk sein ... Mach dir keine Vorwürfe.«

»Ich bin schuld, dass wir uns nicht mehr gesehen haben. Ich ... Warum war ich nicht letzten Sommer bei ihm in Paris?«

Minna schweigt und schaut auf ihre Schatten auf dem Kiesboden.

»Weil ich da mit Hans rumgemacht habe!«, beantwortet Emil seine eigene Frage.

»So war Magnus' und deine Beziehung eben.«

»Ich konnte mich nicht verabschieden.«

»Det hätteste auch nicht jekonnt, wenn du hier jewesen wärst. Er hat ein Nickerchen gemacht. Du hättest jedacht, det der gleich aufwacht und zum Kaffee wieder am Tisch sitzt. Man kann sich fast nie verabschieden, Emil. So jut wie nie.«

»So wie du dich nicht von Hedwig verabschieden konntest …«

»Von Hedwig, Colette, Natalia …«

»Und nicht von Fritz.«

»Und nicht von Fritz.«

»Hast du mal überlegt, dass er auch der Sohn vom Herzog sein könnte?«, fragt Emil. »Ein kleiner Herzog …«

»Wenn man bedenkt, wat Fritz für 'n Arsch ist, ist det nicht unwahrscheinlich.«

»Warum warst du immer so garstig zu ihm?«

»Wat? Du hast doch selbst erlebt, wozu der imstande ist.«

Emil wiegt den blonden Kopf hin und her. »Minna, du warst schon garstig, bevor das mit Colette und Natalia passiert ist.«

»Du hättest dabei sein sollen, als der Hedwigs Mutter sitzen jelassen hat. Wat der ihr anjetan hat … So 'n Ekel. Wirklich wie der Rammler.«

»Wenn der Rammler der Vater ist, dann wäre ja auch Hedwig mit dem letzten Kaiser verwandt …«

»Verschwägert«, verbessert Minna. »Und schon jar nicht anerkannt.«

»Hättest du das gewollt?«, fragt Emil

Sie schnaubt. »Ick wollte nur weg aus dieser Welt.«

»Aber dennoch hast du Fritz behalten.«

Sie schweigt.

»Wolltest du vielleicht doch ein kleines Andenken?«, fragt Emil.

»Daran, wie auf mich herabjesehen wird?«

Er zuckt mit den Schultern. »An die Hoffnung, einmal reich zu sein …«

Minna lacht leise. »Niemand braucht 'n Andenken an die Hoffnung. Die Hoffnung ist wie Syphilis. Hält sich hartnäckig.«

Emil betrachtet sie von der Seite. »Dann wolltest du eben ein Andenken an die Liebe.«

»Die Liebe überlass ick dir.«

Er presst die Lippen aufeinander und wendet den Blick ab. Er weint.

»Ach, Emil …«

Minna legt den Arm um ihn, er fällt gegen sie und tränkt ihre Bluse mit Tränen.

»Der Schmerz lässt irgendwann nach, det versprech ick dir.« Minna streichelt über seine Schulter. »Ick dachte, det ick nicht mehr allein bin, wenn ick det Baby kriege. Ick hatte es so satt, immer alleine zu sein … Am Anfang hab ick ihn wirklich jeliebt, den Kleinen. Aber am Ende war ick auch mit Fritz allein.« Sie seufzt. »Ejal. Ist allet lang vorbei. Aber du warst nicht allein, Emil, auch nicht als Magnus Tausende Kilometer weit wech war. Er war immer da. Det ist ein Jeschenk, det ihr det hattet …«

»Mhm.«

Minna rückt von ihm ab, nimmt Emil bei den Schultern

und sieht ihn eindringlich an. »Wichtig ist, det wir jetzt erhalten, wat von Magnus' Arbeit noch übrig ist. Det nicht allet verloren jeht, so wie im Feuer in Berlin. Du musst dich um Magnus Hirschfelds wissenschaftliches Erbe kümmern, Emil.«

Er nickt. Minna reicht ihm ein Taschentuch. Die Sonne brennt, das Meer rauscht in der Ferne.

Emil putzt sich die Nase. Minna steht auf.

»Komm, Junge, wir jehen an den Strand und machen 'n kleinen Spazierjang.«

»An den Strand?«, fragt Emil, als wäre ihm bis zu dieser Sekunde völlig unklar gewesen, dass es hier einen gibt.

»Haste den schon jesehen?«, fragt sie. »Magnus hätte ihn dir sicher zeigen wollen.«

»Er hat mir davon geschrieben«, erinnert sich Emil.

Minna lächelt ihn tapfer an. »Ist schön da.«

»Er wollte nicht, dass ich ihn für schwach und alt halte. Aber er war alt. Ist doch kein Verbrechen.«

»Nein.«

»Du bist auch alt.«

»Na komm, Junge.« Sie hält ihm ihre Hand hin. »Kannst morjen wieder hier sitzen.«

»An den Strand …«, sagt er mehr zu sich und betrachtet weiter das Holzkreuz. Nach kurzem Zögern steht er auf und greift nach ihrer Hand. Er kriecht hinter ihr her über den knirschenden Friedhofskies, aber er bewegt sich.

Minna lässt ihm Zeit und hält seine Hand. Die Trauernden wissen meistens nicht, dass sie noch leben. Du darfst sie mit dieser Wahrheit nicht schockieren.

»Wo ist Gustav eigentlich?«, fragt Emil.

»Am Strand«, antwortet Minna.

»Ach …«

Jetzt denkt Emil sich natürlich wer weiß was, aber mit Gustav ist das so: Du musst den regelmäßig daran erinnern, dass du ihn nicht leiden kannst. Sonst vergisst er das und denkt, du würdest ihn mögen. Steigt ihm alles schnell zu Kopf, dem alten, sturen Hund. Da wird er eitel, und Eitelkeit ist ungesund. Du musst immer in seiner Nähe sein und ihm versichern, wie wenig du ihn ausstehen kann. Minna hat in den letzten Tagen die Erfahrung gemacht, dass das am besten geht, wenn sie und er viel Zeit zusammen verbringen.

Deshalb teilen sie sich jetzt ein Zimmer. Weil sie sich nicht leiden können.

DIE HISTORISCHE KOTZE-AFFÄRE

Dieser Roman beruht auf der historischen Kotze-Affäre. Aber vor allem ist es Minnas Geschichte. Sie ist eine Figur, die ich erfunden und in ein geschichtlich belegtes Ereignis hineinmontiert habe. Dadurch weicht die erzählte von der historischen Kotze-Affäre ab. Ich habe sie fiktionalisiert, verdichtet und dramatisiert. Die Orgie und ein tödliches Duell gab es wirklich. Auch Leberecht von Kotze, die Hohenaus und Herzog Ernst Günther haben gelebt. Kotze galt als »fatzkenhafter Kleidernarr« und wurde wegen Klatsch und Tratsch und einer grünen Krawatte für schwul gehalten. Die Hohenaus waren eine Art Party-Ehepaar mit den tatsächlichen Spitznamen Loloki und Lottka. Er war homosexuell, sie zeigte bei einer Neujahrscour ihre Brüste und war in ihrer Jugend eine Geliebte des Kaisers. Herzog Ernst Günther von Schleswig-Holstein-Sonderburg-Augustenburg hat seinen Orden vom Schwarzen Adler durchaus im Bett einer Prostituierten verloren. Sie hat den Adler dann zur Polizei gebracht und den Herzog so zu einem aktenkündigen Bordellgänger gemacht. Sein Spitzname war, wohl auch deshalb, wirklich »Herzog Rammler«. Die Orgie im Jagdschloss Grunewald fand schon im Jahr 1891 statt. Darauf folgten mehrere Rundbriefe skandalös pornografischen Inhalts an den gesamten Hof, was die Monarchie erschütterte und den gesamten Adel über mehrere Jahre ins Lächerliche zog. Außerdem fanden drei Duelle statt, um Kotzes Ehre wiederherzustellen, eins davon endete tödlich. Kotze saß unrechtmäßig im Gefängnis, weil der Kaiser einen Sündenbock brauchte. Als Beweis seiner Schuld reichten ihm ein paar wenig aussagekräftige Löschblätter. Darüber hinaus gab es in der kaiserlichen Armee mehrere Suizide wegen Homosexualität. Allerdings hat sich »Loloki« Graf Hohenau nicht umgebracht. Lottka war meines Wissens nicht in einem Sanatorium und hat auch mit der historischen »Mulackritze« nichts zu tun. Kotze trug keines seiner drei Duelle mit dem Rammler aus. Er tötete im Jahr 1896 einen gewissen Karl von Schrader. Herzog Ernst Günther starb 1921 in Polen. Es waren sehr viel mehr Menschen über einen sehr viel längeren Zeitraum in diese Affäre verwickelt, als im vorliegenden Roman auftreten. »Die juten Sitten – Kaiserwetter in der Gosse« ist inspiriert von der Tatsache, dass bis heute nicht geklärt ist, wer die pornografischen Schmähbriefe verfasst hat. Einige Historiker vermuten, dass Herzog Rammler und eine Dame der Halbwelt (oder mehrere) sie gemeinsam schrieben.

Wer sich für die historische Affäre interessiert, dem empfehle ich Wolfgang Wippermanns »Skandal im Jagdschloss Grunewald«. Dort sind auch Auszüge aus den Originalbriefen abgedruckt. Leser*innen von »Die juten Sitten« aber seien gewarnt: Die Originalbriefe lesen sich aus heutiger Sicht weit weniger skandalös als erwartet. Ihr seid einiges mehr gewohnt, ihr kleinen Lustmolche.

Anna Basener
Januar 2021

DANK

Auch für Teil 2 des Original-Hörspiels hat Audible mir wieder alle unmoralischen Freiheiten gelassen, die ich mir nur wünschen konnte, und sich dem Projekt auf allen Ebenen mit unfassbar viel Herzblut gewidmet. Ich danke dem Cast und der Lauscherlounge für eine fantastische Audioproduktion, der Producerin Katja Reister für wundervolle Anregungen und die Begleitung von der ersten Idee bis zum fertigen Hörspiel sowie der Regisseurin Anja Herrenbrück für das wilde, mitreißende Leben, das sie dem Skript und den Figuren eingehaucht hat.

Ich danke meiner Agentin Petra Eggers sowie Lena Schäfer und Bärbel Brands für Feedback zum Manuskript und dessen Redaktion. Denn Schreiben ohne Lektorat ist wie Schminken ohne Spiegel. Kann man machen, ist dann aber halt Scheiße.

Za zhenshhin.

Um die ganze Welt des
GOLDMANN Verlages
kennenzulernen, besuchen Sie uns doch
im Internet unter:

www.goldmann-verlag.de

Dort können Sie
nach weiteren interessanten Büchern ***stöbern***,
Näheres über unsere ***Autoren*** erfahren,
in ***Leseproben*** blättern, alle ***Termine*** zu Lesungen und
Events finden und den ***Newsletter*** mit interessanten
Neuigkeiten, Gewinnspielen etc. abonnieren.

Ein ***Gesamtverzeichnis*** aller Goldmann Bücher finden
Sie dort ebenfalls.

Sehen Sie sich auch unsere ***Videos*** auf YouTube an und
werden Sie ein ***Facebook***-Fan des Goldmann Verlags!

www.goldmann-verlag.de
www.facebook.com/goldmannverlag

GOLDMANN
Lesen erleben